Jenna Black est une auteure de *bit-lit* qui se décrit elle-même comme « avide d'expériences ». Élevée à Philadelphie, elle a fait des études d'anthropologie. Elle voulait devenir primatologue, mais n'a jamais cessé d'écrire et s'est finalement tournée avec succès vers la carrière d'écrivain. Entre autres choses, elle a chanté dans une chorale d'hommes, maîtrise tous les arcanes du bridge et a voyagé sur tous les continents (oui, même l'Antarctique).

Du même auteur, chez Milady :

Morgane Kingsley :
1. *Démon intérieur*
2. *Moindre mal*
3. *Confiance aveugle*
4. *Faute avouée*
5. *Péchés Capitaux*

www.milady.fr

Jenna Black

Moindre mal

Morgane Kingsley – 2

Traduit de l'anglais (États-Unis) par Aurélie Tronchet

Milady

Milady est un label des éditions Bragelonne

Illustration de couverture :
© Gene Mollica

ISBN : 978-2-8112-0211-8

1re édition : novembre 2009
2e tirage : mars 2011

Bragelonne – Milady
60-62, rue d'Hauteville – 75010 Paris

E-mail : info@milady.fr
Site Internet : www.milady.fr

Remerciements

Un grand merci à Anne Groell, ma fabuleuse éditrice, pour m'avoir aidée à donner meilleure figure à cet ouvrage et tout simplement parce qu'elle est fabuleuse. Merci à Miriam Kriss, mon agent dont l'enthousiasme m'a toujours motivée. Et un merci du fond cœur au *Heart of Carolina Romance Writers*, pour leur soutien. Ces écrivains sont, à mon avis très partial, les plus talentueux de la planète.

Pour Gayle, une de mes premières lectrices critiques,
dont le courage et l'optimisme ont été une véritable inspiration.

CHAPITRE PREMIER

Aucun doute, Dominic Castello est un véritable plaisir pour les yeux : l'archétype du beau ténébreux. Des yeux noisette expressifs cernés de cils épais, une peau au teint chaud olivâtre, musclé là où il faut… Pourtant, en le voyant sur mon seuil, ma première impulsion fut de lui claquer la porte au nez.

Il dut le deviner à mon expression, car il coinça son pied dans l'entrebâillement de la porte en me souriant. Le sourire de Dominic est doux et désarmant. Il transforme n'importe quelle femme en gelée, mais je ne suis pas n'importe quelle femme. Sans compter que l'amant de Dominic, qui est tout aussi attirant que lui, était l'hôte du démon sadomaso qui avait tiré sur mon frère. Ce qui plaçait Dominic en bas de la liste des gens que je voulais voir, suivi de son petit ami, Adam, et d'une bonne partie de ma famille.

Malheureusement, avec son 1,80 mètre et ses 90 kilos, je n'avais aucune chance de l'empêcher d'entrer dans mon appartement alors que j'avais été assez stupide pour lui avoir ouvert la porte.

Cédant devant l'inéluctable, je m'écartai et le laissai entrer… sans vraiment l'inviter à le faire. Je me dirigeai ensuite vers ma cuisine minuscule. La cafetière du petit déjeuner encore à moitié pleine chauffait toujours.

— Tu veux un café ? demandai-je sans le regarder.

— Bien sûr, merci.

Je remplis deux mugs en constatant que le café, aussi noir que de l'encre, sentait le réchauffé. Si j'avais été seule, j'en aurais préparé du frais, mais je ne souhaitais pas que Dominic s'attarde trop longtemps.

— Lait et sucre ?

Dominic examina l'eau grasse à l'odeur de goudron dans la tasse que je lui tendis avant de secouer la tête.

— Je doute que ça change quelque chose.

Ce qui me fit presque sourire.

— Alors qu'est-ce qui t'amène dans ce coin de la ville ?

Je bus une gorgée de café pour lui prouver qu'il était buvable et retins un haut-le-cœur quand je me rendis compte qu'il ne l'était pas.

Dominic ne répondit pas tout de suite et mes nerfs se mirent en état d'alerte rouge. Apparemment, il ne s'agissait pas d'une visite de courtoisie, mais je suppose que je le savais depuis le début.

— Peut-être devrait-on s'asseoir un moment ? suggéra-t-il.

Je n'aimais pas ça du tout… et encore moins cette façon qu'il avait d'éviter mon regard. Mon estomac laissa échapper un gargouillement malencontreux et je resserrai les doigts autour de mon mug. Je le reposai avant de boire une gorgée par réflexe.

Au cours des dernières semaines, j'avais recherché l'isolement. Dernièrement mon stress avait atteint un tel niveau que j'aurais pu en faire provision jusqu'à la fin de mes jours… ou pour trois vies. Si je voulais être lucide, je devais admettre que mes ennuis étaient loin d'être finis, mais j'étais déterminée à rester à l'écart aussi longtemps que possible… idéalement, jusqu'à l'heure où je me retrouverais sur mon lit de mort.

En gros, voilà l'histoire. Je suis exorciste, c'est ma vocation. Ma véritable raison d'être est de botter le train des démons. Uniquement ceux qui possèdent des hôtes non consentants ou qui commettent des crimes violents, bien entendu, mais, en réalité, je n'aime pas plus les démons légaux. Alors, comme on peut l'imaginer, ma vie s'est un peu compliquée le jour où je me suis rendu compte que j'étais possédée par le roi des démons et que celui-ci luttait pour accéder au trône du Royaume des démons.

Pour des raisons que personne ne comprend, Lugh, le roi des démons, est incapable de me contrôler comme c'est d'ordinaire le cas. Bien que je sois possédée, je garde le contrôle total de mon corps. Lugh ne peut prendre les commandes que pendant mon sommeil. Il en profite alors pour communiquer avec moi au travers de mes rêves.

Dès l'instant où j'avais découvert que j'étais possédée, ma vie était devenue un véritable enfer, et la situation ne s'était pas améliorée depuis. Ma meilleure amie avait essayé de me tuer. Ma maison avait été incendiée. On m'avait jetée en prison pour meurtre. Mon petit ami, Brian – en fait, mon ex-petit ami désormais, bien qu'il me reste encore à le convaincre de cet état de fait – avait été kidnappé et torturé. Pour obtenir son aide et sauver Brian, j'avais accepté que l'amant de Dominic me fouette jusqu'au sang en guise de distraction.

En somme, j'avais désespérément besoin de repos et de détente. Mais puisqu'il était hors de question que je chasse Dominic de mon appartement par la force, je me dis que le moyen le plus rapide de me débarrasser de lui était d'écouter ce qu'il avait à me dire.

Je pris soin d'arborer une expression désagréable et butée en le conduisant au salon où je lui désignai le canapé. Quant à moi, je me laissai tomber dans la causeuse et j'éprouvai un bref pincement au cœur en pensant au mobilier confortable qui avait été détruit au cours de l'incendie de ma maison. J'avais loué cet appartement meublé et rien dans ce lieu ne reflétait mes goûts. Cette causeuse, par exemple, était dure au point de m'ankyloser les fesses. J'espérais que le canapé aurait le même effet sur Dominic.

— OK, on est assis, dis-je en croisant les bras sur ma poitrine. Tu peux me dire ce qui t'amène, maintenant ?

Il posa sa tasse sur la table basse – je suppose qu'il n'était pas stupide au point de se risquer à boire une gorgée, comme je l'avais fait – avant de se tourner pour me faire face. Comme l'intensité de son expression me déplaisait, pour éviter de le regarder, je me mis à tirer, l'air de rien, sur un fil qui dépassait du bras de la causeuse.

— Adam a découvert quelque chose te concernant et il pense que tu dois en être informée, déclara Dominic.

Je tirai un peu plus fort sur le fil et le tissu commença à se défaire. Je lâchai un grognement dégoûté puis cessai de me tortiller et adressai à Dominic un regard d'acier.

— Si Adam pense que je dois être informée, pourquoi n'est-il pas assis à ta place ?

— Il pensait que j'aurais plus de chances que lui de franchir ta porte, répondit Dominic en souriant.

Je ne pus m'empêcher de glousser. Il m'était déjà arrivé de dire des choses terribles à Dominic sans qu'il les ait jamais méritées. À l'époque de notre rencontre, c'était un hôte consentant et je l'avais méprisé. J'estimais qu'il fallait être un abruti faible d'esprit et suicidaire pour accepter d'abandonner son identité afin d'accueillir un démon. Parce que la personnalité humaine est (dans tous les cas, excepté le mien) complètement enterrée sous celle du démon, j'ai toujours considéré les hôtes comme morts. Beaucoup de gens – y compris les membres de ma famille – considèrent comme des super-héros ceux qui se sacrifient pour héberger des « Pouvoirs supérieurs » : c'est ainsi qu'ils appellent les démons. Parce que les démons sont bien plus forts et plus résistants que les humains, les hôtes peuvent se charger de tâches extrêmement dangereuses. Pour ma part, j'ai toujours pensé qu'ils sont en fait de simples moutons.

Mais Dominic s'était impliqué pour moi – et pour Brian, un homme qu'il ne connaissait même pas – et je le considérais désormais comme un véritable héros, même sans son démon. Malgré mes sentiments à l'égard d'Adam, je devais admettre que, la plupart du temps, j'appréciais Dominic.

— Adam aurait pu m'appeler, dis-je en m'efforçant de garder un air bougon.

Dominic se contenta de rire.

— Et tu lui aurais raccroché au nez.

C'était probablement vrai.

— D'accord, tu marques un point. Dis-moi ce qu'il a découvert. Je suppose que ce doit être important, sinon tu ne serais pas là.

Il se rembrunit.

— En effet. (Il s'éclaircit la voix et détourna encore le regard.) Ça risque d'être un peu difficile.

— Super.

— Adam a mené une sorte d'enquête.

En plus de posséder ses précieuses qualités, Adam est le directeur des Forces spéciales, le département de la police de Philadelphie chargé des crimes liés aux démons. Le fait qu'il héberge lui-même un démon n'a jamais semblé représenter un conflit d'intérêts aux yeux des responsables de cette nomination. Mais je ne suis pas la seule citoyenne à m'interroger sur la sagesse d'une telle décision.

— Quel genre d'enquête ? demandai-je en voyant que Dominic hésitait à poursuivre.

Il soupira. Un coin de sa bouche se releva pour former un sourire narquois.

— Je ne vois pas de solution pour te présenter la chose sans risquer des violences physiques, alors je vais me contenter de tout te balancer. (Et je le jure devant Dieu, il se raidit comme s'il était prêt à se défendre.) Il enquête sur ta famille.

Je cillai le temps de digérer l'information. Un frémissement sourd commença à m'envahir la poitrine. Soit je devenais plus sereine avec l'âge, soit Dominic m'avait si bien préparée à une telle déclaration que rien de ce qu'il aurait pu dire ne pouvait être pire que ce à quoi je m'attendais. Me connaissant, la seconde solution me semblait plus probable.

— Enquêter de quelle manière ? Et pourquoi ?

Il m'observait toujours avec prudence, ce qui signifiait qu'il se doutait que la suite ne me plairait pas non plus.

— Il s'est demandé pourquoi Raphael t'a choisie pour être l'hôte de Lugh.

Dougal – le frère aîné de Lugh et le second de la lignée pour accéder au trône – avait mis au point un plan insidieux dans l'intention de devenir le roi du Royaume des démons. Il avait prévu d'invoquer Lugh dans le corps d'un hôte humain avant de brûler ce dernier vif ce qui, selon la sagesse populaire, est la seule manière de tuer un démon. Raphael, le frère cadet de Lugh, avait été ouvertement le complice de Dougal dans ce complot mais, au lieu de faire en sorte que Lugh soit invoqué dans l'hôte prévu, il l'avait fourré dans mon corps.

Nous avions découvert que Raphael, qui avait toujours été du côté de Lugh, l'avait appelé en moi pour lui sauver la vie. Il avait dû savoir que son frère serait dans l'incapacité de me contrôler et resterait ainsi caché de ses ennemis. Pourtant, quand Raphael avait révélé sa véritable obédience, il avait refusé d'avouer de quelle façon il avait pu prévoir tout ça.

— Je suis certaine qu'il n'est pas le seul à s'être posé la question, dis-je avec précaution. Mais qu'est-ce que ç'a à voir avec ma famille ?

— Tu veux dire en dehors du fait que ton frère a été l'hôte de Raphael ?

Je roulai les yeux.

— Tu as très bien compris ce que je voulais dire !

— Oui. Eh bien, Adam pense que Raphael a probablement découvert quelque chose d'intéressant quand il s'est infiltré dans ta famille. Et Adam espérait trouver de quoi il s'agissait.

Mon cœur semblait battre plus fort qu'il aurait dû mais c'était certainement mon imagination.

— Et alors ? Qu'a-t-il découvert ?

Dominic eut l'air encore plus mal à l'aise.

— J'aime Adam mais j'aurais préféré qu'il ne m'envoie pas t'annoncer cette nouvelle…

Je poussai un petit gémissement de frustration.

— Dis-moi ! Ça me tue d'attendre que le couperet tombe.

Dominic regardait ses mains serrées sur ses cuisses d'un air concentré.

— Il a retrouvé un vieux rapport de police qui a été enterré il y a vingt-huit ans. Un rapport concernant un viol. (Il se tortilla sur le canapé.) La victime était ta mère.

Je sentis mon visage se vider de son sang. Ma mère n'avait jamais, en aucune manière, évoqué un viol. Bien sûr, elle et moi ne nous étions jamais entendues depuis mes cinq ans, il n'était donc pas surprenant qu'elle n'ait pas partagé un tel secret avec moi.

Pourtant, je ne savais comment réagir. Je veux dire… bon sang ! Quel terrible fardeau pendant toutes ces années ! À quel point ce viol avait-il affecté la vie de ma mère ? Et sa personnalité ? Était-il possible que toutes les choses que j'avais méprisées chez elle soient les symptômes de ce terrible traumatisme du passé ?

Puis le couperet tomba réellement… Même si en vérité j'avais perdu le compte du nombre de couperets qui étaient tombés depuis le début.

— Vingt-huit ans ? chuchotai-je.

Cette fois, Dominic affronta mon regard. Il hocha

la tête presque imperceptiblement et ma gorge se serra quand je vis son expression de compassion.

— Alors il y a des chances…

Je ne pouvais pas le dire. Mon sang battait dans mes oreilles, mon monde basculait de nouveau. Dominic soupira.

— Pas seulement des chances, je le crains, dit-il doucement. Adam a également trouvé les résultats d'un test de paternité.

J'eus l'impression que mon cœur se serrait dans ma poitrine et je crus que j'allais m'effondrer.

— Je suppose que ça veut dire que mon père n'est pas mon vrai père, n'est-ce pas ?

J'essayai en vain d'adopter une attitude désinvolte. Dominic secoua la tête.

— Je regrette qu'il n'y ait pas de manière plus appropriée pour t'annoncer ça.

Il avait l'air si malheureux que je me repris, du moins temporairement.

— Tu as bien fait, dis-je pour le rassurer.

Je ne pouvais imaginer de quelle façon Adam m'aurait annoncé les mêmes nouvelles. Il ne m'apprécie pas plus que je l'apprécie. Quand je me sens d'humeur charitable, j'admets qu'il a de bonnes raisons de me détester. Mais ces moments sont rares.

Pourtant, je suppose que cette révélation désagréable au sujet de mes origines expliquait un peu mes relations peu brillantes avec mes parents. J'avais toujours cru qu'ils préféraient mon frère parce qu'il voulait héberger un démon. Mes parents sont membres de la Société de l'esprit, un groupe qui vénère les démons. Pour eux, c'est un honneur de se sacrifier afin de devenir un hôte. Le fait qu'ils n'aient pas été capables de me laver le cerveau afin que je devienne hôte leur avait inspiré une hostilité sans limite à mon égard, mais désormais je disposais d'un tout nouvel éclairage sur la situation. Et ce n'était pas joli.

— Ce n'est pas pour jouer les emmerdeuses ou autre chose, dis-je, mais y a-t-il une raison de première importance pour qu'Adam et toi ayez trouvé nécessaire de m'apprendre tout ça ? Je veux dire, j'ai vécu vingt-huit ans sans le savoir et j'aurais aimé continuer comme ça pendant vingt-huit années supplémentaires.

Dominic haussa les épaules.

— Lugh ne peut pas te contrôler. Il doit bien y avoir une raison puisque Raphael n'a eu aucun problème à prendre le contrôle de ton frère. Tu ne penses pas que le fait que ton frère et toi ayez des pères différents puisse être une explication ?

Je m'adossai contre les coussins durs et inconfortables de ma causeuse louée et ressassai un peu. J'avais du mal à savoir ce que je ressentais précisément suite à cette révélation. J'étais définitivement en état de choc. Comment pourrais-je ne pas l'être ? Pourtant, j'aurais probablement été encore plus dévastée si j'avais été vraiment proche de mon père.

Seigneur ! Pourquoi avaient-ils fait ça ? Pourquoi ma mère avait-elle décidé de garder son bébé dans de telles circonstances ? D'accord, elle était contre l'avortement, mais cela ne l'obligeait pas à me garder après ma naissance ! Est-ce que mon père avait toujours su que je n'étais pas sa fille ?

Les questions tournaient comme des requins dans ma tête et je ne voulais pas m'en occuper.

— D'accord, dis-je, alors admettons que vous avez raison et que mon père biologique – bon sang, c'était bizarre de dire ça – soit responsable du fait que Lugh ne peut pas me contrôler. À quoi cela nous mène-t-il ? Nous ne savons pas qui il est, non ?

Dominic secoua la tête.

— Non. Ta mère n'a pas vraiment donné de description dans le rapport de police. Mais chose étrange, après ce premier rapport, il ne s'est rien passé.

— Comment ça ?

— Personne n'a fait le moindre effort pour enquêter sur cette affaire. Cette histoire est partie aux oubliettes et ta mère n'a jamais porté plainte. Je ne peux pas m'empêcher de me demander pourquoi.

Je devais admettre que c'était assez bizarre. Mais j'avais également une intuition sur la direction que prenait cette affaire et je tenais à la tuer dans l'œuf.

— Si vous croyez que je vais interroger ma mère à ce sujet, vous pouvez oublier.

— Morgane…

— Non ! rétorquai-je. Je fais tout ce que je peux pour l'éviter, même pour des occasions supposées être agréables. Aucune chance que je l'interroge au sujet d'un viol dont elle ne s'est jamais souciée de me parler.

Comme j'étais trop agitée pour tenir en place, je me levai pour faire les cent pas. Je voulais encore une fois tirer la couverture du déni sur ma tête. Après toute la merde que je venais de traverser, j'avais besoin de plus de temps, bon sang ! C'était déjà malheureux d'être mêlée à ces intrigues royales, ces assassins et le destin de la race humaine – qui, d'après Lugh, risquait de prendre une sacrée mauvaise tournure si Dougal réussissait à s'emparer du trône – mais d'avoir à régler des problèmes de famille en plus…

Non, je n'étais pas prête.

Dominic est un type intelligent, il a des bonnes intuitions. Il vit mon expression et ravala aussitôt l'argument qu'il était sur le point d'avancer.

— Très bien, dit-il en se levant. Je peux comprendre ta position. Adam va continuer à fouiller dans les vieux dossiers. Il te fera savoir s'il apprend quelque chose d'important.

Je ne suis déjà pas la personne la plus polie qui soit dans les meilleures circonstances – ce qui n'était définitivement pas le cas –, aussi je ne parvins qu'à lui adresser un bref hochement de tête. Je le raccompagnai pourtant à la porte, ce que je trouvai déjà très convenable de ma part.

— Si tu as besoin de parler à quelqu'un, me dit-il avant de partir, appelle-moi. Je sais écouter.

Je ne pus réprimer un petit ricanement qui eut l'air de le blesser.

— Rien de personnel, m'empressai-je de lui assurer. Je suis sûre que tu sais très bien écouter, mais je ne sais pas parler.

Ce qu'il savait déjà. Même s'il ne me connaissait pas depuis longtemps, il était bien trop sensible pour ne pas l'avoir remarqué.

Dominic m'adressa un sourire discret.

— Très bien. Mais l'offre tient toujours.

— Merci, dis-je.

Puis il n'y eut plus rien d'autre à dire.

Après le départ de Dominic, le vide et la tranquillité de l'appartement prirent un caractère menaçant. Tout à fait le genre d'atmosphère propice à une petite séance de ressassement mélancolique et d'autoapitoiement. Traîner dans le coin n'était pas une bonne idée. Après avoir fourré mon Taser dans mon sac, je sortis à mon tour.

Les Taser sont les rares armes qui sont efficaces contre les démons. L'électricité bousille leur capacité à contrôler le corps de l'hôte et les laisse essentiellement impuissants. Les armes normales, comme les pistolets, peuvent tuer les hôtes, mais le démon retournera au Royaume des démons. Et s'il parvient à revenir dans la Plaine des mortels, vous vous trouvez en tête de liste de ses affaires à régler.

Il fut un temps où il était rare que je porte mon Taser pour sortir. Quand on m'appelle pour pratiquer un exorcisme, le démon a déjà été maîtrisé et ne représente plus une menace. Désormais, avec tous les partisans de Dougal qui voulaient me tuer, je ne me risquais pas à aller chercher mon courrier dans le hall de l'immeuble sans mon Taser.

Je marchais sans but mais, en parcourant les rues de Philadelphie et en essayant de ne pas ruminer ni même de penser, je me retrouvai à prendre le chemin du Cercle de guérison. C'est l'hôpital où réside mon frère. Le démon Raphael avait abandonné le corps quand Adam lui avait tiré dessus. Mon frère avait survécu à la blessure par balle mais, comme c'est souvent le cas quand un hôte perd son démon, son esprit n'était pas sorti indemne. Il se trouvait dans un état de catatonie, probablement de manière permanente.

Pendant de nombreuses années, j'avais méprisé Andrew autant que je méprisais le reste de ma famille. Pourtant, pendant cet instant horrible où Adam lui a tiré dessus, j'avais pris conscience qu'en dépit de tous nos différends, je l'aimais encore. Depuis, même quand j'essayais par ailleurs de garder ma tête enterrée dans le sable, je m'étais assurée de rendre régulièrement visite à Andrew. La plupart du temps, j'essayais de programmer mes visites de manière à éviter les autres membres de ma famille. Une visite imprévue comme celle-ci était périlleuse mais, après les nouvelles bouleversantes que je venais d'apprendre, j'éprouvais le besoin d'être en contact avec le seul membre de la famille avec qui je me sentais à l'aise.

Le fait que je puisse parler à Andrew sans qu'il soit capable de me répondre était également un avantage.

Les dieux avaient décidé de m'épargner – pour une fois – et Andrew n'avait pas de visiteurs quand j'arrivai dans sa chambre. Mes parents avaient assez d'argent pour lui payer une chambre individuelle : rien n'était trop beau pour leur fils préféré. Je fermai la porte derrière moi et tirai une chaise.

Naturellement, Andrew avait perdu beaucoup de poids depuis qu'il s'était retrouvé en état de catatonie. Il était trop grand et son ossature était trop imposante pour qu'il ait l'air frêle, mais il ne ressemblait certainement plus au grand frère fort et puissant que j'avais connu.

— Salut Andy, dis-je en prenant sa main inerte.

Ma voix était un peu rauque et mes yeux me piquaient à force de retenir mes larmes. Je clignai des paupières pour les faire disparaître.

Andy ne broncha pas. Ses yeux étaient ouverts, mais il regardait fixement devant lui sans rien voir. Je déglutis. Les quelques hôtes de démons qui s'en étaient sortis après avoir été dans cet état racontaient qu'ils avaient été conscients pendant la période de catatonie, même s'ils ne pouvaient ni bouger ni parler. Sachant cela, j'avais toujours essayé de parler à Andrew, de le tenir au courant des dernières nouvelles, même de lui faire la lecture. N'importe quoi pour éviter que son esprit s'atrophie à l'intérieur de l'enveloppe inutile de son corps.

Mais ce soir-là, j'étais trop troublée pour plaisanter et je ne voulais pas lui confier ce que Dominic m'avait appris. Il y avait toujours la possibilité qu'il soit au courant, mais j'en doutais un peu. Il n'avait que trois ans à l'époque du viol de ma mère : trop jeune pour comprendre ce qui se passait, même s'il avait dû entendre les discussions de mes parents quand ils avaient décidé de me garder.

Je restai là à lui tenir la main. Cela me semblait étrangement apaisant et je me laissai aller à fermer les yeux.

Je suppose que je manquais de sommeil ou que le stress provoqué par les révélations de Dominic avait eu raison des derniers vestiges de mon énergie. Quelle qu'en soit la cause, je dus m'endormir car, lorsque j'ouvris de nouveau les yeux, je n'étais plus dans la chambre de mon frère.

La première fois que j'avais rencontré Lugh dans mes rêves, son contrôle de mon esprit, même inconscient, était faible, tout au plus. Je l'avais retrouvé dans une pièce blanche et vide, sans fenêtre ni porte. La pièce était devenue plus agréable au fur et à mesure que son pouvoir augmentait.

Il l'avait embellie depuis notre dernière rencontre. Il avait ajouté, sous la table basse, un tapis simple à motif géométrique et une fougère vaporeuse en pot sur un petit guéridon entre le canapé et la causeuse. Je prêtai une demi-seconde d'attention à ces détails avant d'affronter l'inévitable et de poser le regard sur Lugh.

Dominic est agréable à regarder. Lugh est le fantasme sexuel de toutes les femmes. Sa peau est d'un superbe bronze doré. Ses cheveux, d'un noir de jais soyeux, tombent sur ses épaules quand ils sont détachés, et ses yeux… D'un intense ambre sombre, ils semblent toujours traversés par la lumière. Sans parler de son corps incroyable !

Bien sûr, les démons sont incorporels et ce corps n'est donc qu'une illusion… et comme Lugh a accès à mes pensées et sentiments les plus intimes, il sait exactement sur quels boutons appuyer pour me faire saliver. Mais même en sachant ça, je ne peux m'empêcher de baver quand je le vois.

Assis au centre du canapé, ses longs bras étendus sur le dossier, sa cheville reposant sur son genou, il m'observait en train de le reluquer. Ses lèvres sensuelles esquissèrent un sourire. J'émis un grognement indigne d'une dame et me laissai tomber sur la causeuse. Je ne tenais pas particulièrement à parler à mon démon privé, mais il me faudrait un certain temps avant de pouvoir lui claquer au nez les portes de mon esprit. Alors…

— Ça fait un bail, dis-je en résistant à l'envie de croiser les bras sur ma poitrine dans ce geste de défense qui est ma signature.

— J'ai essayé de te laisser souffler, répondit-il.

Sa voix basse et grondante faisait toujours vibrer mes nerfs. Les poils de mes bras se hérissèrent et je dus lutter pour réprimer un frisson.

— Très attentionné de ta part.

Ma voix était trop voilée pour cette tentative de sarcasme.

— Mais vu les nouvelles de ce soir, poursuivit-il, je crois qu'il est temps pour nous de mener une petite enquête.

Je réprimai un grognement.

— Laisse Adam faire toutes les enquêtes qu'il veut ! Ce n'est pas mon domaine de compétence et j'ai plus envie de passer du temps avec mon gynécologue qu'avec ma mère.

Je m'efforçai encore de fermer les portes de mon esprit.

— Tu ne pourras pas continuer bien longtemps à faire comme si de rien n'était. Tu sais très bien que les partisans de Dougal n'ont fait que du mal lors de leur passage dans la Plaine des mortels et tu sais aussi que le sort de toute ton espèce se trouve dans la balance.

— Merci de me le rappeler ! rétorquai-je en autorisant une nouvelle vague d'autoapitoiement à s'abattre sur moi. Sans toi, j'aurais sans doute tout oublié.

Il soupira calmement.

— Je peux te présenter encore une fois mes excuses pour t'avoir entraînée dans cette histoire contre ta volonté, mais mes excuses semblent n'être d'aucun secours. La seule chance que tu aies de reprendre une vie normale, c'est de m'aider à vaincre Dougal. Jusque-là, tu peux t'attendre qu'un de ses partisans découvre que tu m'héberges et essaie de te tuer.

Ses paroles me piquèrent au vif.

— Tu crois vraiment que la seule raison que j'ai de t'aider est de sauver mon cul ?

— Bien sûr que non, répondit-il avec une rapidité qui me rassura. J'ai juste pensé que ce petit rappel pourrait te faire remuer plus vite.

Je m'efforçais de trouver une réplique de petite maligne quand je parvins enfin à fermer les portes de mon esprit et à me réveiller. Je ruminai un moment quelques pensées peu élogieuses à l'égard de Lugh avant de me souvenir de l'endroit où je me trouvais.

Je tenais toujours la main d'Andy et sursautai en constatant que ses doigts entouraient les miens au lieu de simplement reposer inertes dans ma main. Parcourue par une poussée d'adrénaline, je me redressai brutalement en ouvrant les yeux.

La tête d'Andy était tournée vers moi et, quand nos regards se rencontrèrent, je vis qu'il me reconnaissait. Sans m'y être attendue, j'éclatai en sanglots et penchai la tête sur nos mains enlacées.

Chapitre 2

Je finis par cesser de brailler. Andy m'avait tenu la main pendant tout ce temps, sans bouger ni parler. J'aurais pu me servir de cette main pour essuyer mes larmes mais je n'avais pas plus envie que lui de rompre le contact.

Reniflant comme un bébé, je fis de mon mieux pour me reprendre et croisai de nouveau son regard.

— Comment ça va, grand frère ? demandai-je.

Il réussit à m'adresser un faible sourire.

— Mieux qu'il y a une demi-heure environ, dit-il, d'une voix à peine plus élevée qu'un murmure.

Il ferma les yeux un instant et l'angoisse me poignarda.

— Andy ?

Il rouvrit les yeux et, pour la première fois, je remarquai l'expression hantée de son regard. Il ne prononça pas un mot et je ne savais quoi dire.

Je n'avais pas parlé à Andy, le véritable Andy, depuis dix ans. La dernière fois que nous avions discuté, je lui avais fait très clairement savoir à quel point je le détestais de s'être porté volontaire pour devenir l'hôte d'un démon. Pendant des années, c'était ce que j'avais cru. Il avait fallu qu'Adam lui tire dessus pour que je comprenne que je ne pensais pas ce que je lui avais dit alors.

Le souvenir de cet horrible moment fit ressurgir quelques problèmes que j'aurais préféré laisser de côté. Comme l'explication totalement fictive que nous avions donnée aux policiers concernant ce qui était arrivé à Andy. Mon Dieu, j'espérais qu'il confirmerait cette histoire, même si elle peignait son démon, Raphael, sous le plus mauvais jour.

Que savait-il vraiment ? J'avais comme l'impression que Raphael avait pris l'habitude de bloquer Andy afin qu'il n'ait pas accès aux secrets d'État. Est-ce qu'Andy se rappelait quoi que ce soit de la confrontation qui l'avait conduit à une mort temporaire ? Peut-être pas. Peut-être que tout ce qu'il savait, c'était l'histoire officielle, qu'il avait sûrement entendue de nombreuses fois au cours de son séjour à l'hôpital.

Mais je ne souhaitais pas aborder ce sujet tout de suite. Je ne savais peut-être pas quoi dire à mon frère après ces dix années d'absence dans ma vie, mais une chose était certaine, je n'allais pas lui balancer tous ces problèmes sous prétexte de surmonter mon embarras. Du moins, pas encore.

— Merci pour tes visites, dit Andy d'une voix faible et mal en point. Je savais que tu étais là, même si je ne pouvais pas parler.

Je serrai sa main un peu plus fort.

— Eh, malgré nos différences, tu es toujours mon grand frère.

Il sourit sans que ce sourire atteigne son regard.

— Tu as dit à Raphael que tu me considérais comme mort.

Je fis la grimace et détournai les yeux.

— Je sais.

Au souvenir d'autres propos tenus à Raphael, je me sentis rongée par la culpabilité. J'avais été très, très dure vis-à-vis d'Andy.

— Ça va, m'assura-t-il. Raphael était un vrai salopard et c'est moi qui l'ai fait entrer dans ta vie.

Je relevai la tête, surprise de l'amertume qui transparaissait dans sa voix. Dominic était le seul autre hôte que je connaissais à avoir perdu son démon. Il avait été tellement attaché à ce dernier que je m'étais attendue à ce qu'Andy réagisse de la même manière que lui. Même s'il m'était difficile d'imaginer qu'on puisse s'attacher à Raphael.

— Alors tu n'es pas triste qu'il soit parti ? demandai-je.

Il frissonna.

— Non. Adam m'a rendu un fier service en m'aidant à me débarrasser de lui.

Eh bien, voilà qui répondait à ma question : il savait ce qui s'était réellement passé.

Les mâchoires serrées, il lâcha ma main avant de changer de position en grimaçant.

— Mon Dieu, je me sens aussi faible qu'un nouveau-né mais je suis prêt à laisser tomber la couche. Tu peux avertir les infirmières que je suis de retour ?

Je ne voulais pas quitter son chevet, surtout avec toutes les questions et les regrets qui grouillaient en moi, mais je savais qu'à sa place, j'aurais été pressée de retrouver ma dignité. Je voulais le prendre dans mes bras, ou l'embrasser, ou même ébouriffer ses cheveux mais son langage corporel n'incitait pas à ces marques d'affection.

— Je reviens tout de suite, lui dis-je en avalant la boule dans ma gorge.

Il hocha à peine la tête sans me regarder. Je ne savais s'il était en colère après moi, ou après Raphael, ou bien après Lugh, ou simplement après la situation en général. Mais nous avions le temps d'en parler plus tard.

Les genoux un peu vacillants, je me rendis dans le bureau des infirmières pour leur annoncer la bonne nouvelle. L'air sincèrement ravi, une infirmière et une fille de salle se précipitèrent dans la chambre de mon frère après m'avoir demandé de ne pas bouger pendant qu'elles feraient la toilette d'Andy et l'habilleraient.

— Bon, me dit une autre infirmière en poussant un téléphone vers moi. Je vous laisse annoncer la bonne nouvelle à vos parents.

Je fis une drôle de tête. Je ne voulais pas parler à mes parents en temps ordinaire et, après ce que j'avais appris cet après-midi-là, j'en avais encore moins envie. Pourtant, cela me demanderait plus d'énergie que j'en avais pour convaincre l'infirmière de reprendre son téléphone. Aussi je serrai les dents et passai le coup de fil.

Naturellement, ma mère fut transportée de joie et je me doutai que mon père et elle seraient à l'hôpital aussi vite qu'il était humainement possible. J'aurais donné n'importe quoi pour me tirer de là avant leur grande arrivée, mais je ne pouvais pas abandonner Andy comme ça. Pas après une aussi longue absence.

Je m'assis dans la déprimante salle d'attente en m'efforçant de ne pas me mâchonner la lèvre jusqu'au sang. Finalement l'infirmière revint.

— Vous pouvez retourner dans sa chambre, maintenant, m'informa-t-elle, rayonnante.

J'essayai de lui rendre son sourire.

Ne vous détrompez pas : j'étais ravie qu'Andy se soit réveillé. Mais j'étais moi-même tellement bouleversée que je ne parvenais pas à éprouver l'excitation grisante que j'aurais crue de circonstance. Andy et moi nous étions brouillés, depuis qu'il s'était rendu à la cérémonie qui avait fait entrer Raphael dans la Plaine des mortels. Il avait été ensuite en état de sommeil dans son propre corps pendant dix longues années. L'homme qui m'attendait dans cette chambre était un étranger.

Je restai sur le seuil pendant un moment, luttant contre une impulsion lâche qui me criait de fuir. Finalement, je pris une profonde inspiration, poussai la porte et entrai.

Habillé d'un jean et d'un tee-shirt noir qui pendait sur son corps hâve, Andy était assis dans un fauteuil roulant, les yeux rivés sur ses mains serrées sur ses genoux. Il ne sembla pas remarquer ma présence.

— Andy ? demandai-je avec hésitation. Ça va ?

Il cligna des yeux et leva le visage vers moi.

— Ouais. Ça va. (Il tenta en vain de sourire.) Apparemment, il va me falloir du temps pour recouvrer toutes mes forces. (Sa voix était toujours faible et râpeuse mais il est vrai que ses cordes vocales avaient manqué d'entraînement.) Je n'ai pu me tenir debout que le temps qu'elles m'enfilent mon slip.

Je me mordis la lèvre.

— Je suis désolée.

Il haussa les sourcils.

— Pourquoi ?

Je soupirai.

— Pour tout ?

Il éclata brièvement de rire.

— Cela couvre certainement toutes les bases.

Le silence embarrassé menaçait de se réinstaller et je m'empressai de le combler.

— Maman et papa arrivent.

À ma surprise, il fit la grimace. Mes parents et lui s'étaient toujours entendus comme larrons en foire, lui qui était considéré comme l'enfant prodige et tout le tremblement.

Remarquant ma surprise, il secoua la tête.

— Ils vont s'attendre que je disculpe Raphael et, de toute évidence, c'est quelque chose que je ne peux pas faire.

D'après ce que tout le monde, excepté moi, Adam et Dominic, savait, Raphael était devenu un démon criminel en kidnappant et en torturant mon petit ami pour me punir du différend qui nous opposait. Mes parents avaient toujours refusé de croire à cette version. Ils aimaient Raphael comme s'il était leur véritable fils, et pas Andy.

— De quoi tu te souviens ? demandai-je.

Il ferma les yeux.

— De ce que Raphael a voulu que je me souvienne. Il s'est assuré que je connaisse la ligne du parti avant de me quitter. Juste au cas où je redeviendrais un être humain en état de fonctionnement. (Il soupira.) Combien tu paries que maman et papa vont essayer de me convaincre qu'il y a eu une sorte de malentendu ?

Je fronçai les sourcils.

— Je sais qu'ils ne vont pas être contents, mais une fois que tu leur auras confirmé cette histoire, ils seront bien obligés d'y croire.

Il ricana.

— Tu sous-estimes leur capacité de déni. Ils ne me contrediront peut-être pas mais je doute qu'ils me croient vraiment.

Bien sûr, puisque cette histoire était fausse, il était difficile d'en vouloir à mes parents de ne pas la croire. Mais je n'avais pas de souci à me faire, j'avais bien d'autres raisons de leur en vouloir.

J'avais envie de demander à Andy s'il savait quoi que ce soit au sujet de mon vrai père et des circonstances de ma naissance, mais il était trop tôt pour de telles questions. Je devais lui donner le temps de coopérer, de se réadapter à une vie d'être humain indépendant. J'attendrais le lendemain.

Je luttais de nouveau avec l'envie de m'enfuir quand je perçus le babillage surexcité des voix de mes parents et compris qu'il était trop tard.

— Tu veux te cacher dans le cabinet de toilette jusqu'à leur départ ? me demanda Andy.

Pour la première fois depuis son réveil, je remarquai une étincelle de vie et d'humour dans ses yeux.

C'est triste à dire, mais son offre me tenta. Je rassemblai toute la maturité dont j'étais capable et ne bougeai pas.

Ma mère passa la porte en premier. C'est le genre de femme qui ne met pas un pied dehors sans s'être auparavant méticuleusement peint le visage pour cacher la moindre imperfection ou ride ou s'être vaporisé les cheveux de laque au point qu'ils puissent résister à une tempête. Elle manie le fer à repasser avec un zèle fanatique. Même quand elle porte du lin, il est rare de déceler un pli sur ses vêtements.

Ce soir-là ne faisait pas exception, bien que je n'aie aucune idée de la manière dont elle était parvenue à avoir l'air aussi parfaite alors qu'elle avait de toute évidence quitté la maison en urgence. Peut-être était-elle vraiment un mannequin possédé par le démon ? D'accord, ce n'est pas très charitable de ma part. Et alors ?

Quand elle vit Andy, elle porta les mains à sa bouche en étouffant un sanglot, les yeux emplis de larmes. Puis, passant devant moi sans même un regard, elle tendit la main vers mon frère. Andy prit la main tendue en se forçant à sourire. Ma mère était incapable de parler au travers de ses pleurs silencieux, et je lui en fus reconnaissante.

Mon père n'aurait pas reconnu une émotion tendre même si celle-ci lui avait mordu le cul. Il passa le seuil et m'adressa un bref hochement de tête, puis il s'avança vers le fauteuil roulant d'Andy comme si le fait de retrouver un fils après une longue catatonie arrivait tous les jours. Remarquerait-on seulement mon absence si je décidais de filer par la porte ?

— Comment te sens-tu, mon fils ? demanda mon père.

— Beaucoup mieux, répondit Andy.

Il essaya de dégager sa main de l'emprise de ma mère, mais elle ne le lâchait pas.

— Nous sommes tellement heureux de te retrouver, dit ma mère d'une voix tremblante. Maintenant tu peux nous dire ce qui s'est vraiment passé la nuit où on t'a tiré dessus.

J'échangeai un regard avec mon frère. Vous l'avez compris, il n'y a pas beaucoup d'amour entre ma mère et moi. Pourtant, j'eus du mal à croire qu'elle pouvait être aussi insensible. Ma bouche se mit sur pilote automatique.

— Tu n'as pas parlé au vrai Andy pendant dix ans. Il est en état de catatonie depuis des semaines, et la première chose dont tu te réjouis, c'est qu'il puisse vous dire que R…

Je me tus avant que le nom de Raphael passe mes lèvres. Les démons adoptent le nom de leur hôte quand ils traversent la Plaine des mortels et ils divulguent rarement leur vrai nom. Il était fort probable que mes parents ne connaissent pas le nom du démon qui avait possédé Andy et nous ne nous porterions que mieux si cela restait ainsi. « Raphael » n'était probablement pas son Nom véritable mais il existait sûrement d'autres personnes qui savaient que c'était le nom du frère du roi.

Je m'éclaircis la voix en essayant de camoufler ce dérapage sous une toux.

— En espérant qu'il puisse vous dire que son démon n'est pas le salaud que tout le monde affirme qu'il est ?

Le dos de ma mère se raidit et mon père m'adressa un regard furieux.

— Morgane, dit-il, si tu n'as rien de plus gentil à dire, je te suggère de te taire.

Quel âge j'avais ? Cinq ans ? Je me hérissai encore plus.

— Je pourrais vous répondre la même chose ! Êtes-vous au moins contents qu'Andy soit revenu ou bien ce foutu démon est-il la seule chose qui vous intéresse ?

Le regard de mon père se fit encore plus glacial.

— Surveille ton langage.

Incroyable ! J'avais toujours pensé qu'Andy était leur enfant préféré. Je savais que c'était parce qu'il avait accepté d'être l'hôte d'un démon mais je n'avais pas compris jusqu'alors à quel point ils se souciaient peu de lui en tant que vraie personne.

— Ne vous disputez pas, s'il vous plaît, dit faiblement Andy. Je n'ai pas la force de le supporter.

Je me sentis aussitôt mal à l'aise. Ouais, ma mère était une conne insensible, mais je devais être capable de me contrôler et de garder mon opinion pour moi quelques minutes le temps que mes parents et Andy se retrouvent.

— Désolée, marmonnai-je.

Je m'excusais auprès d'Andy, mais mes parents semblèrent penser que ces excuses les concernaient eux aussi et je ne vis aucune raison de les décevoir. Mon père se détourna sans un mot et ma mère ne m'avait même pas prêté attention.

— Bien sûr que nous sommes heureux de te retrouver, assura ma mère à Andy. Je ne peux imaginer quelles semaines tu viens de passer.

Elle renifla délicatement et Andy se força de nouveau à sourire.

— Ç'a été dur, admit-il, mais c'est fini.

Lâchant enfin la main de son fils, ma mère tira une chaise et mon père vint se poster derrière elle comme une sorte de garde du corps. Il devait bien ressentir quelque chose – autre chose que le dégoût que je lui inspirais, bien entendu – mais il était difficile de le deviner en le regardant. Il est de ces hommes supertendus qui pensent qu'exprimer ses émotions est un truc de filles. Je doute qu'aucune larme ait osé couler de ses yeux depuis des temps remontant avant sa puberté.

— Alors, raconte-nous ce qui s'est passé, demanda ma mère en se penchant légèrement sur sa chaise.

J'échangeai un autre regard avec mon frère mais, cette fois, je parvins à me mordre la langue pour le laisser parler. Il secoua la tête puis affronta le regard de ma mère.

— Je suis vraiment désolé, maman, mais j'ai peur que tu connaisses déjà la vérité. Mon démon est devenu un criminel et je n'ai rien pu faire pour l'arrêter.

Je le vis frémir et ma mère se recula sur sa chaise, frappée de stupeur.

— Comment est-ce possible ? murmura-t-elle, les yeux écarquillés et incrédules.

Andy haussa les épaules.

— Tous les démons ne se ressemblent pas. J'ai juste tiré le mauvais numéro.

Ma mère resta silencieuse mais n'importe qui doté de la moitié d'un cerveau pouvait voir qu'elle n'était pas convaincue. Je ne la comprends vraiment pas. Elle doit bien savoir qu'il existe de mauvais démons ici-bas. Même au travers des verres les plus épais et les plus roses qui soient, elle a bien dû lire des choses au sujet des démons criminels (ceux qui commettent des crimes violents) et des démons illégaux (ceux qui possèdent des hôtes non consentants). Pourquoi lui était-il impossible d'imaginer qu'Andy ait pu se retrouver à la colle avec l'un d'eux ?

— Eh bien, dit mon père sur un air de joie feinte, même si c'est le cas, je suis sûr que ça se passera mieux la prochaine fois.

La mâchoire m'en tomba et j'eus l'impression de recevoir un coup de poing dans le ventre.

J'aurais dû me douter que mes parents voudraient qu'il soit de nouveau un hôte. Bon sang, ils avaient même sûrement espéré pouvoir invoquer un autre démon pour le posséder pendant qu'il se trouvait en état de catatonie. Pourtant, s'il avait signé les documents de consentement pour sa première expérience, il lui faudrait tout recommencer s'il désirait héberger un autre démon.

Je venais juste de récupérer mon frère après dix années d'absence. Je ne voulais pas le perdre encore une fois !

Puis une pensée vicieuse se fraya un chemin dans mon esprit. Si Andy allait héberger un nouveau démon, pourquoi ce démon ne serait-il pas Lugh ? Mon cœur s'emballa. Andy avait toujours voulu être un héros et moi jamais. Voilà qui était parfait ! Je me débarrasserais de Lugh et retrouverais ma vie normale. Et Andy serait le héros qui sauverait le monde.

Avant de me laisser emporter par cette idée, je remarquai la peau livide de mon frère et la terreur dans son regard et compris aussitôt que mon faible espoir venait de mourir dans l'œuf.

Toujours pâle, les mains agrippées aux bras du fauteuil, Andy secouait la tête.

— Il n'y aura pas de prochaine fois, déclara-t-il, la voix légèrement tremblante. Une fois m'a suffi.

Ma mère porta la main à la poitrine l'air choqué et mon père resta momentanément sans voix. Il se remit très rapidement.

— Ce n'était pas délicat de ma part, dit mon père, et je ravalai un éclat de rire. Je suis désolé, mon fils. Tu dois avant tout reprendre des forces. Nous aurons l'occasion de reparler de ton avenir.

Une fois encore, mon frère secoua la tête.

— On peut en parler mais je vous le dis maintenant, je ne compte pas redevenir l'hôte d'un démon. Je sais que vous pensez que j'ai été traumatisé et que je changerai d'avis une fois que je me sentirai mieux, mais n'espérez rien.

Mon père semblait avoir autre chose à ajouter, mais ma mère fut plus rapide que lui. Se penchant en avant, elle posa la main sur l'épaule d'Andy.

— Bien sûr que non, mon chéri, dit-elle. Tu sais que nous te soutiendrons à cent pour cent, quel que soit ton choix.

Je dus retenir un rire encore plus amer. Et aussi horrible cela puisse être, je ne pus m'empêcher d'être jalouse. Bien sûr qu'ils le soutiendraient quel que soit son choix. Il n'y avait que moi qu'on laissait à sécher dehors si je ne faisais pas exactement ce qu'ils attendaient de moi.

Mais, étant donné ce que je savais concernant mes origines, est-ce que je pouvais vraiment leur en vouloir ?

J'eus intérieurement un sourire amer. Un peu que je pouvais leur en vouloir. C'est ce que je faisais depuis que j'étais née. Pourquoi arrêterais-je maintenant ?

Chapitre 3

Le médecin de service voulut qu'Andy reste au moins une nuit de plus à l'hôpital en observation. Mes parents étaient déçus mais loin d'eux la pensée de discuter l'avis du médecin. Pas quand ce médecin se trouvait être un membre de la Société de l'esprit qu'ils respectaient.

Je les laissai pour qu'ils puissent faire de nouveau connaissance avec leur fils. Je comptais appeler Andy quand il serait sorti de l'hôpital et que mes parents seraient hors de vue. Alors lui et moi pourrions parler un peu plus.

L'heure du dîner approchait quand je sortis de l'ascenseur dans le hall de l'hôpital. Mon estomac protestait d'avoir été privé de déjeuner. Je considérais les options qui se présentaient à moi pour le dîner sans qu'aucune d'elles me semble très attrayante.

Toutes pensées de nourriture disparurent de mon esprit quand j'aperçus Adam devant le guichet de la réception.

La beauté était une qualité requise pour être l'hôte d'un démon et Adam ne faisait pas exception à la règle. Il était un peu moins grand que Dominic, bien que sa démarche assurée le fasse toujours passer pour l'homme le plus grand où qu'il se trouve. Si Dominic était grand, sombre et beau, Adam était grand, sombre et dangereux. Et même si je ne l'appréciais pas du tout, on ne pouvait pas dire que sa vue me dérangeait. Maintenant, si j'avais été capable de monter un mur de barreaux entre nous et de lui fermer la bouche au ruban adhésif, j'aurais presque été heureuse de le voir.

Étant donné la situation, le rencontrer ne faisait qu'aggraver ma journée. Je pris une mine renfrognée quand il me sourit et vint me rejoindre à mi-chemin de la sortie. J'étais parvenue à l'éviter depuis la nuit où il avait tiré sur mon frère, mais apparemment ma veine n'avait plus cours.

— Qu'est-ce que tu fiches ici ? grognai-je, ma main fourmillant d'envie de se saisir de mon Taser. J'espère que tu ne me suis pas !

Il m'adressa un regard feignant l'innocence.

— Qui ? Moi ?

Devant mon expression de fureur, Adam cessa la comédie et secoua la tête.

— En fait, que nous nous rencontrions ici n'est qu'une heureuse coïncidence.

Je ricanai en me dirigeant vers la porte, pas du tout surprise qu'il m'emboîte le pas.

— J'ai appris la nouvelle au sujet de ton frère, dit-il. Je suis content qu'il aille mieux.

— Ce n'est pas grâce à toi, marmonnai-je en regrettant de ne pas avoir gardé cette pensée pour moi.

Ce n'était pas une discussion que j'étais pressée d'avoir avec Adam. Je consultai ma montre.

— Ça fait moins d'une heure qu'il s'est réveillé. Tu dois avoir un sacrément bon informateur.

Ce qui signifiait qu'Adam avait demandé à quelqu'un de garder un œil sur Andy. Si mon frère avait fait capoter notre histoire, Adam se serait retrouvé dans la pire des situations.

Il haussa les épaules avec bienveillance.

— C'était dans notre intérêt à tous de savoir si et quand il allait se réveiller. Je ne pouvais compter sur le fait que tu te trouverais à point nommé près de lui quand cela arriverait.

Il me tint la porte à la manière d'un gentleman et je ne pris pas la peine de protester. Je sortis sur le trottoir juste au moment où un bus s'éloignait de l'arrêt dans un nuage de fumées d'échappement, me rappelant pourquoi j'avais toujours préféré vivre en banlieue.

Avant que j'aie eu la chance de commencer à me diriger vers mon appartement, Adam me prit par le bras et me tira dans la direction opposée. Naturellement, je tentai de me libérer de son emprise, mais il ne me lâcha pas.

— Qu'est-ce que tu fais ?

— Il est temps que nous ayons une petite discussion, tous les deux, dit-il en me serrant toujours le bras.

Là, je décidai de sortir mon Taser bien que mon mouvement soit gêné par la poigne d'Adam. Comprenant ce que j'envisageais de faire, il roula des yeux.

— N'agresse pas un officier de police, chérie. Tu pourrais avoir des ennuis.

C'est vrai, n'empêche que j'étais tentée.

— Lâche mon bras.

Ce qu'il fit, à ma grande surprise.

— Ça va mieux ? demanda-t-il en se tournant pour m'affronter.

C'était toujours l'heure de pointe et les piétons n'appréciaient pas vraiment que nous soyons arrêtés au milieu. Ils nous contournaient mais j'étais consciente des regards mauvais lancés dans notre direction.

Sans lui répondre, je lui emboîtai le pas.

— Alors où allons-nous ?

— Que penses-tu de ma voiture ? Je crois que Dom m'a dit qu'il préparait un poulet *cacciatore* ce soir. Je suis sûr qu'il y en a assez pour trois.

Je maudis mon traître d'estomac qui se mit à grogner. Je savais d'expérience que Dominic était un excellent cuisinier et je ne pus m'empêcher d'être tentée. Jusqu'à ce que je pense à la perspective de passer la soirée avec Adam et Dom. Je n'ai aucun problème avec les homos : j'ai pas mal de préjugés, mais celui-ci n'en fait pas partie. Non, ce qui me pose problème, ce sont les marques d'affection publiques et je suis prête à parier qu'Adam prend un malin plaisir à me mettre mal à l'aise. Dom est un peu plus discret, mais pas au point de refuser les avances d'Adam. Ils se grimperaient probablement dessus dès que la porte serait refermée dans mon dos.

— Merci, mais non merci, dis-je.

J'espérai que je ne rougissais pas en réaction aux images qui me venaient à l'esprit. J'essayai de me convaincre que c'était le fait qu'ils s'envoient en l'air qui me rendait mal à l'aise en leur présence plutôt que mes propres réactions involontaires.

Parce que, voyez-vous, peu importe mon embarras, ce sont tous les deux des types très sexy et les voir ensemble ne manque jamais de m'exciter et d'évoquer des fantasmes que je préférerais ne pas m'avouer. C'était bien la dernière chose dont j'avais besoin ce jour-là, dans l'état où étaient mes hormones qui rouspétaient parce que j'étais célibataire depuis ma rupture avec Brian.

Pour une fois, Adam résista à l'envie de me taquiner.

— Il est important que nous discutions. Je te promets que Dominic et moi nous comporterons le mieux du monde.

Je lui adressai un sourire sardonique.

— Avec vous, ça veut dire quoi ? Que vous allez garder vos fringues pendant que vous vous tripoterez ?

Il éclata de rire.

— Nous savons nous contrôler, ma chérie. Je crois que nous pouvons résister à la tentation de te faire rougir pendant une soirée, bien que ce soit très amusant.

Je serrai les dents. Brian et Adam prenaient tous les deux un malin plaisir à me faire rougir. Brian trouve drôle qu'une dure à cuire comme moi, arborant un total de sept boucles d'oreille et un tatouage au bas du dos, rougisse comme une écolière à des sous-entendus sexuels. Adam le fait juste parce qu'il sait que cela m'énerve.

— Pourquoi devrais-je te faire confiance ? demandai-je plutôt.

— Parce que quoi que tu penses de moi, je n'ai jamais rien fait pour trahir ta confiance.

Il n'avait pas dit « contrairement à toi », mais nous savions tous les deux que c'était ce qu'il pensait. C'était vrai, j'avais appelé la police pour accuser Adam de meurtre. Mais là encore, il avait vraiment assassiné quelqu'un : mon ancienne meilleure amie, Val, qui faisait en fait partie du complot visant à me tuer. Avec un peu de temps et de distance émotionnelle, je devais admettre qu'il n'avait pas eu le choix. Mais je n'admettrais jamais cela devant lui.

J'agaçai encore une fois les piétons pressés en nous obligeant à nous arrêter tous les deux. Levant les yeux vers ceux d'Adam, je m'efforçai de savoir si j'étais d'attaque pour avoir affaire à Dom et lui ce soir.

— Si je refuse, est-ce que tu me laisseras partir ou bien vais-je me retrouver menottée ? demandai-je enfin.

Il ne m'adressa pas le sourire vicieux auquel je m'étais attendue.

— Il faudra bien que tu finisses par nous parler, dit-il. Tu le sais tout aussi bien que moi. Mais, non, je ne te traînerai pas de force. Pas ce soir, en tous les cas.

Peut-être que je poussais un peu trop loin, mais je le crus. Et parce que je me croyais libre de choisir, j'acceptai son invitation.

— D'accord, dis-je. Je viens à une seule condition.

Il patientait, un sourcil haussé.

— Tu me laisses savourer la cuisine de Dom en paix. On parlera business après le repas. Marché conclu ?

— Marché conclu, répondit-il en souriant.

Pour un employé du gouvernement, Adam est mieux nanti que je peux l'expliquer. Sa maison est immense, d'après les critères du centre-ville, et elle n'est pas mitoyenne. Ce qui est un atout si l'on considère ce que ses voisins pourraient entendre s'ils étaient trop proches.

Le parfum d'ail, de poivrons et d'épices italiennes frappa mes narines dès que je passai la porte et je pris une profonde et approbative inspiration. Je me mis aussitôt à saliver et j'en vins presque à oublier le prix déplaisant de mon droit d'entrée.

Dominic se trouvait dans la cuisine, naturellement. Constatant que la table était mise pour trois, je lançai un regard mauvais à Adam.

— Tu étais sûr que j'allais venir, hein ?

Il sourit.

— Seule une imbécile refuserait de manger un poulet *cacciatore* cuisiné par Dominic.

Debout devant la cuisinière, Dominic gloussa. Il était modeste par nature, mais je savais combien il appréciait le compliment.

— C'est presque prêt, lança-t-il par-dessus son épaule. Tu sers le vin, Adam ?

— Pas pour moi, merci, dis-je en levant les mains.

Je n'ai jamais pu comprendre comment on pouvait répondre à l'appel des raisins fermentés.

Adam remplit son verre et celui de Dominic puis il tira une chaise pour moi. Je lui adressai un autre regard mauvais : j'étais assez bonne dans ce registre. Il haussa les épaules et s'assit. Quand Dom posa le plat sur la table, je le suivis comme un chien quémandant les miettes du repas.

J'aurais dû me douter qu'Adam ne respecterait pas notre accord et n'attendrait pas la fin du repas pour parler boutique. Les conversations désagréables ne semblaient jamais gâcher son appétit, ce qui n'était pas mon cas.

— Je suppose qu'Andrew ne contredit pas notre histoire ou bien tu serais plus agitée, dit-il.

Je remplis ma bouche de poulet afin de ne pas avoir à répondre tout de suite. Et je pris mon temps pour mâcher, aussi. J'aurais même probablement pu continuer à manger. Il ne pouvait pas me forcer à parler alors que je n'y étais pas prête. Mais peut-être serait-il plus simple de faire passer la discussion avec le poulet *cacciatore* de Dominic.

— Il sait à quel point il est important qu'il garde la vérité pour lui, dis-je après avoir enfin avalé.

— Bien.

Adam échangea un regard avec Dominic. Un de ces regards qui suggéraient qu'ils savaient quelque chose que je ne savais pas.

— As-tu pu parler avec lui ?

Je plissai les yeux.

— Pourquoi ne vas-tu pas droit au fait et ne me demandes-tu pas ce que tu veux savoir au lieu de tourner autour du pot ?

Il haussa les épaules.

— D'accord. Je me demandais ce qu'il savait de ce que Raphael avait appris pendant toutes ces années passées dans son corps.

Cette pensée ne me fit pas exactement sourire. Cela ne m'avait même pas effleuré l'esprit de lui poser la question mais, bien sûr, il y avait pas mal de questions que nous pouvions nous poser au sujet de Raphael… des questions auxquelles celui-ci n'avait pas voulu répondre. Il y avait de grandes chances qu'il ait empêché Andy d'apprendre tout ce qu'il ne voulait pas que son hôte sache : un démon peut empêcher son hôte de voir ou d'entendre quand il le veut. Cependant, Raphael avait espéré rester dans le corps d'Andy jusqu'à ce que ce dernier meure, alors peut-être n'avait-il pas été aussi vigilant que ça. Bien entendu, Andy n'avait livré aucune information.

—Je ne sais pas, admis-je. L'ambiance était plutôt pesante et nous étions sous le coup de l'émotion. (Surtout quand mes parents avaient fait leur apparition.) Nous n'avons pas vraiment beaucoup parlé de ce qui s'était passé.

Adam et Dominic échangèrent de nouveau un regard et je dus serrer les dents pour retenir le petit commentaire que j'avais envie de faire. Ça ne valait pas le coup de faire sentir à Adam qu'il me tapait sur les nerfs.

—Il est possible que nous ne soyons pas les seuls à soupçonner qu'Andrew en sait plus qu'il le devrait, dit Adam.

Le poulet délicieux se transforma en une boule de plomb dans mon estomac.

—Tu crois qu'il est en danger ?

Adam haussa les épaules.

—Peut-être. Difficile de savoir. Nous avons toutes les raisons de croire que nous avons nettoyé la cellule que Raphael avait infiltrée. Si c'est le cas, personne ne sait quelle personnalité importante Andrew hébergeait. Et ce que ce VIP voulait garder secret.

Mon estomac se contracta encore.

—Sauf Raphael.

Quand il avait quitté le corps de mon frère, Raphael était retourné au Royaume des démons mais il avait l'intention de trouver un nouvel hôte et de revenir infiltrer une nouvelle cellule de l'armée révolutionnaire de Dougal. Bien que Raphael soit du côté de Lugh, et donc techniquement un gentil, je ne lui faisais pas totalement confiance. Il n'était pas vraiment un type sympa et je doutais que lui et moi partagions le même code moral. Il avait également été très clair : il en savait beaucoup plus que ce qu'il désirait que je sache et, quand Lugh avait refusé de me bloquer, Raphael s'était tu.

Adam acquiesça.

— Exactement. Tu pourrais peut-être demander à Lugh cette nuit ce qu'il pense de l'éventualité que Raphael revienne s'en prendre à Andrew.

Je n'eus pas besoin d'attendre la nuit car aussitôt la douleur me poignarda la tête. Cette sensation déplaisante qu'un pic-à-glace me rentrait dans l'œil avait été – jusque-là – l'unique méthode de communication de Lugh aux moments où j'étais consciente. Avant même que j'aie la chance de grimacer, la douleur avait disparu.

— Je prends ça comme un « oui », marmonnai-je alors qu'Adam m'adressait un regard interrogateur. Lugh peut me donner des migraines quand je suis éveillée, expliquai-je. C'est ce qu'il vient de faire, donc je suppose que cela signifie qu'il pense qu'Andy peut être en danger.

Je fronçai les sourcils en prenant conscience encore une fois à quel point moi, une supposée experte en démons, j'en savais si peu sur eux. Ils sont incroyablement secrets de nature, ce qui est une des raisons pour lesquelles je ne leur ai jamais fait confiance.

Je savais que les démons étaient appelés dans la Plaine des mortels par le biais d'une cérémonie au cours de laquelle l'hôte potentiel prononçait une sorte d'incantation. Je savais également que si on apprenait le Nom véritable d'un démon, on pouvait l'invoquer en particulier. Mais je n'avais aucune idée de la manière dont les démons déterminaient lequel d'entre eux répondait à une invocation générique, en supposant que c'était un peu plus élaboré que de tirer à la courte paille.

— Comment Raphael procéderait pour trouver un nouvel hôte ? demandai-je

En posant cette question, je compris à quel point, au cours des dernières semaines, je m'étais soigneusement fermée aux réalités de ma nouvelle vie. Il y avait tellement d'interrogations que j'aurais déjà dû exprimer depuis, mais, dans ma quête désespérée du déni, je les avais toutes réprimées.

— Et tu penses qu'il est déjà revenu dans la Plaine des mortels ?

Adam se dandina avec un air gêné en regardant fixement le plateau de la table.

— Je ne peux pas répondre à cette question, dit-il. Pas sans la permission de Lugh.

J'émis un grognement de frustration.

— Si tu veux que je coopère, il va falloir que vous me livriez quelques-uns de vos précieux secrets.

Il croisa mon regard.

— Je ne peux pas. Pas sans la permission de Lugh. Il est mon roi.

Lugh ne me donnant aucune migraine immédiate, je décidai que c'était parce qu'il savait qu'Adam ne me croirait pas si je lui affirmais le contraire. Mais j'allais avoir une flopée de questions à lui poser ce soir… en supposant que je réussisse à m'endormir.

— Peux-tu au moins répondre à ma deuxième question, à savoir si tu crois que Raphael peut déjà être de retour ?

Adam acquiesça.

— C'est possible.

— Alors comment protège-t-on Andrew ?

— Pour ce soir, répondit-il, j'ai fait poster un garde devant sa chambre à l'hôpital. C'est pour cette raison que je me trouvais là-bas. T'y croiser n'était qu'une pure coïncidence.

Il m'adressa un sourire moche qui me fit ricaner.

— Ouais, pour preuve, la table que Dominic avait mise pour trois.

Le sourire moche resta en place.

— Peut-être une pure coïncidence pas aussi inattendue que ça.

— Alors pour ce soir, il a un garde. Et demain ?

— C'est la grande question, répondit Adam. Il ne peut pas retourner dans son appartement et je ne pense pas qu'il sera plus en sécurité en séjournant chez tes parents.

Je soupirai en comprenant où cela nous menait.

— Tu veux qu'il reste chez moi.

Adam haussa les épaules.

— Tu as une chambre d'ami dans ton nouvel appartement, non ?

— Je ne serai pas d'une réelle efficacité comme garde du corps. Pas contre un démon, du moins.

— Tu le serais si tu laissais Lugh prendre le contrôle.

Je frissonnai et je perdis tout à fait l'appétit. Je repoussai mon assiette puis m'éloignai de la table en luttant contre l'envie de fuir à toutes jambes.

J'avais laissé Lugh prendre le contrôle de mon corps quand j'avais été sur le point d'être brûlée vive sur le bûcher mais, bien qu'il ait eu l'amabilité de me laisser reprendre le dessus quand tout avait été fini, je me rappelais encore avec un frisson de panique ces minutes terrifiantes au cours desquelles j'avais été une passagère impuissante dans mon propre corps. Être possédée, être impuissante, cela avait toujours été mon pire cauchemar – je n'avais pas choisi d'exercer le métier d'exorciste par hasard – et, bien que Lugh m'ait sauvé la vie en prenant possession de moi, ce n'était pas une expérience que je comptais réitérer. Jamais.

Sous l'emprise grandissante de la panique, je me mis debout. Je crois que j'aurais pris mes jambes à mon cou si Adam ne m'avait pas saisi le bras.

— Assieds-toi, Morgane, dit-il.

Sa voix était ostensiblement douce. Sa capacité à être doux alors qu'il pouvait être si dur me surprenait toujours. La surprise amoindrit ma panique et je m'installai de nouveau sur ma chaise.

— C'était juste une suggestion, poursuivit-il. Même si tu refuses que Lugh te contrôle, Raphael pourrait hésiter à s'en prendre à ton frère si celui-ci habite chez toi.

Je suppose qu'il y avait du vrai là-dedans. Il se pouvait que Raphael ne comprenne pas que je ne laisse pas volontairement Lugh faire surface. De plus, bien que la relation entre les deux frères soit houleuse, Raphael semblait au moins faire preuve d'un minimum de respect à l'égard de son roi. Il pourrait très bien déduire qu'Andy était sous la protection de Lugh puisqu'il séjournait chez moi.

— Je vais voir si je peux arranger ça, dis-je en me demandant si Andy accepterait d'habiter chez moi.

Nous avions admis sans l'ombre d'un doute que je l'aimais toujours, mais cela ne voulait pas dire que tout allait rouler entre nous.

Les fumets alléchants du dîner amadouèrent mon appétit jusqu'à ce qu'il se manifeste de nouveau et je me remis à manger. Dominic sourit d'un air entendu, ce qui lui valut un petit coup de pied sous la table.

— Ouais, tu es le plus grand chef au monde, dis-je, la bouche pleine. Que ça ne te fasse pas enfler.

Quand Adam gloussa, je pris conscience du double sens de mes propos. Je dus probablement rougir mais, heureusement pour tout le monde, Adam ne releva pas.

Il attendit que j'aie avalé la dernière miette du tiramisu maison de Dominic pour aborder le sujet que je redoutais depuis l'instant où j'avais posé les yeux sur lui. Il eut le temps de prononcer « Alors vas-tu parler à » avant que je l'interrompe.

— Non! lançai-je. J'ai dit non à Dominic et je te réponds la même chose. Ma mère et moi nous parlons à peine. Il est hors de question que je l'interroge au sujet de ce que tu as pu déterrer.

Son visage s'assombrit.

— Tu sais combien c'est important.

— Je m'en fous, répondis-je avec entêtement. Même si je l'interrogeais, elle ne me dirait rien. Je te le garantis. Et c'est une réponse définitive.

Les joues d'Adam s'embrasèrent de colère, mais Dominic posa une main apaisante sur son bras.

— Laisse, conseilla-t-il. Nous trouverons nos réponses autrement.

Je le regardai d'un air suspicieux. Il était sacrément bien plus gentil et possédait plus de qualités humaines qu'Adam mais je savais d'expérience qu'il pouvait également se comporter en sale petit vicieux. Sa résignation trop rapide me faisait soupçonner qu'il cachait un tour dans sa manche et, dans ce cas, il n'en montrait rien.

Le visage d'Adam, au contraire, exprimait clairement que ça ne lui plaisait pas, mais il abandonna le sujet. Dominic me lança un regard innocent et l'inquiétude noua mon ventre.

Peut-être était-il tout simplement de mon côté. Peut-être n'y avait-il pas de sens caché derrière ses paroles, pas d'arrière-pensée. Le malaise me labourerait les entrailles tant que je me demanderais si ces deux-là préparaient quelque chose dont je ne voulais rien savoir.

Ceci étant, j'aurais certainement dû résister à l'insupportable tentation de ce repas maison gratuit.

Chapitre 4

Je rentrai chez moi avec assez de matière à réflexion. Pourtant, une fois que j'eus passé la porte de mon appartement et allumé la lumière, toutes les choses auxquelles j'aurais dû penser s'évaporèrent de mon esprit et je me précipitai dans la cuisine pour consulter mon répondeur.

La machine annonçait deux messages et je retins mon souffle en appuyant sur le bouton « Lecture ».

« Si vous souhaitez passer un appel, raccrochez s'il vous plaît et réessayez une nouvelle fois », dit la machine. J'appuyai sur le bouton « Effacer » en jurant, attendant le message suivant.

« Bonjour ! dit une voix mécanique. J'essaie de joindre... »

Nouveaux jurons. J'effaçai ce message qui n'en était pas un.

Cela faisait maintenant officiellement une semaine que Brian n'avait pas appelé. Je m'étais souvent répété que les messages touchants qu'il laissait sur mon répondeur tous les jours étaient agaçants. Ça ne m'avait pas empêchée de continuer à les écouter. Quand la journée avait été particulièrement mauvaise, je gardais ses messages pour les réécouter encore et encore.

Peut-être était-il en vacances, en croisière dans un endroit d'où il ne pouvait pas téléphoner. Une boule se forma dans ma gorge. Je déglutis. C'était supposé être une bonne chose qu'il ait finalement compris le message que je m'étais efforcée de lui enfoncer dans le gosier. Dommage que mon cœur ne semble pas s'en souvenir.

J'allai me coucher en pensant à sa voix, au contact de sa peau nue contre la mienne et au goût de sa langue dans ma bouche. Je restai allongée les yeux grands ouverts, me retournant sans cesse, incapable de mettre mon esprit en veille.

J'étais agitée et nerveuse, ma peau était hypersensible. Des souvenirs de câlins avec Brian après une séance spectaculaire de sexe m'assaillaient et m'excitaient. Ma main dévala mon ventre vers ma culotte mais je l'écartai au dernier moment. C'était incroyablement stupide, mais je ne voulais pas avoir d'orgasme sans Brian. Je finirais par céder, quand le besoin physique serait trop fort pour être nié, mais, pour le moment, je faisais plaisir à cette partie de moi qui espérait toujours que les choses puissent marcher entre nous. Dans le cas où, de manière miraculeuse, nous nous remettrions ensemble, nos retrouvailles n'en seraient que plus douces si je m'étais affamée tout le temps de notre séparation.

Avant de m'endormir, je levai la tête pour consulter les chiffres lumineux de mon réveil qui me révélèrent qu'il était 3 heures. Aux environs de 1 heure du matin, je m'étais levée pour jouer à je-ne-sais-combien de parties de Solitaire dans l'espoir de calmer mon esprit, mais il ne semblait pas que cela ait fonctionné. Quand je vis l'heure tardive, je fus tentée de déclarer forfait pour la nuit, mais je décidai de laisser une dernière chance au sommeil. J'aurais dû me rappeler qu'il n'y avait pas de repos pour les braves, car, à la minute où je m'assoupissai enfin, je me réveillai dans le salon imaginaire de Lugh.

Les bras croisés sur la poitrine, je lui lançai un regard furieux. Assis sur son canapé, souriant, ses yeux couleur ambre étincelant avec humour, il avait opté pour son look SM ce soir, ce qu'il avait tendance à faire chaque fois que j'avais des pensées impures à propos d'Adam ou de Dominic. Il portait un haut à mi-chemin entre la chemise bricolée à l'aide de lanières de cuir et l'accessoire compliqué de bondage avec lequel je ne voulais rien avoir à faire... même si les lanières encadraient ses tétons de manière alléchante et que mes hormones ne pouvaient s'empêcher de remarquer la couleur ocre doré de sa peau et ses muscles qui ondulaient dessous.

Bon sang, bien sûr que la sexualité saine que j'avais eue avec Brian me manquait. Il aurait fallu être morte pour ne pas être excitée par Lugh, mais si j'avais été comblée dans la vie, je n'aurais pas vécu ce désir de manière aussi... pressante.

Bien qu'il ne puisse me contrôler autant que les autres démons le peuvent avec leur hôte, Lugh a tout de même un accès total à mes pensées et à mes souvenirs. Il sait quand je suis excitée, peu importe la volonté que je mets à vouloir le cacher. Ce qui expliquait certainement son fichu sourire.

Je me dirigeai en tapant des pieds vers le fauteuil situé en face de lui. Qu'il sache combien j'appréciais le spectacle n'impliquait pas que j'allais l'admettre.

— Tu ne peux pas me laisser dormir ? lançai-je.

Son rire bas et sexy fit vibrer toutes mes cellules en rythme.

— J'avais comme l'impression que tu avais des questions à me poser.

C'était vrai, mais il m'aurait été plus facile de me souvenir de ces questions s'il n'avait pas été habillé de cette façon. Je regardai mes mains, à défaut de regarder Lugh. Mes hormones se calmèrent, mais je restais hyperconsciente de sa présence.

— Est-ce que Raphael pourrait déjà être de retour dans la Plaine des mortels ? demandai-je.

— Certainement. S'il a fait assez confiance à quelqu'un dans la Plaine pour lui avoir livré son Nom véritable, alors cette personne a pu invoquer son retour immédiatement.

Je levai les yeux.

— Tu crois que ça s'est passé comme ça ? Je veux dire, tu crois qu'il a fait assez confiance à quelqu'un ?

Une expression ressemblant de manière douteuse à de l'amertume traversa le visage de Lugh.

— Non, il n'y a que moi à avoir été assez naïf pour révéler mon Nom véritable à quelqu'un. Mais c'était il y a longtemps, et mes relations avec mes frères n'étaient pas aussi conflictuelles. Du moins, pas de manière aussi ouverte. Quand ils ont tous les deux refusé de promettre la réciprocité, j'ai eu pour la première fois l'intuition que tout n'était pas tout rose entre nous. Je suis sûr que Raphael a appris l'erreur que j'avais faite. Mais même s'il n'a pas révélé son Nom véritable, son rang lui confère des privilèges et il est possible qu'il soit déjà revenu. Surtout avec l'aide de Dougal.

Jusqu'à ma rencontre avec Lugh, je ne savais rien de ces histoires de Nom véritable, je ne savais même pas qu'ils existaient. Même maintenant, j'en savais encore peu : seulement que si une personne connaissait le Nom véritable d'un démon, elle pouvait l'inviter personnellement à rejoindre la Plaine des mortels. Les questions se bousculaient dans mon cerveau et essayaient de s'en échapper mais Lugh n'attendit pas que je fasse le tri.

— Tu ne crois pas que tu devrais parler à ta mère ?

Je vis à son expression que le changement de sujet était délibéré… et sans appel.

Je fus tentée d'insister, en dépit de la conviction que je n'arriverais à rien, mais je parvins à résister.

— Tu ne chercherais pas à me culpabiliser, non ? Parce que tu sais que ma mère ne me dira rien, même si je cède et que je lui parle.

— Je sais que c'est ce que tu crois. Je ne sais pas si c'est la vérité.

Relevant brusquement la tête, j'ouvris la bouche dans l'intention de lui assener une réponse acerbe. Lugh m'interrompit d'un geste menaçant.

— Mais je sais aussi, poursuivit-il d'une voix forte, que plus on essaiera de te persuader de le faire, plus tu résisteras.

Ce qui me ferma efficacement le clapet. Il avait raison, bien sûr, bien que je ne sois pas très à l'aise avec le fait de l'admettre. J'avais le sentiment d'être un peu puérile.

— Alors si tu ne m'as pas amenée ici pour essayer de me convaincre de faire ce que tu veux et que tu ne veux pas répondre aux questions que je te pose, qu'est-ce que tu attends de moi ? demandai-je.

Prenant conscience que mon regard s'égarait sur les parties de peau exposées de sa poitrine, je baissai de nouveau les yeux sur mes mains. Elles étaient beaucoup moins intéressantes.

— Est-ce que tu me croirais si je te disais que je voulais juste qu'on se retrouve un peu ?

— Non.

Il éclata encore une fois de rire, me piégeant au point que je lève les yeux vers lui. Mon Dieu, qu'il était beau ! Ses cheveux détachés encadraient son visage d'un halo noir de jais. Ma peau se rappelait combien ils étaient soyeux au toucher. Non pas que nous ayons déjà eu de relations sexuelles, rien de plus qu'une drague effrontée de sa part… et un désir insidieux chez moi.

Il pencha la tête vers moi.

— Tu ne fréquentes plus Brian. Pourquoi es-tu si mal à l'aise avec ton attirance pour moi ?

J'essayai de ne pas me tortiller sur place.

— C'est toi qui peux voir dans tous les recoins de mon esprit. À toi de me dire.

Il avait l'air terriblement amusé.

— Tu écouterais ce que j'aurais à te dire ?

Bien entendu, il connaissait déjà la réponse à cette question.

— Est-ce que par hasard on pourrait en rester aux discussions de boulot ?

Quand il se pencha en avant sur le canapé, ses cheveux se répandirent sur ses épaules et drapèrent la peau de son torse. Je serrai les cuisses en me rappelant l'avantage injuste qu'il avait dans le domaine de la séduction et de la manipulation.

— Ton bien-être émotionnel relève de mon boulot, dit-il. Tu es mon hôte, je dépends complètement de toi. Ce n'est une situation confortable pour aucun de nous deux. Plus tu accepteras la réalité de notre relation, mieux ce sera pour nous.

Je secouai la tête.

— Rien de tout cela ne justifie que tu continues à me faire du rentre-dedans.

Il affronta mon regard mutin.

— Tu crois que je continuerais si tu n'y étais pas réceptive ?

— Puisque c'est un rêve que tu contrôles, tu peux m'y rendre réceptive, que je le veuille ou non.

Il sourit, mi-amusé, mi-exaspéré.

— Tu peux continuer à le croire, si ça te fait du bien. Tu es, après tout, la reine reconnue du déni.

— Et fière de l'être également.

Il éclata de rire, un rire comme du velours noir et chaud glissant sur ma peau. Mes bras se piquetèrent de chair de poule et le parfum unique de Lugh – un mélange de musc et d'épices, différent de tout ce que j'avais connu – me chatouilla les narines. Je pouvais toujours nier qu'il m'attirait vraiment mais il devenait de plus en plus difficile de me mentir à moi-même. Je fermai les yeux en m'efforçant de me réveiller pour m'échapper.

Lugh interrompit mes pensées.

— En tant que prince des démons, j'ai rarement eu l'occasion de séjourner dans la Plaine des mortels. Tu n'es que mon troisième hôte dans ma très longue vie. Mais je n'ai jamais vu – ni entendu parler – de quelqu'un qui dissimule à ce point ce qu'elle est au monde extérieur.

J'ouvris soudain les yeux.

— Tu es quoi, mon thérapeute ?

Il sourit.

— Tu rendrais un thérapeute alcoolique, ma chère.

Je ne pus retenir un rire. Il m'avait définitivement cernée.

— Mes parents m'ont emmenée voir un psychologue quand j'étais ado. Et si je ne l'ai pas poussé à boire, ça n'a pas été faute d'essayer.

— Je sais, me rappela Lugh. (Je lui lançai un regard furieux et il haussa les épaules en signe d'excuse.) Je ne peux pas m'empêcher de voir dans ton esprit. Est-ce que je dois faire comme si cela n'était pas le cas ?

Je soupirai.

— Non, bien sûr que non. Mais je suis sûre que tu vois bien assez pour savoir à quel point cette idée me met mal à l'aise.

Il acquiesça.

— Je sais. Et je suis désolé. Mais je ne peux rien y faire.

Il me semblait que nous avions atteint une impasse. J'espérais ardemment que cela signifiait qu'il allait me laisser me réveiller… ou, mieux encore, qu'il allait me laisser sombrer dans un sommeil sans rêves.

Pas question.

— Il y a une partie de ton esprit dans laquelle je ne peux pas voir, dit-il.

Ça ne manqua pas d'attirer mon attention.

— Qu'est-ce que tu entends par là ?

— Il y a des souvenirs qui sont si solidement emmurés que je ne peux pas briser tes défenses.

Je sus instantanément de quoi il parlait, mais même si ce concept était fascinant, je m'accrochai néanmoins à ce qu'il avait exprimé de plus important à mes yeux.

— Tu as essayé de briser mes défenses ?

Ma voix, plus forte, était devenue aiguë. J'essayai de la faire redescendre d'un ton.

— Et toi qui t'excusais pour ce que tu ne pouvais t'empêcher de voir ! Si tu veux que des excuses aient une quelconque valeur, tu as plutôt intérêt à être sincère.

— Je suis sincère. Mais tu ne peux pas attendre d'un démon qu'il ne soit pas fasciné quand il trouve une partie du cerveau de son hôte qu'il ne peut pas pénétrer.

— Bien sûr que si.

Il soupira en secouant la tête. Avec un peu de chance, je le pousserais à boire.

— Alors cet état de fait ne t'intéresse pas du tout ? demanda-t-il. Tu ne tiens pas à savoir pourquoi je ne peux pas lire dans ce recoin sombre de ton esprit ?

Je haussai les épaules.

— Je ne sais pas si c'est un grand mystère. Si je ne m'en souviens pas moi-même, je ne vois pas pourquoi toi tu serais capable de le voir ?

Il m'adressa un regard entendu.

— Parce que les souvenirs sont là. Il ne t'est rien arrivé qui ait endommagé ta mémoire en elle-même… tu as juste réprimé ces souvenirs avec une férocité terrifiante.

Je lui adressai un regard furieux.

— J'étais droguée jusqu'au bout des ongles pendant tout mon séjour à l'hôpital ! Je ne pense pas qu'il soit surprenant que je ne me souvienne pas bien de cette période.

À l'âge de treize ans, on m'avait diagnostiqué une encéphalite, une inflammation du cerveau rare mais potentiellement mortelle. Je souffrais de migraines, de fièvre et de raideur dans le cou et mes parents s'étaient précipités à l'hôpital avec moi en craignant que je souffre d'une méningite plus commune. Le temps qu'on m'admette, j'étais en plein délire et je ne me rappelle ensuite plus rien de mon séjour jusqu'à ma sortie de l'hôpital.

J'avais passé plus d'une semaine au Cercle de guérison, la plupart du temps sous respiration artificielle, à lutter pour rester en vie. Mes parents m'avaient raconté que j'étais restée longtemps inconsciente et que lorsque je reprenais mes esprits, je souffrais d'hallucinations. Les médecins avaient conclu que c'était une piqûre de moustique qui était à l'origine de mon état. Incroyable tous les ennuis que peut provoquer un insecte aussi minuscule.

Ouais, il y avait des moments où l'idée d'avoir perdu toute une semaine de ma vie comme si elle n'avait jamais existé était effrayante et étrange. Mais la plupart du temps, cela me semblait assez simple à expliquer.

Lugh semblait plongé dans ses pensées mais, bien sûr, il ne laissa pas la discussion mourir de sa mort naturelle.

— Je ne sais pas si je serais en mesure de te l'expliquer d'une façon que tu puisses comprendre, dit-il. Peut-être faudrait-il que tu sois capable de voir de manière aussi intime dans l'esprit de quelqu'un d'autre, comme j'en suis capable. Mais tu peux me croire, ce qui se passe avec ta mémoire n'est pas normal, et cela n'est pas simplement lié aux drogues qu'on t'a administrées. Tu as été droguée quand Raphael t'a piégée pour que tu m'invoques. Je peux sentir… un vide, par manque de terme plus précis, dans ta mémoire, là où elle a été endommagée par la drogue. Cette période que tu as passée à l'hôpital n'est pas vide, elle est murée. Il y a une différence. (Il passa la langue sur ses lèvres comme s'il était nerveux.) Il t'est arrivé quelque chose dans cet hôpital. Quelque chose que ton subconscient veut à tout prix oublier.

Je frissonnai.

— Si mon subconscient veut tellement l'oublier, alors il doit y avoir une fichue bonne raison.

— En effet, admit Lugh. Et le fait que ce qui a pu t'arriver ait eu comme décor le Cercle de guérison, un hôpital dirigé par des démons, me rend extrêmement curieux.

— Eh bien, il n'y a que toi que cela intéresse, grognai-je. J'ai assez de problèmes comme ça en ce moment pour ne pas aller déterrer la merde du passé. Laisse tomber.

Il ouvrit la bouche, sur le point de protester, mais la referma avant de prononcer le moindre mot.

— D'accord, je vais laisser tomber pour le moment. (Il me sourit.) Je devrais suivre mon propre conseil et ne pas te pousser à résister encore plus.

Je soupirai de soulagement, en sachant que je n'avais pas fini d'en entendre parler.

— Merci.

Il hocha la tête.

— Je suppose que je devrais te laisser dormir en paix.

— Merci, répétai-je.

— Fais de beaux rêves.

Il m'adressa un dernier regard enflammé avant que mes paupières se ferment et que mon rêve se dissolve.

Le lendemain matin, je me réveillai en mode grognon du fait du manque de sommeil. J'avais un exorcisme à 10 h 15 mais, quand j'appelai l'hôpital pour prendre des nouvelles d'Andy, j'appris qu'il sortait à 9 h 30. Il ne se trouvait pas dans sa chambre mais l'infirmière avec qui je parlai confirma mes soupçons : mon frère prévoyait de rentrer chez mes parents. Il fallait que je sois à l'hôpital avant eux et que j'use de mon charme sans limites pour convaincre Andy de venir habiter chez moi. J'avais l'impression que tout ce foutoir me mettrait en retard pour mon exorcisme, mais protéger mon frère était prioritaire. Je doutais que l'état de Pennsylvanie soit d'accord avec moi mais je m'en occuperais plus tard.

Je me présentai à l'hôpital à 8 h 35 – bien trop tôt à mon goût – et trouvai Andy seul dans sa chambre, assis dans son fauteuil roulant, le regard perdu dans le vide. Comme il ne m'avait pas remarquée, je grattai légèrement à la porte. Il cligna des yeux comme s'il se réveillait avant de se tourner vers moi. S'il était surpris de me voir, il ne me le montra pas.

L'air embarrassé, je plongeai les mains dans les poches de mon pantalon et résistai à l'envie de frotter mes pieds par terre.

— Comment tu vas ce matin, grand frère ?

Il haussa les épaules.

— Je vais aller vivre chez maman et papa jusqu'à ce que j'aie repris des forces. Comment tu crois que je dois me sentir ?

Je grimaçai.

— Comme un prisonnier sur le point d'être exécuté.

Il ne semblait pas avoir l'énergie pour rire, mais parvint à sourire.

— Très bien, je ne vais pas si mal que ça. Mais je ne suis pas non plus enchanté par cette perspective.

J'entrai dans la chambre et fermai la porte derrière moi. Andy haussa les sourcils.

Je m'éclaircis la voix et m'appuyai contre la porte pour m'assurer que nous ne soyons pas interrompus.

— Peut-être t'en sortirais-tu mieux si tu venais habiter chez moi jusqu'à ce que tu sois prêt à vivre tout seul ? suggérai-je.

Quand il éclata de rire, je ressentis le soudain et irrésistible désir de l'étrangler. Mes joues s'embrasèrent et mes veines furent parcourues par un mélange de colère et d'humiliation.

Andy retint son rire en secouant la tête vers moi.

— Ne prends pas cet air assassin ! Comment peux-tu m'en vouloir de rire à l'idée que tu te transformes en infirmière ?

Je lui adressai un regard furieux.

— Eh ! c'est de moi qu'on est en train de parler, là ! Je peux aussi t'en vouloir que le ciel soit bleu, si j'en ai envie.

Mais, secrètement, je devais bien l'admettre, il avait marqué un point. Je ne suis pas précisément doté d'un instinct maternel.

Il éclata encore de rire mais, cette fois, cela me blessa moins.

— Bon point. Mais je pense toujours que nous nous entendrons mieux si nous ne vivons pas dans la même maison.

— Appartement, corrigeai-je.

Et l'humiliation fut de retour, même si je savais qu'il avait raison.

— Mais nous nous entendrons mieux si Raphael n'essaie pas de te tuer.

Ma balle atteignit sa cible et je regrettai aussitôt de ne pas avoir exposé cet argument avec plus de tact. Les mains d'Andy se crispèrent en poings et son visage – déjà pâle après toutes ces semaines passées à l'hôpital – vira au blanc.

Je me décochai un coup de pied aux fesses virtuel et allai m'asseoir sur une des chaises destinées aux visiteurs, la tournant afin de faire face à mon frère.

— Est-ce que tu aurais en tête une raison pour laquelle il voudrait te tuer ? demandai-je.

— Non, répondit-il trop vite. La plupart du temps, il m'a gardé coupé du monde extérieur, quand il cachait quelque chose ou que nous… n'étions pas d'accord. (Il frissonna.) Ça ne s'est pas vraiment passé comme je l'imaginais.

Mon cœur souffrait pour lui. Ouais, il s'était porté volontaire et, techniquement, il ne pouvait s'en prendre qu'à lui-même s'il avait été malheureux, mais il n'avait que vingt et un ans quand il avait invité Raphael dans ce monde et dans son corps. C'est terriblement jeune pour prendre ce genre de décision qui, en théorie, est irréversible pour le restant de votre existence. Il avait eu conscience des risques, mais en avoir conscience et les comprendre étaient deux choses différentes.

Je ne suis pas du genre susceptible et émotive mais je pris la main d'Andy et la serrai. Ses doigts se refermèrent autour des miens comme s'ils s'accrochaient à la vie.

— Je suis désolée, dis-je en me sentant complètement déplacée.

Il devait certainement y avoir quelque chose que je puisse dire pour atténuer sa douleur, pour chasser cette expression hantée de son regard. Mais je ne trouvai rien.

Un coup péremptoire frappé à la porte rompit le silence. Sans qu'aucun de nous dise quoi que ce soit, la porte s'ouvrit et un homme distingué, dans la cinquantaine, entra dans la chambre.

— Est-ce que je vous dérange ? demanda-t-il en nous regardant tour à tour.

D'après le badge fixé au revers de sa blouse blanche, il s'agissait du docteur Frederick Neely. Je ne l'avais jamais rencontré mais c'était un des médecins qui avaient soigné Andy. À regret, je lâchai la main de mon frère.

— Est-ce que ça changerait quelque chose ? demanda Andy.

Le médecin éclata de rire et je lançai un regard en coin à mon frère. J'aurais pu lancer la même réponse. Andy était généralement d'une politesse sans faille.

Correction : le grand frère que j'avais connu dix ans plus tôt avait toujours été poli. Même dix années de vie normale l'auraient changé. Dix années passées avec Raphael pouvaient l'avoir transformé au point que je ne le reconnaisse plus. Seul le temps apporterait sa réponse.

— Je dois procéder à un dernier examen avant de vous permettre de sortir, déclara le docteur Neely. (Il me regarda fixement.) Si vous voulez bien nous excuser, Morgane.

Je clignai des yeux de surprise. Je n'avais jamais vu ce type, alors comment pouvait-il savoir qui j'étais ?

— On s'est déjà rencontrés ? demandai-je bien que je connaisse la réponse.

Le docteur Neely secoua la tête.

— Non, mais les infirmières m'ont dit que vous vous trouviez dans la chambre. (Il me tendit la main.) Je suis le docteur Neely, dit-il en arborant un sourire séducteur.

Je lui serrai la main. Nous nous adonnâmes à une rapide compétition de « qui serre le plus fort ? ». Mais, puisque le Cercle de guérison grouillait de démons, je décidai de capituler avant d'apprendre à mes dépens que le docteur Neely était l'un d'entre eux. Il n'avait pourtant pas le physique de l'hôte typique, mais assez pour que je sois prudente. Une étincelle d'amusement dans son regard me fit supposer qu'il savait exactement ce que j'étais en train de penser. Je décidai aussitôt que je ne l'aimais pas du tout. Le langage corporel d'Andy me confirma qu'il partageait mon opinion.

— Ravie de vous rencontrer, dis-je, ma voix transpirant le gros mensonge.

— De même, répondit le docteur Neely. (Il semblait plus sincère que moi, quoiqu'à peine plus.) Maintenant si cela ne vous dérange pas de nous laisser ?

— On s'en fiche, déclara Andy. Je suis prêt à sortir de cet hôpital. Morgane est là pour me ramener à la maison.

Le docteur Neely haussa un sourcil à ces propos. Aucun doute, il devait savoir qu'Andy était supposé rentrer chez mes parents. Il n'émit toutefois aucun commentaire.

— Dès que je vous aurai examiné une dernière fois.

Mais Andy secoua la tête.

— Non. Maintenant. J'ai passé bien assez de temps ici.

Le docteur Neely prit un air sévère.

— J'ai peur de ne pouvoir vous autoriser à sortir sans vous avoir examiné au préalable.

— Je n'ai pas besoin de votre permission pour sortir.

Andy m'adressa un regard lourd de sens et je compris le message. Je saisis les poignées du fauteuil roulant pendant qu'il desserrait le frein.

Le docteur Neely fronça les sourcils.

— D'un point de vue médical, ce n'est pas conseillé, dit-il en nous bloquant le passage.

Andy ne répondit pas et je commençai à pousser son fauteuil vers la porte. J'aurais été ravie de rouler sur le docteur Neely si nécessaire. Je n'étais pas certaine de la tournure que prendraient les événements s'il appelait les infirmières et les filles de salle pour m'arrêter, mais il serait alors toujours temps de s'en soucier. Il n'avait aucun droit légal de retenir Andy contre sa volonté.

Le docteur Neely ne broncha pas jusqu'à ce que nous soyons presque sur lui, puis il s'écarta d'un pas rapide sur le côté. Je me penchai vers l'oreille d'Andy en le poussant dans le couloir.

— On part sans tes affaires personnelles, fis-je remarquer.

— Je m'en fous, dit-il d'une voix tendue. Sors-moi juste de là.

Je fus heureuse de lui rendre ce service.

Chapitre 5

Quand j'eus fini d'installer Andy dans ma chambre d'amis, je n'étais pas seulement en retard pour mon exorcisme, je l'avais complètement manqué. J'avais appelé le palais de justice pour les avertir qu'une urgence familiale s'était présentée. La juge s'était gentiment retenue de me sanctionner pour outrage à la Cour avant de m'assurer que j'avais utilisé ma seule et unique carte « sortez de prison sans payer ». Je fus très polie et professionnelle – ne rigolez pas – et planifiai l'exorcisme pour le milieu d'après-midi.

Mes parents ne furent pas si faciles à calmer. Ils m'en voulaient de leur avoir enlevé Andy : ils espéraient sûrement pouvoir lui faire subir un lavage de cerveau dans la perspective qu'il redevienne un hôte, s'ils arrivaient à passer des moments agréables avec lui. Ma mère me demanda si elle pouvait lui parler, mais Andy me fit comprendre en secouant la tête qu'il ne le souhaitait pas. Je déclarai à ma mère qu'il dormait.

Après ce coup de fil de l'enfer, je nous préparai le déjeuner. Je ne suis pas une grande cuisinière, aussi ce déjeuner élégant consista en sandwichs au beurre de cacahouète et à la gelée que nous fîmes passer avec du lait écrémé. Andy ne s'en plaignit pas et je présumai que le beurre de cacahouète et la gelée tenaient de l'alimentation de compensation dont nous avions tous les deux besoin.

J'aidai ensuite Andy à se traîner jusqu'au canapé du salon. J'aurais déjà dû être partie pour le palais de justice, au lieu de quoi je m'assis près de lui. Il me regarda avec prudence quand je m'éclaircis la voix.

— Je me demandais…, commençai-je avant de me raviser.

Les commentaires de Lugh de la nuit dernière continuaient à ricocher dans mon cerveau. Je ne serais pas en paix à moins de poser la question. Bien sûr, il était fort peu probable que je sois en paix même si je posais la question.

Andy, les sourcils arqués, attendait patiemment que je continue.

— Tu te rappelles quand j'avais treize ans et que j'ai passé une semaine au Cercle de guérison ? demandai-je.

Andy avait trois ans de plus que moi, il était possible qu'il sache quelque chose que je ne savais pas.

— Ouais, répondit-il prudemment.

Sa prudence mit instantanément ma nature paranoïaque en état d'alerte.

— Est-ce qu'il est arrivé quelque chose… d'étrange pendant mon séjour là-bas ?

Il fronça les sourcils.

— Tu veux dire autre chose que le fait que tu as failli mourir ?

Ne me demandez pas pourquoi, mais quelque chose dans son regard ou dans l'expression de son visage me fit penser qu'il savait exactement de quoi je parlais. Ma première impulsion fut de passer à la vitesse supérieure et de lui demander de m'avouer tout ce qu'il savait. Mais, bien que j'aie toujours considéré Andy comme un type fort et dur, l'homme qui était assis devant moi n'était plus le grand frère que j'avais connu autrefois. Il y avait quelque chose de distinctement fragile chez lui et cela n'avait rien à voir avec sa silhouette émaciée. Je fis de mon mieux pour me refréner et être douce.

— Je veux dire, je ne me rappelle rien de ce séjour, poursuivis-je. (Je crois que je parvins à camoufler mon impatience.) Lugh me dit qu'il y a quelque chose d'étrange à ce propos. Il n'a pas accès à ces souvenirs et, selon lui, cela n'a rien à voir avec le fait que j'ai été droguée jusqu'au bout des ongles.

Andy haussa les épaules et se tortilla d'un air mal à l'aise sur le canapé.

— Chaque fois que je te voyais, tu étais trop barrée pour me reconnaître, dit-il, les yeux rivés au sol. Je pense que ce n'est pas surprenant si tu ne te souviens de rien.

Je plissai les yeux en le regardant mais, comme il semblait fasciné par mon excitante moquette beige, il ne remarqua rien.

— Lugh pense au contraire que c'est surprenant.

Un autre haussement d'épaules… et il ne me regardait toujours pas.

— Peut-être. Ou peut-être a-t-il une arrière-pensée. (Il leva finalement les yeux sur moi.) Autrefois, je faisais confiance aux démons. Maintenant je réfléchis à deux fois.

En voyant son regard hanté, je formulai le vœu d'avoir un jour l'occasion de filer une bonne raclée à Raphael.

— Qu'est-ce qu'il t'a fait, Andy ? me surpris-je à lui demander, même si je n'étais pas certaine de vouloir la réponse. Il avait l'air sacrement convaincu d'être un chic type.

Andy éclata d'un rire amer.

— Ouais, c'est ça. (Il secoua la tête.) Il sait exactement ce qu'il est et il s'en fout. Ne fais jamais l'erreur de lui faire confiance, même quand il semble être de ton côté.

— Tu es vraiment obligé de me parler par énigmes ? Tu ne peux tout simplement pas me dire ce qui s'est passé ?

Andy secoua de nouveau la tête et son menton se figea dans cette attitude obstinée que je ne connaissais que trop bien.

— Je ne veux pas en parler.

Je dus vraiment me mordre la langue, mais je réussis à abandonner le sujet en me rappelant qu'il sortait de dix années d'enfer et que peut-être il avait besoin qu'on lui fiche la paix pour le moment. En outre, j'avais dit à Lugh que je ne voulais pas savoir s'il m'était arrivé quelque chose de louche à l'hôpital.

Mais savoir que ma mémoire était fichue au point qu'un démon ne comprenne pas pourquoi m'avait rendue trop mal à l'aise pour que je cesse de poser des questions.

Je réussis à être en retard à l'exorcisme replanifié, ce qui ne me mit pas dans les petits papiers de la juge. Je retins mon souffle, craignant d'être mise à l'amende, mais la juge laissa tomber. C'était mon jour de chance.

L'exorcisme se passa en douceur, mon pouvoir forçant facilement le démon hors de son hôte humain non consentant. Et pour couronner le tout, l'hôte faisait partie des heureux vingt pour cent dont l'esprit demeurait intact après l'exorcisme : traumatisé, ayant probablement besoin d'une thérapie sérieuse, mais en vie et en bonne santé. Je regrettais de connaître la vérité concernant les démons, de savoir que l'exorcisme ne les tuait pas mais les renvoyait seulement au Royaume des démons. Ce qui signifiait que le salopard qui avait possédé ce pauvre type pouvait revenir dans la Plaine des mortels investir de la viande fraîche dès que bon lui semblerait.

Parmi le lot de vérités les moins goûteuses confiées par Lugh, j'avais appris que, même s'il était totalement illégal dans notre monde de posséder un humain contre sa volonté, cela ne l'était pas au Royaume des démons. Lugh avait promis de changer cela dès son accession au trône et c'était la raison pour laquelle Dougal et ses partisans avaient mis en scène leur coup d'état. Je ne me sentais pas vraiment l'âme d'une héroïne, mais je croyais vraiment qu'en aidant Lugh, je servais une cause valable. Bien sûr, on ne pouvait nier l'instinct de survie qui m'animait quand je voyais combien les ennemis de Lugh voulaient sa mort.

Je fis deux arrêts sur le chemin du retour, à l'hôpital pour récupérer les affaires d'Andy et à son appartement pour y choisir quelques vêtements et d'autres choses essentielles. Je fis cela à toute vitesse, nerveuse, en me répétant que Raphael n'avait pu retrouver Andy aussi vite, même s'il se trouvait déjà dans la Plaine des mortels.

De retour à mon appartement, je ne fus pas vraiment ravie de constater que, même si j'avais eu raison de penser que Raphael n'avait pas tué mon frère durant mon absence, Andy avait eu un autre visiteur.

Je claquai la porte, jetai les clés sur le guéridon et me mis à compter lentement à rebours à partir de cent. Posant de nouveau les yeux sur Adam, je décidai de reprendre mon décompte à mille.

— Qu'est-ce que tu fiches là ? demandai-je, en parfaite maîtresse de maison.

L'habitude et la fébrilité m'incitèrent à jeter un regard vers le répondeur : mon côté le moins honorable espérant que Brian aurait appelé peu importe le nombre de fois où je m'étais répété que je ne devais pas le souhaiter. Mais il n'y avait pas de messages.

Adam s'était mis à l'aise. Il s'était servi une de mes bières de luxe et était installé sur le canapé, les pieds sur la table basse. Andy, la tension irradiant de tous les pores de sa peau, était assis sur la causeuse, les bras croisés sur la poitrine et le regard rivé sur la moquette.

Au moins Adam ne lui avait pas tiré dessus cette fois, pensai-je avec amertume alors que je fantasmais de nouveau à l'idée de « Taseriser » Adam. Il aimait la douleur, mais il préférait la provoquer que l'endurer et j'étais certaine qu'il n'apprécierait pas le Taser. En tous les cas, il n'avait pas eu l'air d'apprécier la dernière fois que je l'avais utilisée contre lui.

Adam retira ses pieds de ma table basse et se redressa, mais il vida le reste de la bière avant de me répondre, soupirant de satisfaction en reposant la bouteille vide.

— C'est presque aussi bon que de la vraie bière.

Je recommençai mon compte à rebours, cette fois en partant d'un million. Je pensais être capable d'arriver jusqu'à zéro sans pour autant me sentir calmée.

— À moins que tu veuilles que je trouve quelque usage innovant pour les bouteilles vides, grondai-je, tu ferais mieux de me dire ce que tu fous dans mon appartement.

J'adressai un regard mauvais à Andy en me demandant pourquoi il l'avait laissé entrer.

Andy leva les mains en signe d'impuissance.

— Je ne lui ai pas ouvert la porte, dit-il. Ton ami a réussi à obtenir la clé par le concierge.

Adam, les yeux brillants, ne tint pas compte de l'intermède entre mon frère et moi.

— Quel genre d'usages innovants aurais-tu en tête ?

Naturellement, je rougis comme une fillette.

— Te l'exploser sur la tête me semble une bonne option.

Il eut un froncement de sourcils exagéré.

— Et moi qui pensais que tu étais créative…

— Adam…

— Viens t'asseoir, dit-il en tapotant le canapé à côté de lui.

Je supposai qu'il me restait deux options. Je pouvais lui infliger une décharge de Taser et le traîner dans le couloir, ou bien je pouvais m'asseoir et écouter ce qu'il avait à dire. Je préférais l'option Taser mais, étant donné qu'il était déjà parvenu à entrer dans mon appartement sans mon aide, il serait capable de le faire de nouveau, et je n'aurais réussi qu'à l'énerver.

Je m'assis près d'Andy, qui ne voulait toujours pas tenir compte de la présence d'Adam, et posai une main sur son épaule.

— Ça va, grand frère ? demandai-je doucement.

Il acquiesça. Je ne pouvais lui en vouloir d'être sur ses gardes en présence de l'homme qui lui avait tiré dessus. Bien sûr, je connaissais également le niveau de brutalité dont Adam était capable. S'il soupçonnait qu'Andy ne disait pas tout…

Je lançai à Adam un regard à lui glacer la moelle.

— Si tu fais encore du mal à mon frère…

Il me répondit avec une innocence feinte.

— Je ne vois pas de quoi tu parles.

Je serrai les dents.

— C'est ça ! Maintenant tu vas me dire ce que tu fais dans mon appartement avant que je perde patience.

Il ricana.

— Je n'ai pas de machine à remonter le temps.

— Tu es chez moi, il n'y a que moi qui aie le droit de jouer la maligne.

À voir son expression, il était très tenté de continuer sa petite comédie, mais il parvint à se contrôler.

— J'ai des nouvelles pour toi.

À la façon dont ma vie se déroulait, je souscrivais tout à fait à l'adage « pas de nouvelles, bonnes nouvelles », mais je n'aurais bientôt plus d'excuses pour garder la tête dans le sable. La tension faisait vibrer mon corps et je me redressai, attendant qu'il poursuive.

— Il se peut que cela n'ait rien à voir avec nous ou avec Lugh, déclara Adam, mais nous sommes tombés sur une drôle d'affaire.

— Par « nous », tu entends les Forces spéciales ? demandai-je.

Il acquiesça.

— Ce n'est pas une affaire que nous allons rendre publique, alors j'espère que tu vas rester discrète et que tu vas garder cela pour toi. (Il attendit que j'acquiesce pour poursuivre.) Tard la nuit dernière, un hôte récent a été retrouvé dans une allée. La cérémonie d'invocation de son démon remontait à deux jours, mais il se trouvait en état de catatonie. De toute évidence, il n'était plus possédé.

Un courant d'air froid inexistant me fit frissonner.

— Qu'est-ce qui lui est arrivé ?

— Bonne question. J'ai interrogé sa famille pour savoir s'ils avaient remarqué quoi que ce soit d'inhabituel dans sa situation. J'ai découvert que le grand manitou de leur congrégation de la Société de l'esprit avait ordonné à l'hôte d'invoquer un démon particulier en utilisant le Nom véritable de celui-ci.

Par grand manitou, je supposai qu'Adam parlait du directeur régional, un homme du nom de Bradley Cooper. Un ami proche de mes parents, et un des salopards les plus minables que j'aie jamais rencontrés qui ne soit pas un homme politique ou un avocat. Mais, en dépit du fait que je n'avais jamais pu l'encadrer, je n'avais pas eu vent qu'il ait déjà fait preuve d'intérêt personnel pour un quelconque membre de la Société. Ni qu'il ait jamais invoqué un démon par son Nom.

— Tu penses que c'est Raphael ? demanda Andy, d'une voix à peine plus audible qu'un murmure. Tu crois qu'il est revenu et qu'il a abandonné son hôte afin que personne ne sache qui l'héberge désormais ?

Adam haussa les épaules.

— Cela m'a effleuré l'esprit.

— Lugh pense que Raphael ne ferait jamais assez confiance à qui que ce soit au point de révéler son Nom véritable, dis-je.

Adam fronça les sourcils.

— Lugh doit le connaître et, si Lugh le connaît, je ne peux imaginer que Dougal ne le connaisse pas lui aussi.

Je penchai la tête d'un air curieux.

— Et pourquoi Lugh devrait le connaître ? demandai-je en ratissant mon esprit pour me rappeler si Lugh l'avait nié ou bien s'il m'avait juste amenée à croire qu'il ne le connaissait pas.

— Parce qu'il est le roi, répondit Adam, comme si c'était là la seule réponse dont j'avais besoin.

— Et le roi sait tout ?

Adam se rendit compte qu'il était sur le point de me livrer une information et me jeta un regard furieux, les lèvres serrées.

— Très peu de démons possèdent un Nom véritable. Seuls les démons vraiment extraordinaires – comme ceux de la famille royale – en ont un.

— Et toi ? demandai-je avant de réfléchir à la question que j'allais poser.

Il sourit.

— Si j'en avais un, je doute que je te le donnerais. On travaille peut-être ensemble, mais on ne peut pas dire que tu prennes mes intérêts à cœur.

— Comme toi, tu veux dire ? répliquai-je aussitôt.

Il m'adressa un de ses regards les plus froids.

— Comme tu le sais parfaitement, je me fiche complètement de toi. Mais j'ai à cœur de défendre les intérêts de Lugh, et tu es son hôte.

Je détestai vraiment la douleur qui me poignarda la poitrine en entendant ces paroles. Ce n'était pourtant pas la première fois qu'il me faisait cet aveu. Et nous n'avions jamais ressemblé de près ou de loin à des amis. Je me fichais un peu qu'il m'aime ou pas, mais son indifférence calculée me blessait. Je rassemblai tout ce que j'avais en moi pour ne pas l'attaquer.

— Malheureusement, poursuivit Adam comme s'il ne m'avait pas décoché ce mauvais coup, comme le premier hôte est en état de catatonie, nous ne savons pas qui est l'hôte actuel de Raphael – s'il s'agit bien de Raphael – et nous ne savons pas exactement ce qu'il prépare. Il n'a plus aucune raison de nous cacher ses plans. On aurait pu s'attendre à ce qu'il prenne contact avec nous dès son retour dans la Plaine de mortels – à moins qu'il craigne que Lugh n'approuve pas ses manigances.

Ouais, ça ressemblait bien à Raphael.

— Plutôt demander le pardon que l'autorisation ?

— Quelque chose dans ce goût-là.

Je fronçai les sourcils.

— Mais Raphael est d'accord avec la position de Lugh sur la possession des hôtes non consentants, non ? Alors pourquoi viendrait-il dans ce monde dans un corps avant de passer dans un autre ?

À ma grande surprise, ce fut Andy qui répondit.

— Parce que c'est un démon, dit-il avec amertume. Il peut être d'accord avec cette idée en théorie, mais s'il pense que c'est dans son intérêt de changer de moralité, alors il n'aura aucun problème à le faire.

Adam haussa un sourcil.

— J'en déduis que votre union n'a pas été des plus heureuses ? (Andy se contenta de lui adresser un regard mauvais.) Je suis certain que tu sais parfaitement que nous ne sommes pas tous les mêmes, tout comme les humains, dit Adam. Ne crois pas que nous sommes tous comme Raphael.

— Mais vous l'êtes, répliqua Andy. Vous pensez tous que la fin justifie les moyens. Vous arracheriez le cœur de votre meilleur ami si vous y trouviez une bonne raison.

Adam m'avait déjà avoué cela auparavant et pourtant il secoua la tête.

— Ça ne se passe pas comme ça. (Il remarqua mon regard incrédule.) Non, ça ne se passe pas comme ça, insista-t-il. Oui, nous sommes plus pragmatiques que les humains et Andrew a raison, nous croyons en effet que la fin justifie les moyens. Mais cela ne veut pas dire que nous devons détruire tous les obstacles qui se placent sur notre chemin. Il existe toujours plusieurs chemins pour atteindre un but. Raphael a toujours eu tendance à choisir la voie la plus facile sans se soucier des conséquences. Certains d'entre nous se donnent beaucoup plus de peine.

S'avançant sur la causeuse, Andy jeta un regard furieux à Adam.

— Ah ouais ? Et que crois-tu que ton hôte dirait de toi s'il en avait l'occasion ?

Adam lui rendit son regard. J'étais heureuse de voir que je n'étais pas la seule capable de lui inspirer une telle fureur.

— Mon hôte et moi ne sommes pas toujours d'accord, comme deux êtres humains. Mais il n'a jamais exprimé le regret de m'avoir accueilli.

— C'est ce que tu dis, mais nous n'avons que ta parole.

Le visage d'Adam vira au rouge. Apparemment, Andy touchait là un point très sensible. Fut un temps, j'avais pensé qu'Adam n'était pas soupe au lait, mais je savais désormais à quel point j'avais eu tort. Je ne voulais pas le défendre mais je craignais que les choses tournent mal.

— On ne peut pas savoir comment s'entendent Adam et son hôte, dis-je, mais on peut savoir en ce qui concerne Dominic et Saul.

Je pris soudain conscience que bien que je connaisse le nom des démons de Dominic et d'Andy, je n'avais jamais demandé à Adam quel était le nom du sien. Après tout ce qui s'était passé, j'avais l'impression de bien le connaître… et pourtant, je ne connaissais pas son nom. Je chassai cette idée.

— D'après ce que je peux en dire, Saul semble avoir bien traité Dominic, poursuivis-je.

Andy fronça les sourcils à mon attention.

— Depuis quand tu défends les démons ?

Je feignis un haussement d'épaules désinvolte.

— Ça n'est pas dans mes habitudes. Je veux juste dire qu'Adam a probablement raison et que tous les démons ne sont pas comme Raphael.

Ce que je ne disais pas, c'était que j'espérais vraiment que Lugh n'était pas comme son frère. Voyez-vous, bien qu'il m'ait possédée contre mon consentement, je ne pouvais m'empêcher d'apprécier Lugh. J'espérais fichtrement que mes sentiments confus à son égard étaient authentiques et provenaient bien de moi plutôt qu'ils soient le fruit de ses manipulations. Mais il n'y avait aucun moyen de le savoir et j'aurais toujours ce doute à l'esprit.

Andy ne semblait pas convaincu… ce qui n'était pas surprenant puisque je ne l'étais pas moi-même.

Dans le doute, toujours changer de sujet.

—Alors si Raphael est de retour et qu'il se trouve dans un corps inconnu, que crois-tu qu'il manigance?

Ma question était destinée à Adam mais ce fut Andy qui répondit.

—Je pensais que tout cela était déjà établi. Il vient pour me tuer. Je ne pense pas que ce soit une coïncidence qu'il réapparaisse dans la Plaine des mortels le lendemain de mon réveil.

Adam secoua la tête.

—Faux. Il est réapparu dans la Plaine des mortels deux nuits plus tôt. Il a changé de corps la nuit dernière. S'il cherchait vraiment à s'en prendre à toi, je suppose qu'il l'aurait fait dès son retour. Peu importe que tu aies été en état de catatonie ou pas. Il savait que tu pouvais te réveiller à n'importe quel moment.

—Alors tu ne penses pas qu'il est là pour tuer Andy? demandai-je.

—Je n'irais pas jusque-là. Je dis juste qu'il existe d'autres possibilités. Je vais essayer d'interroger de nouveau les membres de la famille et je vais de toute façon avoir une petite discussion avec Bradley Cooper. Je doute qu'il me dise quoi que ce soit mais ça vaut le coup d'essayer.

Je fronçai les sourcils.

—Pourquoi ne te dirait-il rien? Tu es un démon: est-ce qu'il ne vénère pas le sol que tu foules?

Cooper était de ces gens, comme mes parents, qui prenaient l'air choqué quand on utilisait le mot «démon». Pour eux, «démon» était une insulte ethnique. Adam et moi n'étions pas possédés par des démons mais par des «Pouvoirs supérieurs». Ça me donnait envie de m'étrangler. Ça me donnait aussi envie de demander si nous devions aussi appeler le Royaume des démons le Royaume des Pouvoirs supérieurs, mais les fanatiques comme Cooper ne riaient jamais de mes plaisanteries.

Adam se leva et je fus soulagée de constater qu'il s'en allait.

— M. Cooper me respecte en tant que démon, mais ma profession rend ma loyauté à la cause très discutable à ses yeux. Je vais voir ce que je peux faire. J'aurai peut-être de la chance et il me dira quel démon il a demandé à Henry Jenner d'invoquer. Et pourquoi.

Ces questions en firent naître un tas d'autres dans ma tête, mais je les étouffai. Je doutais qu'Adam y réponde même s'il le pouvait. En outre, s'il était vraiment sur le point de partir, je ne voulais en aucun cas lui donner une excuse pour s'attarder.

— En attendant, poursuivit Adam, si tu ne veux vraiment pas parler à ta mère pour savoir qui est ton vrai père, peut-être qu'Andrew sera en mesure de te donner quelques informations.

Du coin de l'œil, je vis la mâchoire d'Andy se décrocher. Je crois que mon cœur s'est arrêté de battre sous le choc. Adam sourit pour me faire comprendre à quel point il avait aimé larguer cette bombe – et ma réaction ainsi que celle d'Andy – avant de sortir.

Chapitre 6

— Je crois que j'aurais dû suivre ma première impulsion et fiche ce salopard à terre à coups de Taser, marmonnai-je.

Andy ne rit ni ne sourit. Assis, raide, sur son fauteuil, il regardait droit devant lui. Je ne savais s'il était choqué parce que ce qu'avait dit Adam était une surprise totale pour lui ou bien s'il était choqué parce qu'Adam était au courant. J'avais supposé qu'Andy ne savait rien des circonstances de ma naissance mais désormais, je n'en étais plus aussi certaine. Il disait que Raphael l'avait bloqué afin qu'il n'ait pas accès à certains secrets, mais je n'étais pas sûre de le croire. J'étais peut-être trop soupçonneuse. Ou bien peut-être que mon sens de l'Araignée me hurlait que quelque chose clochait. Difficile de savoir.

Je m'installai sur le canapé pour éviter de m'asseoir près d'Andy. La place était encore chaude de la présence d'Adam et, malgré moi, je saisis le léger parfum de son aftershave épicé planant dans l'air. Je regrettais vraiment qu'Adam soit aussi sexy : le contraire m'aurait peut-être aidé à le détester. Je voyais au visage de mon frère qu'une bataille se livrait dans sa tête et je me demandai quel en était l'objet. Allait-il m'en parler ? Le croirais-je ?

Il finit par poser les yeux sur moi pour les détourner aussitôt. J'essayai de ne pas perdre patience.

— Alors, tu veux faire un commentaire ? demandai-je quand je compris qu'il ne me dirait rien sans que je le secoue.

Son regard était fermé.

— Non.

Je me passai la main dans les cheveux en grattant mon cuir chevelu comme si ce geste allait éclaircir la situation. En vain.

— Tu sais quelque chose au sujet de mon père biologique ? lâchai-je.

Son expression ne changea pas.

— Papa est ton vrai père.

Il avait l'air sûr de lui mais, s'il était aussi sûr de ce qu'il affirmait, il n'aurait pas dissimulé son expression avec autant de soin. Que savait-il ? Et pourquoi ne me le disait-il pas ?

— Quoi que tu caches, tu sais que tu peux me le dire, lui rappelai-je. Non ?

Son rire amer tenait plus de l'aboiement.

— Je ne cache rien. Si je savais quelque chose, je serais ravi de le partager avec toi. (Son regard me transperça, son expression était intense.) Bien sûr, je ne peux rien partager avec toi sans le partager avec Lugh également.

Je jurai à voix basse pour avoir si facilement oublié que j'étais inextricablement liée à mon démon intime. Et pourtant…

— Lugh est du bon côté, dis-je à mon frère.

Andy détourna encore les yeux.

— Lugh a ses propres motivations. Elles ne concorderont pas toujours avec les tiennes.

Je ne pouvais le contredire, bien que ce ne soit pas l'envie qui me manquait. Faire confiance n'avait jamais été mon fort et une partie de moi désirait sincèrement se débarrasser des soupçons perpétuels et de ma constante recherche des motivations secrètes. Je voulais faire confiance à Lugh, pas seulement de tout mon corps, mais aussi de tout mon esprit. Et je savais que je ne le pourrais jamais, peu importe combien je l'appréciais ou combien je croyais en sa cause. C'est déjà bien difficile pour un être humain de connaître parfaitement un autre être humain. C'est impossible pour un humain de comprendre véritablement un démon.

Ne sachant pas quoi dire, je laissai tomber le sujet.

Un silence embarrassé s'installa entre nous. Andy alluma la télévision pour regarder CNN pendant que je bricolais dans l'appartement en faisant mine de ne pas tenir compte du malaise ambiant. J'avais vraiment envie de sortir mais, après le rapport troublant d'Adam, je n'osais pas laisser Andy tout seul. Même si une partie de moi désirait tuer de mes propres mains ce foutu emmerdeur.

Je comprenais les raisons pour lesquelles Andy ne souhaitait pas me parler mais, en gros, j'avais atteint le degré zéro de la patience. Je voulais savoir ce qu'il savait et je voulais le savoir maintenant.

Aux environs de 18 heures, je commandai une pizza pour le dîner. Andy ne tenait pas à sortir et je ne tenais pas à cuisiner. À 18 h 45, le poste de sécurité de l'immeuble m'appela pour m'avertir que le livreur de pizza était dans l'ascenseur. Je vantai à voix basse les délices de manger une pizza froide tout en plongeant la main dans mon sac pour trouver mon argent.

J'ouvris la porte en farfouillant toujours dans mon sac, ratissant le fond en quête de pièces de monnaie afin de rassembler un pourboire décent. Je m'attendais à ce que le livreur s'impatiente, au lieu de quoi il entra dans l'appartement en me bousculant.

—Eh! m'indignai-je en laissant tomber le sac et l'argent quand je me rendis compte que quelque chose clochait.

Après avoir jeté la pizza sur la table la plus proche, l'intrus se tourna vers moi. J'étais déjà prête à me battre. Il me fallut un moment pour le reconnaître et, quand ce fut fait, la tête me tourna.

—Docteur Neely? demandai-je en clignant des yeux.

Il était bien coiffé d'une casquette au logo de la société de livraison et avait apporté la boîte de pizza, mais je me demandais comment on avait pu le prendre pour un livreur. Voilà qui me bluffait.

Il ôta sa casquette et esquissa une révérence.

—À votre service.

J'avais un métro de retard. J'essayai de comprendre a) pourquoi le médecin se trouvait ici, et b) pourquoi il se faisait passer pour un livreur de pizza.

Le téléviseur devint muet et je jetai un coup d'œil à Andy qui était devenu pâle.

—Raphael, dit-il avec un tremblement dans la voix.

Le docteur Neely, souriant, exécuta une autre révérence fantaisiste.

—En chair et en os.

J'avais été longue au démarrage mais maintenant que je comprenais ce qui se tramait, tout s'accéléra. En deux pas, je fus sur Raphael avant qu'il ait eu le temps de se redresser, et je lui assenai un coup de genou qui le percuta en plein nez. Hurlant de douleur, il se prit le visage à deux mains, le sang dégoulinant entre ses doigts.

Je jetai un autre coup d'œil à Andy.

— Est-ce qu'il est de ces démons qui prennent leur pied dans la douleur ? demandai-je.

Comme ils étaient incorporels dans leur monde, certains démons trouvaient certaines sensations physiques fascinantes au point d'en apprécier même les plus désagréables… à l'image d'Adam et de sa fascination pour la douleur, à la fois la sienne et celle des autres.

Andy gloussa et je détectai plus de vie dans ses yeux que je me rappelais en avoir vu depuis son réveil.

— Non.

— Oh, parfait, dis-je en plantant mon poing dans le ventre de Raphael.

Il émit un fort « ouf » avant de s'effondrer. Il ne semblait pas savoir s'il devait se tenir le nez ou le ventre. Pendant qu'il y réfléchissait, je me précipitai vers la penderie où était rangé mon Taser et je l'armai en un temps record.

Je restai à une distance respectable de Raphael, en m'assurant que j'aurais le temps d'appuyer sur la détente au cas où il se lancerait sur moi quand il se serait remis. Puis j'attendis.

Comme ce salopard était malgré tout intelligent, il resta à genoux même après avoir repris son souffle et que son nez eut cessé de saigner. Dans le corps de Neely, ses yeux étaient d'un bleu arctique et, avant qu'il ait le temps de se remettre tout à fait, il me lança un regard à me glacer la moelle. Puis, adoptant son habituel masque courtois, il me sourit avec regret.

— Depuis le temps, on aurait pu croire que j'aurais su quel genre d'accueil attendre de toi, dit-il en ayant l'air si amusé que j'aurais pu en oublier la manière dont il venait juste de me regarder.

En me souvenant de tous les mauvais coups qu'il avait faits, à moi ou à ceux que j'aimais, je resserrai mon doigt sur la détente du Taser. Peu importait qu'il m'ait sauvé la vie. Nous ne serions jamais rien qui puisse approcher l'idée d'amis.

— Donne-moi une bonne raison pour que je ne te transforme pas en masse tremblante à coups de Taser ? demandai-je.

Il cessa de sourire et soupira.

— Si c'est ce que tu veux faire, je ne peux pas t'en empêcher. Quand tu auras fini de me torturer, il faudra pourtant qu'on discute.

Il était si fichtrement calme et rationnel que ma colère s'estompa en partie. Ouais, c'était un salopard au sang-froid, même s'il était légèrement de mon camp. Mais s'il se trouvait effectivement là pour éliminer Andy, je supposai qu'il l'aurait fait avant qu'aucun de nous ait le temps de comprendre à qui nous avions affaire. Je n'avais pas vraiment été sur mes gardes en ouvrant la porte.

Idiote, me réprimandai-je. J'étais parano de nature, mais je ne l'avais pas été assez.

Je gardai mes distances, mais abaissai le Taser. Comme je l'ai dit, Raphael est un type intelligent : il n'essaya même pas de se lever et il garda les mains ouvertes posées sur ses cuisses, là où je pouvais les voir.

—Qu'est-ce que tu veux? demandai-je. Et depuis combien de temps es-tu dans le corps du docteur Neely?

—J'ai pris son corps la nuit dernière, quand j'ai appris qu'Andrew s'était réveillé.

La main armée du Taser commença à se relever, presque comme si elle agissait de sa propre volonté.

—Alors le pauvre bougre qu'Adam a découvert dans une allée était bien ton hôte précédent.

Raphael eut l'air intrigué.

—Je ne suis pas certain de savoir de qui tu parles, mais je peux te garantir que personne n'a trouvé mon hôte précédent dans une allée.

Andy émit un son étrange du fond de la gorge et Raphael lui adressa un regard pénétrant.

—Non, je ne l'ai pas tué, si c'est la raison pour laquelle tu donnes l'impression d'avoir avalé une couleuvre.

Andy réussit à prendre l'air effrayé et sceptique à la fois.

—C'est donc qu'il existe une personne qui t'a invoqué par ton nom dans la Plaine des mortels, t'a transféré en toute connaissance de cause dans un hôte illégal et a survécu pour raconter cette histoire?

Les yeux bleu de glace de Raphael se rivèrent à Andy de manière effrayante.

—Il ne dira rien à personne, mais pas parce que je lui aurais fait du mal. Ça peut te surprendre, mais il est possible qu'un hôte m'héberge pendant deux jours sans me détester.

La lèvre d'Andy se retroussa en un sourire mauvais.

— Ou sans devenir un navet animé ?

Andy se comportait étrangement pour quelqu'un qui avait aussi peur de Raphael. J'avais le sentiment d'avoir mis le pied dans une querelle très ancienne. Certaine que personne ne profiterait d'une aggravation des hostilités, j'interrompis Raphael avant qu'il ait la possibilité de répondre.

— Très bien, dis-je, alors le légume dont m'a parlé Adam n'est pas ton hôte précédent et vous vous détestez cordialement tous les deux. Pourquoi ne me dirais-tu pas ce que tu fiches ici ? Ou bien est-ce un autre de tes secrets ? Parce que si tu es juste venu t'engueuler avec mon frère, je compte te noyer d'électricité et le laisser se soulager d'un peu de l'hostilité qu'il nourrit à ton égard.

Je désignai le Taser pour souligner mon propos. Raphael m'adressa un regard inamical.

— Tu es une vraie garce insensible, tu sais ?

— Ce qui veut dire ?

Il émit un rire peu enthousiaste, secoua la tête et se reprit vite.

— Quand je suis retourné dans le Royaume des démons, j'ai dit à Dougal que tu n'hébergeais plus Lugh. Je lui ai raconté que tu étais parvenue à t'en débarrasser en le transférant dans un nouvel hôte dont je n'avais jamais vu le visage.

— Oh ! merci beaucoup ! dis-je, horrifiée. Maintenant je vais avoir tous les démons à mes trousses !

Il haussa les épaules.

— Il fallait que je lui dise quelque chose. Il était déjà assez en colère contre moi pour avoir empêché ses partisans d'invoquer Lugh dans l'hôte sacrificiel. Si j'avais refusé de lui dire qui j'avais choisi pour l'héberger, je n'aurais pas été en mesure de t'aider aujourd'hui. (Je supposai qu'il marquait un point, mais je n'appréciais pas pour autant cette situation.) Dougal m'a renvoyé dans la Plaine des mortels avec une double mission : apprendre de toi qui est l'hôte actuel de Lugh et éliminer Andrew, qui, en toute justice, aurait dû mourir la nuit où j'ai quitté la Plaine des mortels.

La main qui tenait le Taser se remit aussitôt en position, mais Raphael ne faisait pas mine de vouloir attaquer.

— Ne t'inquiète pas, je ne vais pas le faire. C'est peut-être difficile à croire, mais je respecte Lugh, même si nous ne serons jamais l'illustration parfaite de l'amour fraternel. Si tu le laissais prendre le contrôle, je sais qu'il me donnerait l'ordre de ne pas tuer ton frère et je respecterais cet ordre.

Je ricanai.

— Ouais, tout comme tu as respecté son ordre quand il t'a demandé de lui dire ce que tu savais des activités de Dougal ?

Il haussa les épaules.

— J'ai mes raisons pour ça. (Il tourna la tête pour regarder Andy.) De plus, Andrew me connaît bien, dit-il en lui adressant ce qui avait tout d'un regard mauvais. Il sait tout à fait quelles seraient les conséquences s'il s'avisait de parler de manière inconsidérée.

Bien sûr, Raphael avait vécu dans le corps de mon frère pendant dix ans avant de retourner au Royaume des démons, ce qui supposait qu'il devait également bien me connaître. Alors qu'il adressait un regard mauvais à mon frère, mon doigt se tendit sur la détente du Taser.

Je ne décidai pas sciemment de lui tirer dessus, mais la pression de mon doigt sur la détente fut suffisante. Le Taser émit un « pop » et les sondes traversèrent la pièce pour se planter dans le dos de Raphael. Ce dernier s'écroula en hurlant, ses muscles frémissant spasmodiquement. Je m'efforçai de résister à l'envie de lui balancer une autre décharge pendant qu'il se trouvait à terre.

Andy croisa mon regard et il eut un petit sourire.

— Rappelle-moi de ne jamais me trouver dans le camp adverse.

— Trop tard, rétorquai-je en éjectant la cartouche du Taser avant de le recharger en attendant que Raphael se redresse et s'époussette.

Cela prendrait un moment. Les décharges de Taser sont plus violentes pour les démons que pour les humains.

— C'était juste un petit avertissement, dis-je à Raphael qui me jeta un regard furieux en se contorsionnant sur le sol. Non seulement il t'est interdit de faire du mal à mon frère, mais tu n'as pas non plus le droit de le menacer.

Il montrait les dents comme un chien. Soit parce qu'il grondait, soit parce qu'il serrait les mâchoires à cause de la douleur. J'espérai qu'il s'agissait de la seconde option.

Nous attendîmes tous en silence que Raphael reprenne le contrôle du docteur Neely.

— Ça n'était pas nécessaire, me dit-il quand il eut repris son souffle.

— Peut-être. Mais c'était amusant.

Il secoua la tête et s'assit.

— Tu es supposée te réjouir que je ne sois pas là pour tuer Andrew. Au lieu de ça, tu me tires dessus.

— Je suis censée éprouver des regrets ?

Il soupira.

— Je suppose que non. Tu veux entendre ce que j'ai encore à dire ou tu préfères me punir davantage ?

Je n'étais pas pressée d'entendre ce qu'il avait encore à déclarer, mais je supposai que je ne pouvais l'éviter.

— Pourquoi tu ne m'enverrais pas un mail ? marmonnai-je, mais il savait que je cédais.

— Ce n'est pas moi qui ai laissé un hôte vide pour que ton pote le trouve.

— Adam n'est pas mon pote, rétorquai-je, bien que cette distinction importe peu.

Raphael m'adressa un regard entendu.

— Peu importe, ce n'était pas moi.

— J'avais compris. (Notant une trace d'inquiétude dans son regard, je fronçai les sourcils.) Serais-tu en train de me dire que tu sais de qui il s'agit ?

— J'ai des soupçons.

Ce qui m'inquiéta au plus haut point.

— Qui est-ce ?

Il eut un sourire condescendant.

— Ce n'est pas quelqu'un que tu connais.

— Tu veux une autre décharge de Taser pour te délier la langue ?

Le sourire disparut.

— Lugh et toi formez un beau couple. Je t'ai sauvé la vie, tu te rappelles ?

Je ne pus m'empêcher de m'esclaffer.

— Tu ne peux pas te vanter de m'avoir sauvé la vie quand c'est toi-même qui l'as mise en danger, abruti. Et tu as torturé mon petit ami et Dieu seul sait ce que tu as pu faire endurer à Andy pendant ces dix années où tu occupais son corps. Je ne te dois strictement rien.

Il n'eut pas l'air d'apprécier. Il me jeta un regard furieux avant de se lever en dépit du fait que j'avais réarmé le Taser.

— Très bien, ricana-t-il en se dirigeant vers la porte. Peut-être que je ne te dois strictement rien non plus. Tu ne vaux pas toute la peine que je me donne.

— Dis-moi qui vient juste d'entrer dans la Plaine des mortels ! ordonnai-je, mais Raphael continua à avancer.

— Va te faire foutre, dit-il en ouvrant la porte.

Mon doigt fut pris d'un mouvement convulsif sur la détente, mais je me retins d'assener une nouvelle décharge à Raphael. Ce dernier serait peut-être obligé de rester un peu plus longtemps, mais je ne pensais pas que cela l'inciterait à parler.

— Je suis désolée, dis-je, comprenant trop tard que j'aurais dû museler ma mauvaise humeur.

Au cas où je n'aurais pas saisi le message la première fois, il me fit un doigt d'honneur. Et il claqua la porte derrière lui en partant.

Chapitre 7

J'eus beaucoup de mal à m'endormir ce soir-là. Trop de choses en tête, je suppose. Trop de secrets voltigeant hors de portée, trop de trouble dans mon cœur, trop de peur concernant le futur. Et pas assez de confiance en moi pour remplir un dé à coudre. Andy me mentait. Raphael n'avait qu'un pied dans le camp des gentils. Adam me tolérait uniquement par égard pour Lugh. Lugh – aussi doux fût-il, la plupart du temps – ferait ce qui serait nécessaire pour défendre sa cause, peu importe ce qui arriverait à moi ou à ceux que j'aimais. Et une semaine était passée depuis le dernier message de Brian. Celui-ci semblait avoir tiré un trait sur moi.

Ce qui était exactement ce que je voulais, me dis-je en me retournant dans mon lit et en donnant un coup de poing dans mon oreiller. Il avait assez souffert à cause de moi et je ne lui avais fait aucun bien, même avant d'être possédée par Lugh.

Ma poitrine se resserra quand une vague de solitude s'abattit sur moi. Dès notre rencontre, j'avais su que j'étais amoureuse de Brian. J'avais su que cela me ferait terriblement souffrir de le laisser partir. Mais aucune connaissance de cause n'aurait pu me préparer à l'affliction que je ressentais alors que je comprenais que mon vœu s'était réalisé.

Finalement, le sommeil eut raison de moi, mais je ne fus pas du tout surprise de me retrouver dans le salon de Lugh. Je regrettais presque de ne pouvoir communiquer avec lui quand j'étais consciente, juste pour pouvoir profiter d'une bonne nuit de sommeil. Mais si j'avais pu communiquer avec lui alors que j'étais éveillée, cela aurait signifié qu'il prenait de plus en plus de contrôle. Je ne m'autorisais pas à souhaiter cette situation.

Il portait encore une fois la panoplie SM faite de bandes de cuir noir. Mes hormones fredonnèrent leur approbation et j'eus l'impression que toutes les cellules de mon corps s'efforçaient de réduire la distance entre nous.

— Tu m'as menti, l'accusai-je en espérant qu'une dispute garderait mon désir sous contrôle.

Il prit l'air surpris.

— À quel sujet ? (Avant de glaner la raison de mon mécontentement dans mon esprit.) Adam a tort. Je ne connais pas le Nom véritable de mes frères. (Il grimaça.) J'ai pensé qu'en ne les forçant pas à me révéler leur Nom véritable quand j'ai accédé au trône, je pourrais réparer quelques erreurs.

— Comment ça ?

Il m'adressa un de ses regards pénétrants avant de décider de me livrer un autre de ses secrets bien gardés.

— Les Noms véritables sont délivrés par le roi. Comme Adam l'a souligné, c'est un honneur « rare ». (J'entendis presque les guillemets autour du qualificatif.) Qui est accordé aux démons extraordinaires. (Il secoua la tête.) Le sens caché de cet honneur est que tu es considéré comme assez puissant pour représenter une menace potentielle vis-à-vis du roi. Alors celui-ci t'accorde un Nom véritable, qui est réellement considéré comme un honneur… mais cela permet également au roi de t'invoquer à n'importe quel moment dans de Royaume des démons. Un collier et une laisse, en quelque sorte. Que ce Nom véritable nous permette d'être invoqués dans la Plaine des mortels est simplement un effet secondaire.

Sûr que cela nous aurait facilité la vie si Lugh avait mis ce collier et cette laisse à ses frères.

—En tant que roi, poursuivit Lugh, je devrais connaître le Nom véritable de tous mes sujets qui en possèdent un. La plupart me l'ont confié d'eux-mêmes quand j'ai accédé au pouvoir. Quand mes frères ont refusé, j'aurais pu user de mon pouvoir pour les obliger à me le livrer, mais je ne l'ai pas fait. Ce qui a probablement renforcé la conviction de Dougal que j'étais trop faible pour régner sur le Royaume des démons.

Son image commença à se brouiller sur les bords, comme cela arrivait quand je me réveillais d'un de ces rêves.

—Ne te réveille pas tout de suite, s'empressa-t-il de dire avant de disparaître en un clin d'œil.

Je croyais être sur le point de me réveiller malgré sa requête, mais mon sixième sens me susurra où Lugh se trouvait, à peine une fraction de seconde avant que la chaleur de son souffle chatouille ma nuque.

—Je n'en ai pas fini avec toi.

Ses mains se posèrent assez fermement sur mes épaules pour me laisser des hématomes s'il accentuait un peu sa prise. Je me tendis, mais quelque chose dans mon bas-ventre se resserra. La pièce se solidifia autour de moi quand le contact de Lugh me ramena dans le sommeil. Glissant le long de mes bras, les mains de Lugh menottèrent mes poignets, puis il plaqua son torse contre mon dos.

Quand je pris conscience qu'il avait perdu ses bandes décoratives de cuir – et que j'avais perdu ma chemise –, ma gorge s'asséchа. Sa peau était chaude et douce contre la mienne et les boucles soyeuses de ses cheveux drapèrent mon épaule quand il planta un léger baiser sur ma nuque.

— Qu'est-ce que tu fais ? haletai-je.

Même si mon esprit m'intimait de m'écarter, je ne bronchai pas, les battements de mon cœur s'emballant tandis que mon souffle se faisait soudain court.

Son petit rire chatouilla mon oreille.

— Je ne pense pas que ce soit un grand mystère.

Il souligna son propos d'un mouvement de va-et-vient qui me fit sentir toute sa longueur et toute sa largeur. Il semblait aussi avoir perdu son pantalon.

Je serrai les cuisses pour endiguer la montée de mon désir. Lugh m'avait attirée dès l'instant où j'avais posé les yeux sur lui, mais je n'avais jamais osé me laisser emporter par cette attirance. Et pas parce que je me gardais pour Brian, insistai-je mentalement.

— Détends-toi, Morgane, me murmura-t-il à l'oreille. Je ne vais pas te faire l'amour. Je sais que tu n'es pas encore prête pour ça.

Je tentai de rassembler mes forces pour protester au mot « encore », mais ma langue semblait être collée à mon palais, et toutes les cellules de mon cerveau étaient trop concentrées sur la chaleur pulsant dans le creux de mes reins pour parvenir à la décoller.

Il frotta son menton sur le haut de mon crâne. Je ne pense pas que ce fût par hasard si ses cheveux caressèrent mes seins, taquinant mes tétons pour les transformer en cailloux.

—Mais tu as désespérément besoin de soulager tout ce stress, poursuivit-il. Je peux t'offrir cette délivrance dont tu as besoin sans te faire l'amour.

Une fois encore, j'ouvris la bouche pour répondre. Et une fois encore, aucun son n'en sortit. Les bras de Lugh entourèrent ma taille, me serrant encore plus contre lui.

Soudain, nous n'étions plus seuls. Un son s'échappa enfin de ma gorge mais ce n'était pas la protestation que j'avais prévue : ce fut un gémissement bas, plein de désir.

Adam, torse nu, ne portant rien de plus qu'un jean hypermoulant déteint en blanc en quelques endroits intéressants, m'adressa un sourire sauvage quand Dominic se fondit dans son dos. L'érection impressionnante d'Adam tendait déjà la prison de son jean moulant, menaçant de faire exploser le tissu fin. Pourtant son sexe se gonfla visiblement davantage quand les mains de Dominic glissèrent sur son torse, tordant ses tétons au passage.

—Arrête, parvins-je à haleter.

J'étais submergée par l'excitation. Je risquais de mourir de frustration si Lugh mettait vraiment fin à cette illusion.

J'avais déjà vu et entendu Adam et Dom faire l'amour. La fois où je les avais entendus dans la pièce voisine, j'avais ressenti un des frissons érotiques les plus excitants de toute ma vie, bien que je déteste encore l'admettre. La fois où je les avais vus avait été complètement différente. Ils n'étaient pas consentants, même si Adam s'était efforcé de rassembler assez d'enthousiasme pour accomplir la besogne. La rage d'Adam et l'humiliation de Dominic avaient dépourvu la scène de tout potentiel érotique à mes yeux, mais j'avais le sentiment que Lugh s'apprêtait à créer un fantasme qui resterait dans la liste des plus embarrassants longtemps après cette nuit.

Une des mains de Dom continuait à jouer avec un téton d'Adam tandis que l'autre caressait la bosse du pantalon de celui-ci. Gémissant de contentement, Adam rejeta la tête en arrière contre l'épaule de son amant. Dominic m'adressa un clin d'œil coquin… ce qu'il n'aurait jamais fait en réalité, car il était beaucoup plus mal à l'aise avec les démonstrations d'affection publiques que l'était Adam.

—Ne fais pas ça, suppliai-je Lugh alors que nous savions tous les deux que mon corps vibrait d'attente.

—Ce n'est qu'un rêve, chuchota-t-il pendant que Dominic descendait la fermeture Éclair d'Adam.

L'humidité dégoulina le long de l'intérieur de ma cuisse quand l'énorme érection d'Adam se libéra. Mon corps se tendit à la pensée de ce que je pourrais ressentir avec une queue de cette taille en moi, m'étirant jusqu'à mes limites. Lugh darda la langue pour goûter la conque de mon oreille et je réprimai un cri de plaisir.

—Tu as le droit d'apprécier, chuchota-t-il.

En cet instant, je n'avais plus beaucoup le choix.

La main de Dominic entoura la queue d'Adam pour la caresser sur toute sa longueur, faisant apparaître une goutte étincelante de rosée. Ma bouche saliva à ce spectacle et, une fois encore, Dominic me lança un sourire « pas du tout Dominic », une étincelle démoniaque dans l'œil pendant qu'il caressait de l'index le gland d'Adam. Je regardai avec une fascination ensorcelée Dominic porter ce doigt à sa bouche et le sucer.

Je me doutais de ce qui allait suivre. Une partie de moi bataillait encore désespérément contre mon excitation mais j'étais complètement impuissante. Lugh me tenait serrée contre lui, son érection diffusant une chaleur constante dans mon dos, pendant que Dominic positionnait Adam de manière à m'offrir une vue idéale et s'agenouillait devant lui.

Je secouai la tête, incapable de la moindre protestation vigoureuse, quand Dominic se saisit du cul magnifique d'Adam avant de prendre son sexe dans sa bouche. Je gémis de concert avec Adam tandis que Dom le suçait, creusant les joues à chaque poussée violente. Passant la langue sur mes lèvres, je pus presque sentir le goût de cette queue.

Non. Ce ne fut pas le goût d'Adam qui explosa sur ma langue, mais celui de Brian. La mémoire sensorielle me submergea. Après avoir inspiré puis expiré un gémissement, j'aurais parié sentir le parfum unique de Brian tout autour de moi. Le spectacle d'Adam et Dom était excitant à la limite du supportable, mais c'était de Brian dont j'avais envie, de Brian dont j'aurais aimé être remplie.

Poussé par l'emprise de la main de Dom sur son cul, Adam se mit à donner des coups de reins dans la bouche de son amant. Dom, le visage inondé de plaisir, montrait tous les signes de contentement. J'imaginai Brian plonger en moi pendant que je les regardais et cette idée faillit presque me faire jouir.

Lugh prit ma main et la guida vers la jonction de mes cuisses. Je portais toujours un jean mais le bouton et la fermeture Éclair en étaient ouverts. Je résistai à l'invitation de Lugh pendant une demi-seconde avant de ne plus pouvoir supporter davantage cette excitation. Je ne voulais pas céder, je ne voulais pas que Lugh gagne ce petit bras de fer, mais cette stimulation devenait insoutenable. Il faudrait que je jouisse au risque de me briser sinon en minuscules morceaux qu'on ne pourrait plus jamais rassembler.

Dominic, qui avait oublié ma présence, suçait la queue d'Adam comme si sa vie en dépendait. Glissant la main dans ma culotte, je me caressai au rythme des poussées d'Adam.

Au bout de quelques stimulations, je fus emportée par une éruption digne du Vésuve. Un râle monta dans la gorge d'Adam pendant que ma vue disparaissait derrière l'explosion aveuglante de l'orgasme. Le hurlement cessa brutalement et j'ouvris d'un coup les yeux pour fixer le plafond de ma chambre sombre. L'orgasme vibrait encore en moi quand je pris conscience, une main entre les cuisses, que j'étais réveillée.

Les muscles frémissant encore des suites de ce puissant orgasme, je restai allongé sur le lit à souffler comme un coureur à la fin d'un marathon. Pendant un long moment, je savourai la chaleur de cette sensation de bien-être, tout en sachant que je me sentirais humiliée une fois que ce bien-être aurait disparu. Pour l'instant, je m'en fichais. C'est alors que je remarquai que je serrai le téléphone dans l'autre main.

La chaleur se volatilisa d'un coup et je me redressai dans mon lit pour constater l'évidence.

Bon sang, qu'est-ce que Lugh avait fichu avec mon corps pendant qu'il détournait mon attention par le biais d'une séance de sexe ? Jetant un coup d'œil au réveil à côté de moi, je constatai qu'il était « pas d'heure et demie » du matin, ce qui ne m'empêcha pas d'appuyer sur le bouton « Bis ». Le numéro qui s'afficha sur le téléphone m'était inconnu. Retenant mon souffle, j'attendis qu'on réponde.

— Oh, oh ! dit une voix on ne peut plus familière à l'autre bout de la ligne. Est-ce que mon grand frère s'est fait surprendre le pantalon sur les chevilles ?

Ma main se crispa sur le combiné. En cette seconde, j'étais tout à fait certaine que je prendrais plaisir à tuer Lugh et Raphael si l'occasion se présentait.

Mon silence offusqué provoqua un éclat de rire de la part de Raphael.

— N'en mange pas ta culotte, comme on dit. On m'a donné l'ordre de coopérer.

— Comme si ça voulait dire quelque chose pour toi, ricanai-je.

— C'est vrai. Obéir n'est pas mon fort, surtout quand les ordres viennent de Lugh. Au Royaume des démons, il pouvait juste me punir pour mon insubordination. Ici, il ne peut que l'accepter. Pourtant, nous sommes tombés d'accord : dans l'intérêt commun, je vais devoir te dire pour quelle raison je suis venu chez toi plus tôt dans la journée. Je te prie d'excuser mon accès de dépit, mais tu sais que ma patience est rudement mise à l'épreuve avec toi.

J'étais sur le point de répondre mais il m'interrompit.

—Le démon qui a été invoqué dans la Plaine des mortels et qui a laissé le corps dans l'allée est connu sous le nom de *« der Jäger »*.

J'avais suffisamment appris l'allemand au lycée pour être en mesure de traduire.

—Le Chasseur.

—Exact. C'est une créature inhabituelle. Il possède la capacité unique de reconnaître les démons dans la Plaine de mortels… et de les chasser. C'est ainsi qu'il a gagné son Nom véritable. C'est également l'équivalent d'un psychopathe chez les démons. Sa vie entière n'est dictée que par la chasse et par le meurtre. Il a été emprisonné pendant les trois cents dernières années dans le Royaume des démons, mais Dougal est prêt à lui rendre sa liberté s'il peut trouver et tuer Lugh. La bonne nouvelle, c'est qu'étant donné que ton aura se superpose à celle de Lugh, *der Jäger* ne semble pas pouvoir en saisir l'odeur. Ce phénomène intrigue tout le monde et je soupçonne qu'ils seront encore plus intrigués après ce soir. *Der Jäger* aura sans doute senti la présence de Lugh pendant que j'ai discuté avec lui, mais il n'aura sûrement pas été capable de la localiser en si peu de temps.

—Comment sais-tu qu'il n'a pas pu saisir l'odeur de Lugh ?

—Parce que je fais partie du camp adverse, tu te rappelles ? C'est la raison pour laquelle je suis revenu au Royaume des démons en premier lieu, pour infiltrer une autre cellule. Je te livrerai les informations que je rassemblerai, mais je compte aussi garder ma couverture.

Prenant note de la menace sous-entendue dans ses propos, je me hérissai aussitôt.

— Je te l'ai déjà dit, si tu fais encore du mal à Andy…

— Bonne nuit, Morgane. Fais de beaux rêves.

Il me raccrocha au nez. Je fis un effort considérable pour ne pas balancer, de frustration, le téléphone à l'autre bout de la chambre.

Je ne fus pas surprise de me réveiller à 10 heures du matin, groggy et les yeux chassieux, après plusieurs heures de sommeil ininterrompu. Amusant comme Lugh n'avait pas trouvé bon de discuter avec moi après la petite conversation que j'avais eue avec Raphael. J'aurais été très heureuse de livrer à Lugh le fond de ma pensée sur le fait qu'il ait contrôlé mon corps pendant que je dormais. Apparemment il n'avait pas l'air d'être pressé d'entendre ce que j'avais à dire.

Je ne savais pas trop quoi faire de moi. De toute évidence, je ne pouvais laisser Andy seul et sans défense, mais je n'allais pas apprendre grand-chose en jouant la baby-sitter à l'appartement. À la lumière des petites heures du matin – après avoir bénéficié de quelques heures de sommeil nécessaire –, il devint clair que laisser mes problèmes de côté n'allait pas les faire disparaître. Les vacances étaient bel et bien finies pour mon esprit. Il était temps d'obtenir des réponses.

J'allais appeler Adam pour qu'il garde un œil sur Andy. Mon frère détesta cette idée, et qui aurait pu lui en vouloir ? Mais nous savions tous les deux que je ne pouvais rester assise là en espérant que tout soit résolu par miracle.

Je dus être rouge comme une betterave tout le temps que je restai dans l'appartement avec Adam : ce qui, étant donné mon incapacité à bloquer les images du rêve que Lugh avait implantées dans mon esprit et mon malaise extrême à l'égard de ces images, ne dura heureusement que cinq minutes. Adam me jeta un regard plein de curiosité, mais se garda de me poser des questions.

J'avais trois problèmes importants dont il fallait que je m'occupe… ou pas, si je changeais d'avis. Il y avait la question de ma parenté. Il y avait la question de ma mémoire refoulée. Et, comme si j'avais vraiment besoin d'un cauchemar supplémentaire dans ma vie, il y avait *der Jäger*.

Je voulais par-dessus tout pourchasser et exorciser *der Jäger*. Malheureusement, je n'avais pas la moindre idée de la manière de procéder. Je ne savais pas dans quel corps il se trouvait. Et même si je l'avais su, je ne souhaitais absolument pas attirer son attention sur moi alors qu'il n'avait aucune idée que j'étais l'hôte de Lugh.

Me restait donc l'option désagréable de fouiller le passé de ma mère ou de fouiller le mien. Comme je savais par quoi je devrais en passer pour en apprendre plus sur ma mère, et puisque je n'avais aucune idée du moyen de savoir ce qui m'était arrivé – si Lugh avait raison quand il disait que c'était autre chose que ce qu'on m'avait raconté –, je supposai que j'étais coincée.

J'arrivai chez mes parents juste après le déjeuner, après avoir passé toute la matinée à tergiverser, trouvant une excuse après l'autre pour éviter de faire ce que je savais devoir faire. La dégonflée en moi priait pour que ma mère ne soit pas chez elle afin de pouvoir retarder la confrontation, mais elle fut à la porte avant que je puisse espérer davantage.

En me voyant, elle écarquilla les yeux de surprise et elle arqua à outrance ses sourcils épilés au millimètre. Je dus me retenir de rire, même si je dois reconnaître que ne pas me rappeler la dernière fois où j'étais venue chez eux en dehors des dîners obligatoires de Noël ou de Thanksgiving me troublait.

Sans aucun doute, certaines parties de ma personne auraient souhaité renier complètement mes parents. Ces repas de fête étaient aussi plaisants qu'une candidose et nous aurions tous passé un meilleur moment si je n'étais pas venue. Mais, que je le veuille ou non, c'était la seule famille que j'avais et je les aimais malgré moi : l'homme qui n'était pas mon vrai père, et ma mère, la femme de Stepford.

— Tu vas m'inviter à entrer ou tu vas préférer gober les mouches ? demandai-je à ma mère qui restait plantée là.

Elle referma d'un coup les mâchoires et me fit son habituelle moue désapprobatrice.

— Tu pourrais essayer de faire preuve de respect de temps en temps.

Je me retins de lui rappeler que le respect se méritait. Je dus une nouvelle fois lutter contre mon envie de fuir mais, à présent, j'étais en colère contre moi-même. Après toutes les terribles épreuves que j'avais traversées ces derniers temps, j'allais me transformer en véritable mauviette le temps d'une discussion ? Je me récitai intérieurement le proverbe sur « Le chien aboie, la caravane passe » et m'obligeai à continuer.

— Il faut que je te parle de quelque chose, dis-je. Je vais faire de mon mieux pour rester polie et j'espère que tu feras de même, mais nous savons toutes les deux que nous sommes incapables de discuter sans nous balancer des vannes, alors faisons comme si de rien n'était.

Soupirant d'un air théâtral, elle m'ouvrit la porte pour me laisser entrer.

Ma mère est le dernier spécimen d'une espèce en voie de disparition : la vraie ménagère des années 1950. Elle a épousé mon père juste après la fac et n'a jamais travaillé de toute sa vie. Son existence a été entièrement dédiée à la cuisine, au ménage et à l'entretien de sa beauté. Ses enfants venaient plus loin, en quatrième position, même si elle nous avait aimés à sa manière. Il n'y avait pas un aspect de sa vie contre lequel je ne me rebellais pas, ce qui pouvait expliquer pourquoi j'étais un garçon manqué célibataire, obsédée par le boulot et sauvagement indépendante.

La maison dans laquelle j'ai grandi est superbe, toujours bien nettoyée et décorée avec un goût impeccable. Et elle dégage l'atmosphère chaude et confortable d'une chambre froide. Il m'est impossible d'y pénétrer sans être aussitôt consciente de ma gaucherie et c'est avec ce sentiment que je rejoignis ma mère dans le salon cérémonieux. La maison comportait également un bureau qui était tout aussi guindé que le salon. Je m'assis et croisai aussitôt les chevilles d'un air sage. Bien sûr, dès que je m'en aperçus, je faillis me frapper le front et m'obligeai à me détendre.

— Je nous prépare un thé ? demanda ma mère.

Je fus assez fière de ne pas rouler les yeux.

— Merci, mais pas pour moi.

Je me tortillai un peu en me demandant comment j'allais commencer. Je veux dire, vraiment, comment aborder avec votre mère le sujet d'un viol dont elle a été victime sans jamais en avoir parlé ? Et de toute façon je n'imaginais pas Mme Perfection discuter d'un sujet aussi déplaisant avec qui que ce soit, encore moins avec sa fille.

Coincée comme une directrice d'école, elle s'assit au bord de sa chaise, le dos droit comme une flèche. Elle croisa les jambes aux chevilles comme une dame et resta, elle, dans cette position.

— De quoi avons-nous à parler ? demanda-t-elle. Puis-je espérer que tu as convaincu Andrew de rentrer à la maison ?

Tu peux espérer ce que tu veux, pensai-je sans l'exprimer. Voyez-vous, je suis capable de me refréner de temps à autre.

— Il reste chez moi pour le moment. Vous ne l'avez pas franchement mis à l'aise en étant pressés qu'il héberge de nouveau un démon.

La résolution de ma mère perdit de sa raideur et elle détourna le regard. Bien sûr, le fait qu'ils aient insisté pour qu'Andy soit de nouveau un hôte n'était pas la raison pour laquelle il habitait chez moi, mais cela me faisait plaisir de lui balancer une pelletée de culpabilité sur les épaules.

— Nous avons fait une erreur, admit-elle, ce qui était une première. Nous étions tellement contents de le retrouver…

— Tellement contents de le retrouver que vous avez essayé de vous en débarrasser aussitôt ? l'interrompis-je, ma voix montant d'une ou deux octaves.

Elle se raidit encore plus. Je n'aurais jamais cru cela possible.

—Nous voulions juste que les choses redeviennent normales. Et je suppose que nous ne voulions pas savoir qu'il avait été malheureux d'héberger un Pouvoir supérieur.

C'était tout ce que nous avions toujours désiré et tout ce que nous avions désiré pour lui. Nous pensions qu'il vivait un rêve…

— *Votre* rêve, plutôt.

Mon père n'était pas assez séduisant ni assez bien bâti pour coller aux critères requis par la Société pour devenir un hôte. Quant à ma mère, à l'époque où elle aurait été encore assez jeune pour se porter volontaire, la Société était encore trop sexiste pour accepter que les femmes puissent servir d'hôtes. Hourra pour le progrès !

Maman grimaça sous le coup de mon accusation mais elle ne me contredit pas.

Je compris d'où j'avais hérité mon talent pour le déni. Je ressentis une certaine amertume à cette pensée et je suis certaine que mon expression le refléta.

—Rappelle-moi de ne pas poser ta candidature pour la Mère de l'année.

Ses pommettes s'enflammèrent : je ne sus dire si c'était de colère, de culpabilité ou bien d'un mélange des deux.

—Si tu es venue uniquement pour me parler de mes lacunes en tant que mère, alors je n'ai rien d'autre à te dire.

Si je devais parler de ses lacunes, elle mourrait de vieillesse avant que j'aie fini de traiter le sujet, mais je me retins aussi d'exprimer cette idée.

— Je suis là pour te poser des questions sur mon vrai père.

Elle bondit comme si elle venait de se fourrer le doigt dans une prise de courant. Malgré son maquillage parfait, je vis son visage se vider de son sang.

— De quoi est-ce que tu parles ? haleta-t-elle.

— Tu sais parfaitement de quoi je parle. C'est écrit sur ta tête.

Son visage passa du blanc au rouge. Pourtant, de façon prévisible, elle continua à donner des réponses évasives.

— Tu peux croire ce que tu veux mais tu connais ton vrai père depuis le jour de ta naissance.

Ma mère ne ment pas habituellement, ce qui explique pourquoi c'est une mauvaise menteuse. Elle avait l'air d'avoir repris confiance, mais je saisis le mensonge dont elle voulait se convaincre.

— Très bien. Alors parle-moi de mon père biologique.

Comprenant que ses manœuvres étaient vaines, elle décida de me claquer métaphoriquement la porte au nez.

— Je crois qu'il est temps que tu t'en ailles.

Je me reculai dans le canapé et croisai les bras sur la poitrine.

— Je ne crois pas. Je crois que tu me dois une explication.

Son regard se figea.

— Je ne te dois rien ! Et je n'ai aucune raison de nourrir ton fantasme ridicule.

Peut-être que si je lui balançais plus d'informations sous le nez, elle prendrait conscience d'à quel point il était inutile de continuer à nier l'évidence.

— Il y a vingt-huit ans, tu as fait une déclaration pour viol auprès de la police. Tu n'as jamais porté plainte et, d'après ce que j'en sais, cette affaire a été enterrée avant de voir le jour. Pourtant tu as fait procéder à un test de paternité me concernant et papa n'est pas mon père biologique.

Il n'avait rien non plus du vrai père mais c'était hors sujet.

Les yeux de ma mère brillaient comme si elle était au bord des larmes et son visage se creusa de lignes de fatigue. J'eus presque pitié d'elle même si j'étais bien trop en colère pour laisser ce sentiment prendre le dessus.

— Pourquoi ne m'en as-tu jamais parlé ? demandai-je.

Je fus agréablement surprise d'entendre ma voix douce plutôt qu'accusatrice. Elle soupira en secouant la tête.

— Qu'est-ce que cela nous aurait apporté ? Il était préférable pour nous tous de faire… comme si rien ne s'était jamais passé.

Ouais, faire comme si de rien n'était comptait parmi les plus grands talents de ma mère.

— Tu crois que c'était bien pour les autres femmes que cet homme a pu violer après toi ?

Ma voix était dure. Pourtant je savais à quel point il pouvait être difficile pour les victimes de viol de porter plainte, surtout à cette époque.

Les lèvres de ma mère dessinaient une ligne fine et dure.

— Nous… j'ai fait ce qu'il y avait de mieux à faire pour ma famille. Je ne m'attends pas que tu sois d'accord. Je n'ai pas le sentiment que tu comprennes le sens du mot « prudence ».

— Mais tu as fait une déclaration, au moins au début.

— Je n'avais pas le choix à l'époque. C'est la police qui m'a retrouvée après…

Elle serrait les poings sur ses genoux, ses ongles parfaits enfoncés dans ses paumes. Je m'efforçai de parler avec une voix douce.

— Dis-moi ce qui s'est passé.

Je ne m'attendais pas vraiment à ce qu'elle me réponde, aussi je fus surprise quand elle se mit à parler.

— Quand Andrew était petit, j'étais bénévole au Cercle de guérison. Un soir, alors que je m'en allais, un homme habillé comme un chirurgien m'a accostée sur le parking. Il m'a obligée à le conduire en banlieue en me menaçant d'un pistolet. Puis il a… (Elle déglutit en se tordant les mains.) Il m'a laissée attachée sur la banquette arrière une fois qu'il a eu fini et c'est comme ça que la police a fini par me retrouver. Le Cercle de guérison a déclaré qu'un homme sans identité était en observation dans leur service psy et que c'était probablement lui qui m'avait agressée. Mais ils ne l'ont jamais retrouvé et n'ont jamais su de qui il s'agissait.

Ouais, apparemment maman n'était pas réapparue après cette première déposition. Je soupçonnais qu'elle en savait plus sur cet inconnu qu'elle le disait. Pourtant une autre question me brûlait les lèvres.

— Pourquoi papa et toi m'avez-vous gardée dans ces circonstances ? On ne peut pas dire que vous m'ayez jamais aimée.

Bon sang, je n'avais pas voulu dire ça. Je ne tenais absolument pas à admettre devant mes parents qu'ils étaient capables de me blesser. Mais peut-être qu'après tout ce n'était pas plus mal, car le visage de ma mère s'adoucit et sa position sembla se soulager d'un peu de sa colère.

— Bien sûr, que nous t'aimons. Je t'aime. Tu es ma fille et peu importent les disputes, cela ne changera pas.

Elle me sourit mais je ne lui répondis pas.

— Dis-moi pourquoi vous m'avez gardée ? insistai-je, m'accrochant à la question qui me troublait le plus. Même si tu m'aimes à ta façon, tu as dû aussi me détester, non ? Je te rappelle constamment ce qui t'est arrivé. Comment as-tu pu poser les yeux sur moi tous les jours ?

Je vis le déni sur ses lèvres. Mais elle avait dû comprendre à quel point c'était inutile, parce qu'elle céda.

— Cela n'a pas été simple tous les jours, admit-elle. Mais je suis ta mère et c'est ce que font les mères. Elles aiment leurs enfants sans condition.

— Tu aurais pu me faire adopter. C'était la chose la plus sensée à faire. Pourquoi m'as-tu gardée ?

J'espérais que la troisième fois romprait le charme, mais j'aurais dû me douter que ce ne serait pas le cas.

— Je ne suis tout simplement pas le genre de mères à abandonner son enfant. Ce que mon agresseur m'a fait subir n'était pas de ta faute, et ni moi ni ton père – ton vrai père, celui qui t'a élevée – ne t'en avons voulu.

C'étaient des conneries, mais je ne parviendrai jamais à le lui faire admettre, alors je laissai tomber.

— Dis-moi la vérité cette fois. Qui était mon père ? Parce que je ne te crois pas une seconde quand tu me dis que tu ne sais pas.

C'est alors que notre discussion spéciale entre mère et fille prit fin.

— Je n'en dirai pas plus. Ton père et moi t'avons gardée pour ton bien et c'est tout ce que tu as besoin de savoir.

— Sûrement !

La douceur dont j'avais été témoin avait complètement disparu.

— Eh bien, c'est tout ce que je te dirai.

Je la fusillai du regard.

— Je ne partirai pas tant que tu ne me diras pas ce que tu sais de mon père biologique.

Elle haussa une épaule avec mépris.

— Très bien. Alors tu peux te mettre à l'aise.

Puis elle se leva et sortit de la pièce comme si je n'étais pas là.

CHAPITRE 8

Je traînai dans la maison pendant environ une heure, en l'agaçant et en espérant qu'elle cède. Pourtant elle s'occupa de ses petites affaires sans me prêter la moindre attention.

Je faillis presque abandonner. Puis je compris qu'il existait plus d'une manière d'obtenir d'elle les informations que je recherchais. Si elle avait décidé de m'ignorer, j'avais toute liberté d'action dans la maison… y compris dans le bureau de mon père où je jure qu'il garde la moindre paperasse rangée, indexée et référencée.

Quand ma mère disparut dans la cuisine pour préparer le dîner – à 15 heures, étant donné qu'elle était une parfaite fée du logis –, je ne la suivis pas.

Maniaque comme il était, mon père gardait toujours la porte de son bureau fermée. Quand Andy et moi étions enfants, nous avions, à une époque, essayé de briser la forteresse de la Zone interdite. Nous avions abandonné, moi à l'âge de six ans et Andy à neuf. Nous avions fini par trouver un moyen d'entrer quand Andy avait mis la main sur un double de la clé de mon père. Nous avions profité du fait que mon père se trouvait au travail pour entrer dans son bureau. Rien dans cette pièce ne pouvait intéresser des enfants de nos âges, mais nous avions éprouvé un frisson d'interdit si excitant que nous y étions restés trop longtemps. Assez longtemps pour que mon père ait le temps de rentrer et nous surprenne.

Attendez, je ne veux pas que vous croyiez que mon père est un homme abusif. Vraiment, ce n'est pas le cas. Mais c'est définitivement un partisan du « qui aime bien, châtie bien ». À neuf ans, Andy se considérait trop âgé pour une fessée. Il découvrit à ses dépens qu'il avait tort. Il eut droit à une impressionnante correction qui l'empêcha de s'asseoir pendant deux jours, mais ce ne fut pas la douleur qui resta gravée en lui mais l'humiliation de la correction : recevoir une fessée à son âge et devant moi.

À six ans, j'acceptais déjà les choses stoïquement. J'observai Andy qui luttait pour ne pas pleurer avant de perdre cette bataille. Mes yeux se remplirent de larmes de compassion pendant que j'attendais mon tour mais, quand mon père me positionna sur ses genoux, j'étais déterminée à être courageuse.

J'avais fini par craquer comme mon frère, mais je suis certaine que mon père fut surpris d'avoir à se donner tant de mal pour me faire céder. Andy fut marqué par cet épisode qui éteignit définitivement l'étincelle de son espièglerie d'enfant. Ce qui ne fut pas le cas pour moi.

Puisqu'il n'y avait plus d'enfants dans cette maison, je comptais sur le fait que mon père ne ferme plus la porte à clé. Malgré tout, je retins mon souffle en essayant la poignée, poussant un soupir de soulagement quand elle tourna dans ma main. Je me glissai à l'intérieur de la pièce et fermai la porte derrière moi. J'espérais que si ma mère me cherchait, elle supposerait que j'étais rentrée chez moi comme une jeune fille raisonnable.

Un léger sourire aux lèvres, je parcourus la pièce des yeux, prenant conscience que j'éprouvais toujours le même frisson à commettre l'interdit.

Il n'y a pas une parcelle de mur vide dans le bureau de mon père. Deux des parois sont occupées, du sol au plafond, par des bibliothèques. Les étagères sont bondées à exploser de livres regroupés par sujet puis rangés par ordre alphabétique de noms d'auteur. C'est de la bibliothèque d'un supermaniaque dont je parle là. Les deux autres murs sont investis par son énorme bureau d'acajou et par plus de placards à dossiers qu'une salle d'archives d'avocat peut en contenir. Les dossiers sont également regroupés par sujet et dotés d'étiquettes sur la tranche, de manière que des yeux indiscrets comme les miens puissent trouver les candidats les plus probables à une lecture intéressante.

Ses dossiers personnels se trouvaient en bas, près de la porte. Je ne fus pas totalement surprise de découvrir qu'un tiroir entier était réservé à chaque membre de la famille.

Bizarrement, mes paumes devinrent moites quand je m'imaginai ouvrir le dossier qui me concernait, si bien que je commençai par consulter celui d'Andy. À l'intérieur, je trouvai des dossiers traitant de chaque aspect de la vie de mon frère. Son faire-part de naissance. Un morceau de papier jauni sur lequel étaient imprimées de minuscules empreintes de pieds de bébé. Même les bracelets d'identité que ma mère et lui avaient portés à l'hôpital. Un dossier contenait tous ses bulletins depuis la crèche. Des dessins qui, dans des maisons normales, auraient été collés au réfrigérateur mais qui, dans la nôtre, étaient passés directement des mains d'Andy aux archives. Les cartes de Noël artisanales qu'il avait offertes tous les ans à nos parents jusqu'à ce qu'il atteigne vingt et un ans et se perde derrière la personnalité de Raphael.

Ayant le sentiment d'être une voyeuse, je me retins de fouiller davantage. Ma gorge se serra bizarrement quand je compris que, malgré ses défaillances, malgré sa froideur, mon père devait profondément aimer Andy. Pourquoi garder tous ces trucs sinon ?

Je refermai le tiroir réservé à Andy, puis essuyai mes paumes en sueur sur mon pantalon avant d'inspirer profondément et d'ouvrir le mien.

Je ne fus pas surprise de découvrir que mon tiroir était très différent de celui de mon frère. La douleur me poignarda malgré tout quand je constatai qu'alors que celui d'Andy était tellement rempli de souvenirs qu'il était difficile d'en sortir quoi que ce soit, le mien était définitivement clairsemé. Pas de faire-part de naissance. Pas d'œuvres d'art mièvres. Pas de bulletins… mais je ne pouvais en vouloir à mon père. Je ne pense pas qu'il existe un seul bulletin me concernant qui ne fasse pas mention de mon comportement insupportable, bien que j'aie été assez intelligente pour obtenir de bons résultats sans travailler beaucoup.

La première chose intéressante que je dénichai fut le résultat du test de paternité qui avait été fait alors que j'avais un mois. Je vis, écrit noir sur blanc, que mon père et moi n'étions pas liés par le sang. Je déglutis et rangeai le document dans le tiroir.

Mes autres dossiers, plus ennuyeux que ceux de mon frère, étaient classés par année plutôt que par sujet.

J'avançai jusqu'à l'année de ma potentiellement mystérieuse hospitalisation. Ouvrant le dossier sur mes genoux pour le feuilleter, j'y portai plus d'attention qu'aux autres documents que j'avais jusque-là parcourus. Ma main – et mon cœur – se figèrent quand je tombai sur une lettre portant le logo de la Société de l'esprit. Elle était rédigée par Bradley Cooper, bien que ce dernier ne se soit pas encore élevé au rang du directeur régional et n'était à l'époque qu'un chef d'équipe.

Cher monsieur Kingsley,

Nous sommes désolés d'apprendre les difficultés que vous et votre femme rencontrez avec votre enfant. Nous comprenons votre frustration et vous remercions encore une fois pour les efforts héroïques que vous avez fournis pour la Cause.

Nous vous suggérons que l'enfant rencontre un de nos psychiatres qui l'examinera et déterminera la probabilité de pouvoir la changer à cet âge avancé. Il est possible que la résistance dont vous faites l'expérience ne soit rien de plus que la rébellion d'une adolescente normale. Dans ce cas, nous vous demanderons de persévérer pendant encore au moins deux années jusqu'à ce que nous puissions déterminer si elle nous rejoindra de sa propre volonté.

Si notre médecin décide qu'elle est, en fait, réfractaire, nous serons alors obligés d'envisager des mesures plus désespérées. Nous en discuterons si cela est nécessaire afin de parvenir à un accord acceptable de part et d'autre.

Une fois encore, au nom de toute la Société, je vous remercie pour votre loyauté envers la cause et pour les services que vous rendez au-delà de vos obligations. Si vous êtes sensibles à notre proposition, je vous prie de m'appeler afin que nous puissions fixer un rendez-vous.

Mon estomac fit la culbute comme un poisson sautant dans l'eau. Je supposais que cette « rébellion adolescente » que mentionnait Cooper correspondait à mon refus d'héberger un démon.

Mes parents avaient commencé leurs efforts de recrutement alors que j'avais douze ans : au même âge que pour Andy. Mais alors qu'Andy avait totalement succombé à l'idée de devenir un héros tout-puissant, je m'étais dérobée. Et l'année qu'ils avaient passée à me traîner aux réunions de la Société et à m'enfoncer la propagande de celle-ci dans le crâne n'avait fait que renforcer ma résistance.

Je me souvenais de cette visite chez le psychiatre. Cela avait été la première d'une longue série de séances. Les doigts tremblants, je tournai la page pour découvrir le rapport du psychiatre. J'étais encore en pleine lecture, tour à tour fascinée et consternée de découvrir les impressions d'un étranger sur ma personne – la plupart me semblaient d'ailleurs étonnamment justes –, quand la porte du bureau s'ouvrit et que mon père entra.

Pendant un long moment fébrile, nous fûmes tous les deux trop choqués pour bouger ou parler. Je me maudis intérieurement d'avoir été absorbée au point de ne pas l'avoir entendu arriver. Si je l'avais entendu, peut-être aurais-je eu le temps de fourrer quelques-unes des pages les plus intéressantes dans ma poche afin de les lire plus tard.

Papa fut le premier à sortir de cet état de choc. Il entra complètement dans la pièce et claqua la porte derrière lui.

Le bruit me fit grimacer puis je me rappelai que j'étais une adulte et plus une enfant de six ans.

Avec ce que j'espérai être un aplomb détaché, je fermai le dossier et le rangeai dans le tiroir avant de me lever. Je faisais une bonne tête de plus que mon père et nous ne nous ressemblions pas du tout. Pendant mon enfance, les gens avaient toujours fait remarquer à ma mère que j'étais son portrait craché en tout sauf la taille. Personne n'avait jamais dit que je ressemblais à mon père, mais j'avais toujours supposé que c'était une question de genre. Maintenant je comprenais la véritable raison. Pourtant, tandis que je l'observais essayer de digérer l'outrage de mon intrusion dans son *sanctum sanctorum*, j'avais toujours le sentiment que c'était mon père. La petite fille en moi désirait lui demander pardon dans l'espoir de percevoir enfin un soupçon d'approbation sur son visage, mais cela ne se passerait sûrement pas ainsi.

— Tu as un sacré culot, dit-il quand il reprit assez ses sens pour pouvoir parler.

Même si sa voix était extrêmement contrôlée, j'y décelai tout de même de la rage.

Croisant les bras sur la poitrine, je m'adossai à un des placards derrière moi en prétendant être beaucoup plus détendue que je l'étais en vérité.

— Moi aussi je suis contente de te voir, papa, dis-je.

Je crus voir une mince volute de vapeur sortir de ses oreilles.

— Qu'est-ce que tout cela signifie ? demanda-t-il.

Son expression montrait à quel point il envisageait sérieusement de me mettre sur ses genoux pour me donner une fessée.

Je réussis à étouffer le rire que cette pensée provoqua et me contentai de secouer la tête.

— Tu sais aussi bien que moi ce que ça veut dire, en supposant que tu as parlé à maman avant de venir ici. Et si tu as prévu de prendre le chemin du déni, ne te gêne pas. Tu as judicieusement gardé les résultats du test de paternité pour que je les trouve.

Son visage vira au rouge de la colère, mais il semblait ne pas être d'humeur pour une superengueulade. « Sors de là ! » fut tout ce qu'il me dit.

— Qu'y a-t-il d'autre dans ces dossiers ? demandai-je. (Je ne comptais pas broncher.) J'ai lu la lettre de Cooper concernant les « mesures désespérées » que la Société prendrait si vous décidiez que le lavage de cerveau ne fonctionnait pas. Et je ne peux m'empêcher de rapprocher ces mesures désespérées avec mon séjour au Cercle de guérison la même année.

— Je t'ai demandé de sortir !

— Et je t'ai entendu. Mais comme je l'ai dit à maman, je ne partirai pas sans avoir obtenu des réponses à mes questions ou je me servirai moi-même pour connaître le contenu de mon dossier.

Ou les deux, en fait. Je n'étais pas certaine de le croire étant donné les circonstances. Pourtant, je n'aurais pas été contre le fait de lire le résumé et les notes de bas de page avant de m'attaquer à l'œuvre.

Comme il restait muet, je me penchai vers le tiroir. Il m'attrapa alors par le bras et me tira violemment en arrière.

— Tu t'en vas maintenant ! m'informa-t-il en essayant de me traîner vers la porte.

— Compte là-dessus !

Comme j'écartais les jambes en pliant les genoux pour lui compliquer la tâche, il ne parvint pas à me faire bouger davantage.

Ses yeux brûlaient encore de colère, mais son expression se mua en sévère désapprobation paternelle.

— Ne rends pas les choses plus difficiles qu'elles sont. Tu n'as aucun droit de fouiller mes archives personnelles.

— Ce sont *mes* archives personnelles, d'après ce que je peux en voir. Et, si, j'ai définitivement le droit d'en prendre connaissance. Maintenant lâche mon bras avant que je te prouve à quel point je peux être difficile.

Il resserra sa prise jusqu'à me faire mal.

— Il n'y a rien ici que tu aies besoin de voir. Laissons le passé là où il est.

Était-ce une lueur de désespoir que je notai dans son regard ? Je m'en fichais. D'une torsion sèche, je libérai mon bras de sa prise et me penchai de nouveau vers le tiroir.

— Morgane, arrête ! dit-il de sa voix la plus autoritaire, mais je l'ignorai.

Mes doigts venaient juste de se refermer sur le dossier quand mon père me saisit de nouveau le bras. Je pivotai en grondant.

Et tournai la tête pile vers le poing qui se dirigeait vers mon visage.

Je doute d'être restée inconsciente très longtemps, mais cela suffit apparemment pour que mon père – sans doute aidé de ma mère – traîne mon corps inerte sur le palier de la maison. Je luttais encore pour m'extraire de l'obscurité quand la porte claqua violemment, suivie du bruit de verrous qu'on ferme.

Des passants me jetèrent des regards curieux mais, comme on était en ville, ils poursuivirent leur chemin. Une gentille vieille dame s'arrêta pour me demander si j'allais bien et proposa d'appeler la police, mais je réussis à lui sourire et à décliner sa proposition. Derrière la porte close, j'entendais les voix de mes parents qui se disputaient, sans comprendre ce qu'ils disaient. Il valait peut-être mieux.

Me sentant déconnectée de la réalité, je touchai du doigt l'hématome qui se formait sur ma mâchoire tout en marchant. Qui aurait cru que mon père avait une telle droite ? Excepté l'occasionnelle fessée quand Andy et moi étions enfants, je n'avais jamais vu mon père frapper quelqu'un. Je n'avais même jamais décelé de signe me prouvant qu'il était capable de frapper quelqu'un, même s'il était sous l'emprise de la plus effroyable colère. J'aurais pu me sentir blessée si je n'avais pas remarqué le soupçon de désespoir dans sa voix. Il avait tout essayé pour m'empêcher de fouiller dans ses dossiers jusqu'à ce qu'il se rende compte qu'il ne parviendrait pas à me faire sortir de cette pièce sans avoir recours à la violence.

Ce qui signifiait qu'il avait davantage à cacher dans ces dossiers. Beaucoup plus, s'il voulait éviter à ce point que je les voie.

Malheureusement, je ne pensais pas pouvoir franchir de nouveau cette porte. Pas à moins d'entrer par effraction.

Je n'étais pas contre le fait de faire une entorse à la loi de temps à autre. Mais malgré mon enfance et mon adolescence sauvages et rebelles, je n'étais jamais entrée par effraction dans une maison. Et je n'avais pas la moindre idée de la manière de procéder.

Évidemment, il y avait bien un représentant des forces de l'ordre à qui je pouvais faire appel. Et je ne doutais pas qu'Adam puisse entrer dans cette maison s'il le voulait. Bon sang, je pourrais porter plainte pour coups et blessures contre mon père et Adam mènerait cette enquête.

Aussi tentante soit cette idée, je posai mon veto avant qu'elle fleurisse. Je n'avais jamais nourri de sentiments chaleureux à l'égard de mes parents et encore moins maintenant. Mais je savais par expérience ce qui pouvait arriver si je lâchais Adam sur eux. Mon estomac se tordit au souvenir du cri de Val quand le fouet d'Adam avait déchiré sa chair. Et je crus vomir en me remémorant le craquement écœurant de son cou se rompant entre les mains froides d'Adam.

Non, la relation entre mes parents et moi n'était pas rose. Et, oui, il était possible qu'ils soient en possession d'informations que j'avais besoin de connaître. Mais plus jamais je ne livrerais quelqu'un à Adam.

Chapitre 9

Sur le chemin du retour, je m'arrêtai dans un restaurant chinois pour acheter des plats à emporter. Ma première impulsion fut de prendre deux repas et de virer Adam de l'appartement dès mon retour, mais je décidai que c'était trop garce. Il avait, après tout, passé l'après-midi à jouer le baby-sitter de mon frère. Je pouvais bien rassembler quelques miettes de gratitude sous forme d'un repas gratuit.

Je m'attendais presque à ce que mon appartement ressemble à un champ de bataille mais tout se trouvait exactement à sa place quand je revins. Adam me fit le rapport d'un après-midi calme. Personne n'était passé et le seul appel avait été de ma mère qui voulait que je la rappelle afin qu'elle puisse excuser le comportement de mon père. Ouais, un peu que ça allait arriver.

Soulagée, je posai mon sac de plats chinois sur la table et me dirigeai vers la cuisine pour y prendre des assiettes. Si Raphael était venu, il aurait probablement vaincu Adam en combat singulier. D'après Lugh, ses frères et lui appartenaient à l'élite et étaient de loin plus puissants que la plupart des démons qui se trouvaient dans la Plaine des mortels… Adam y compris.

Mais bien que je sois contente qu'aucune catastrophe ne se soit produite pendant mon absence, je dois admettre que mon cœur se crispa un peu à la pensée qu'une autre journée venait de passer sans que Brian m'ait donné de nouvelles.

Il me fallut plus de temps que nécessaire pour pêcher trois fourchettes dans le tiroir à couverts. Cela me démangeait les mains de décrocher le téléphone pour appeler l'appartement de Brian et m'assurer qu'il allait bien. Après tout, l'ennemi s'en était déjà pris à lui. Pourtant, tout au fond de mon cœur, je savais qu'il avait sciemment choisi de ne plus m'appeler.

L'amour de ma vie avait fini par laisser tomber. À cette pensée, ma poitrine se serra et mes yeux me piquèrent, même si je me souvenais que c'était pour son bien. J'aurais aimé être capable de me sacrifier avec fierté et noblesse, au lieu de quoi je me retrouvais à tisser des scénarios dans ma tête dans lesquels je me libérais de Lugh et reprenais ma vie interrompue.

J'avais dû me perdre un moment dans mes pensées, car je ne remarquai pas qu'Adam m'avait rejointe dans la cuisine avant qu'il se racle bruyamment la gorge. Sursautant comme un chat surpris, je faillis lâcher les couverts.

— Est-ce que tu souffres d'une commotion cérébrale ? demanda-t-il.

Pendant un instant, je n'eus aucune idée de quoi il me parlait.

Puis je me rappelai être tombée dans les pommes après avoir pris un coup de poing et je levai la main vers l'hématome qui enflait sur mon menton.

— Ça va, dis-je, même si je crus détecter une pointe d'enrouement dans ma voix.

J'espérai qu'Adam ne l'ait pas remarquée et ne perçoive pas ma détresse mais son regard entendu me fit comprendre qu'il voyait clair en moi.

— Tu devrais mettre de la glace là-dessus. Ça se voit assez pour que Lugh puisse se permettre de le guérir sans se faire remarquer.

Je grimaçai. Je ne m'étais pas encore regardée dans le miroir mais je croyais Adam sur parole.

— Je peux te demander ce qui t'est arrivé ?

J'éclatai de rire.

— Tu peux me demander ce que tu veux. Ne t'attends pas que je réponde.

Ayant retrouvé mon calme, du moins en partie, j'essayai de le contourner pour aller dans ce que mon propriétaire appelait avec optimisme ma « salle à manger ». Selon moi, ce n'était qu'un coin de salon avec juste à peine la place pour une table minuscule.

Adam posa sa main sur mon bras pour m'arrêter.

— Tu te rappelles qu'on fait partie de la même équipe, ma chérie ? Faire partie de la même équipe signifie qu'on travaille ensemble et donc qu'on partage nos informations.

Je plissai les yeux.

— À moins que t'aies envie que je te plante cette fourchette dans la main, je te suggère de me lâcher.

Je ne m'attendais pas à ce qu'il le fasse, pourtant il écarta la main en soupirant. Surprise, je restai la bouche grande ouverte comme une idiote.

— Est-ce que nous devons toujours être en état de guerre ? demanda-t-il.

C'était un aspect d'Adam que je ne connaissais pas. Habituellement, il était plutôt comme moi, du genre « pas de quartier ». Assez pour que je ne me fie pas à sa demande de trêve.

— Revoyons quelques faits, dis-je. Tu as tué ma meilleure amie. Tu as tiré sur mon frère. Tu m'as attachée et tu m'as fouettée jusqu'à ce que je manque de mourir. Comment peux-tu décemment espérer que nous ne soyons pas en état de guerre ?

Son regard se riva au mien tandis qu'il énumérait ses arguments sur le bout des doigts.

— Tu as exorcisé mon amant. Tu as essayé à plusieurs reprises de creuser un fossé entre Dominic et moi. Tu as essayé de me faire arrêter et exécuter comme démon criminel. Aucun de nous ne peut se permettre de jeter la première pierre à l'autre. Mais nous avons un ennemi commun et un but commun. J'ai passé beaucoup de temps aujourd'hui à parler avec Andrew et il m'a convaincu que le fait de chercher à nous faire du mal ne favorisait pas une relation réussie. (Ses lèvres se tordirent en un sourire.) Je ne pouvais imaginer que tu serais celle qui agiterait le drapeau blanc alors j'ai décidé de me comporter comme un homme et de le faire moi-même.

Tout ce qu'il venait d'énoncer était parfaitement logique. Il avait même raison. Je veux dire, vraiment, comment pouvions-nous travailler ensemble si nous ne cessions de nous balancer des piques ?

Mais je ne marchais pas. Même si je répugnais à l'admettre, Adam et moi étions très semblables par certains aspects et nous ne partagions pas des natures chaleureuses et indulgentes. Je ne savais pas quelle idée il avait en tête, mais j'étais fichtrement certaine qu'il en avait une.

— Tu peux agiter tous les drapeaux que tu veux, dis-je. Je n'ai rien à partager avec toi. Quand ce sera le cas, je te le ferai savoir.

Pendant une demi-seconde, ses yeux semblèrent s'embraser, un effet que j'avais déjà remarqué avant qu'il devienne très, très agacé. Mais la lueur s'éteignit si vite que je fus presque sur le point de reconnaître qu'elle était le fruit de mon imagination.

Il secoua la tête.

— Très bien. Si ça doit se passer comme ça. Tu auras juste besoin de deux fourchettes.

Ce soir-là, je me couchai en pensant à Lugh. Je m'efforçai de m'endormir pour me réveiller dans sa pièce spéciale. Je lui en voulais vraiment de s'être permis de faire une virée dans mon corps la nuit précédente et, bien qu'il sache déjà ce que j'en pensais, j'étais déterminée à lui en faire part avec mes propres mots.

Mais je me réveillai le matin suivant après un long sommeil sans rêves. Quand j'eus intégré la nouveauté de me sentir reposée, je maudis Lugh et ce qui ressemblait de manière suspecte à une tendance à la lâcheté. Grommelant, je repoussai la couverture et m'assis dans mon lit. Ce fut à ce moment que je remarquai la note posée sur la table de nuit, écrite de ma propre main.

Nous parlerons quand tu te seras calmée. Nous n'aboutirons à rien d'utile dans ton état d'esprit actuel.

Je froissai la note et la jetai dans la corbeille à l'autre bout de la chambre.

— Ouais, marmonnai-je dans la pièce vide. Prends encore une fois mon corps en otage pour m'écrire un mot. C'est exactement comme ça que je vais me calmer. Je n'aurais jamais cru que tu étais une poule mouillée, Lugh.

Andy dormait encore quand je me levai. Je me préparai du café et m'assis à la table en examinant le programme de ma journée. On était samedi mais Adam était de service et ne pourrait donc pas garder Andy. Ce qui me laissait face à une sorte de dilemme, parce que le samedi était un jour de réunion à la Société de l'esprit, ce qui signifiait qu'il y avait de fortes chances pour que la maison de mes parents soit inoccupée pendant au moins une heure et demie cet après-midi-là. Il semblait peu probable que j'aie une meilleure occasion pour entrer de nouveau dans le bureau de mon père.

J'en étais à la moitié de la cafetière quand Andy sortit en titubant de son lit. J'étais heureuse de voir qu'il avait recouvré assez de forces pour se rendre de la chambre à la salle à manger sans avoir besoin de prendre appui sur moi, même si, quand il se laissa tomber sur sa chaise, je constatai que cet effort l'avait épuisé.

Sans un mot, je me glissai dans la cuisine pour lui servir un mug de café, noir avec une cuiller à café de sucre, juste comme il l'aimait. Je me sentais tout à fait serviable. Pendant environ dix minutes, nous sirotâmes notre café dans un silence agréable et j'observai la caféine chasser les restes de sommeil de son visage.

— Quel est le programme de la journée ? me demanda-t-il une fois qu'il fut tout à fait réveillé.

— Bonne question, marmonnai-je dans ma tasse.

— Est-ce que tu vas aller chez papa et maman pendant qu'ils sont à la réunion ?

Je lui avais raconté mon aventure de la veille. Il maintenait toujours qu'il ne se souvenait de rien d'inhabituel ou de suspect concernant mon hospitalisation, mais nous étions tombés d'accord sur le fait qu'il serait bon de retourner jeter un coup d'œil à ces dossiers.

— C'est possible, admis-je.

Il acquiesça avec componction.

— Mais tu as peur de me laisser seul et Adam travaille aujourd'hui.

— Il y a aussi le fait que je ne sais pas vraiment comment entrer par effraction dans une maison.

Je faillis me frapper la tête de la main. Bien sûr, Andy, en qualité de fils préféré, aurait la clé de la maison de mes parents. Il y était toujours bienvenu, contrairement à moi. Nous en étions donc toujours au problème de protéger Andy.

— Laisse-moi un Taser et ferme la porte à clé en partant, dit-il. Ça va aller.

— Pas si Raphael enfonce la porte, répondis-je d'un air sinistre.

— Si ça arrive, je lui tirerai dessus et j'appellerai la police. Et puis, il est peu probable qu'il attaque en plein jour. C'est peut-être un prince démon, mais il mourra comme n'importe quel autre démon s'il est accusé d'être un criminel.

Ce raisonnement était assez sensé mais j'étais toujours mal à l'aise avec l'idée de laisser Andy seul et sans défense alors qu'il était encore si faible. Que se passerait-il si, à bout de forces, il s'endormait ? Raphael pouvait entrer dans l'appartement et l'agresser avant même que Andy ait le temps de se réveiller. Sans compter que si je lui laissais mon Taser, je serais moi-même sans arme. Je regrettai de n'en posséder qu'un seul.

Sentant mon hésitation, Andy me tapota la main.

— Écoute, si je devais dire toutes les conneries que Raphael ne veut pas que je dise, je l'aurais déjà fait. Il le sait.

— Ouais, mais il a comme ordre de te tuer.

Andy haussa les épaules.

— Tu as peut-être remarqué qu'obéir aux ordres n'est pas son fort. (Il me sourit.) Vous avez ça en commun.

Comme je ne trouvais pas de réponse adéquate, je tendis le bras pour lui gifler gentiment le visage.

— Abruti.

— Alors est-ce que tu vas jouer la dame détective ou bien vas-tu rester à traîner dans l'appartement, aussi inutile qu'un plat de nouilles ?

Malgré le regard mauvais que je lui adressai, nous savions tous les deux qu'il avait gagné. Surmontant ma réticence, me rappelant qu'Andy était bien plus vulnérable que moi, je lui donnai le Taser. J'espérais juste qu'il avait raison au sujet de Raphael. Si je revenais de ma petite aventure pour découvrir qu'Andy avait été tué pendant mon absence, je n'étais pas certaine de survivre au sentiment de culpabilité.

La réunion de la Société de l'esprit commence à 15 h 30 et dure habituellement jusqu'à 17 heures. La plupart des fidèles vont ensuite dîner ensemble, mais je ne comptais pas sur ce délai supplémentaire.

La maison de mes parents se trouvait dans un des quartiers les plus résidentiels de la ville, mais il y avait une minuscule épicerie sur le trottoir d'en face. Je m'y glissai peu après 15 heures pour faire le guet : il aurait été très gênant de m'introduire dans la maison de mes parents pour découvrir qu'ils avaient décidé de sécher la réunion cette semaine-là !

Je longeai sans but les étagères en gardant un œil sur la maison de mes parents à travers la vitrine. Je m'étais habillée de manière classique – pour moi – : un jean avec un léger coupe-vent que je gardais fermé pour cacher la partie découverte de ventre entre le jean et mon chemisier. Je m'efforçais d'être aussi discrète que possible mais, quand on fait près d'1,80 mètre et qu'on a les cheveux roux en pétard, c'est difficile de passer inaperçu. Le gus à la caisse observait le moindre de mes gestes. La boutique était si petite qu'il était difficile de faire croire qu'on puisse y faire les courses pendant plus de cinq minutes.

Sentant que le type à la caisse était de plus en plus nerveux, je pris une bouteille de Tylenol et me dirigeai vers lui.

— Autre chose ? demanda-t-il en me couvant toujours d'un regard à filer la pétoche.

— Non, ce sera tout, répondis-je joyeusement.

Je guettai la porte d'entrée de mes parents pendant qu'il enregistrait mon achat. Puis je mis un temps infini à chercher l'appoint dans mon porte-monnaie. J'étais presque à court d'idées pour gagner du temps quand la porte de la maison s'ouvrit enfin sur mes parents. Maman ferma derrière eux et ils se mirent rapidement en marche dans la direction opposée à mon poste d'observation.

Soupirant de soulagement, je sortis un billet de vingt et le tendis au caissier. Il ouvrit la bouche, puis secoua la tête et prit l'argent. Il me roula sur la monnaie qu'il me rendit, mais je suppose que je lui devais bien un dollar de loyer.

J'essayai de ne pas paraître furtive et sournoise en gravissant les trois marches du perron avant de glisser la clé d'Andy dans la serrure. J'avais un peu craint que la clé ne fonctionne pas, mais la porte s'ouvrit facilement et je fus bientôt à l'intérieur.

Je remarquai aussitôt l'odeur florale trop forte du rafraîchisseur d'atmosphère avant d'éternuer trois fois de suite.

Qu'est-ce que c'était que ça ? Ma mère laissait toujours des petits bols de pot-pourri, mais ils ne pouvaient sentir à ce point. Je reniflai encore en résistant à un autre éternuement.

Sous le parfum synthétique écœurant des fleurs, je sentais autre chose. L'odeur de fumée.

J'avais un mauvais pressentiment.

Laissant de côté pour le moment le bureau de mon père, je me dirigeai vers la véranda à l'arrière de la maison. L'impressionnante cheminée en était le point de convergence. Une chose était sûre, il s'y trouvait un gros tas de cendres. En m'approchant, je remarquai que l'air autour de la cheminée était encore chaud et, quand j'en écartai le tablier, je discernai une ou deux braises encore rougeoyantes.

Je me rendis dans le bureau de mon père avec l'intuition de ce que j'allais y trouver.

De l'extérieur, le bureau n'avait pas changé depuis la veille. Mais je ne fus pas du tout surprise de constater, en tirant mon tiroir, qu'il était vide. Je le refermai en le claquant et poussai tous les jurons qui me vinrent à l'esprit. Puis je décochai un coup de pied dans le meuble pour faire bonne mesure.

J'aurais dû me mettre à fouiller dans le reste des dossiers en espérant trouver quelque chose qui aurait échappé à mon père. Pourtant, je n'étais pas très optimiste quant au résultat de mes recherches.

J'étais penchée au-dessus du tiroir d'Andy quand j'entendis la porte d'entrée s'ouvrir et se fermer. Je me figeai. Qu'est-ce qui se passait encore ?

Des pas se firent entendre dans le couloir et je compris brusquement que ça ne pouvait être ni mon père ni ma mère. Ils s'endimanchaient pour assister aux réunions de la Société de l'esprit, ce qui signifiait des chaussures à talons pour ma mère et des souliers aux semelles en cuir pour mon père. La personne qui venait d'entrer dans la maison portait des semelles en gomme qui grinçaient.

Je regrettai de ne pas avoir pris le Taser avec moi, mais Andy aurait été vulnérable pendant tout ce temps. Mon intuition me serinait que l'intrus était dans le camp des méchants. J'essayai de me convaincre que j'étais seulement parano, parce que moi aussi j'étais entrée en cachette, sans pour autant réussir à me persuader.

Les cheveux se dressèrent sur ma nuque quand j'entendis les pas se rapprocher.

Mise à part l'issue par la porte qui me jetterait directement dans les bras de l'intrus, il n'y avait aucun moyen de sortir de cette pièce. Et il n'y avait aucun placard ou autre cachette.

Je reculai jusqu'à l'autre bout de la pièce, cherchant frénétiquement n'importe quel objet que je puisse utiliser pour me défendre. Je faillis éclater de rire en ramassant la seule chose qui me semblât ressembler de loin à une arme: un coupe-papier. Si une enveloppe géante et enragée m'attaquait, j'étais fin prête.

La porte du bureau s'ouvrit et un inconnu entra. Habillé d'un jean délavé et usé et d'un marcel qui laissait apparaître d'innombrables tatouages sur chaque bras, il ressemblait beaucoup au prédateur citadin typique. S'il s'était agi de la maison de quelqu'un d'autre – et de la vie de quelqu'un d'autre –, j'aurais soupçonné cet homme d'être un cambrioleur prévoyant de faire le vide dans cette maison avant le retour de mes parents. Mais je sus que ce n'était pas le cas bien avant qu'il me sourie.

— Mademoiselle Kingsley, je présume? demanda-t-il.

La voix paraissait étrangement cultivée dans ce corps résolument décalé. Je clignai des yeux et brandis mon coupe-papier en me sentant légèrement ridicule.

— Qui êtes-vous?

Son sourire resta en place.

— Je considère que c'est un « oui ». Et tu ferais mieux de poser ton, hum, arme. Elle ne te sera d'aucune utilité contre moi.

D'un côté, je ne pouvais décemment pas m'attendre qu'un coupe-papier l'impressionne. De l'autre, la façon dont il me le confirma me fit supposer qu'il n'aurait pas été plus intimidé par un supercouteau de chasse. Ce qui signifiait que j'avais probablement affaire à un démon. Et d'après ce que Raphael m'avait confié, j'avais une idée assez précise de l'identité de ce démon.

Bien sûr, je n'étais pas supposée savoir quoi que ce soit au sujet de *der Jäger*. Aussi je n'avouai pas que je savais qui me faisait face.

— Je crois que je vais la garder, merci.

De la main gauche, je fouillai dans mon sac en espérant trouver mon téléphone. Je n'aurais certainement pas l'occasion d'appeler la cavalerie, mais ça ne coûtait rien d'essayer.

Der Jäger continuait à sourire mais c'était un sourire sinistre et froid.

— Pose-la ou je vais être obligé de te la prendre. Fais-moi confiance, ça risque de ne pas te plaire.

— Tu as l'air de savoir qui je suis, dis-je alors que mes doigts fureteurs dénichaient enfin mon téléphone.

Je percevais à peine ma voix par-dessus les battements de mon cœur, mais la bravade était une telle seconde nature chez moi que j'étais sûre de sembler moins effrayée que je l'étais en vérité.

— Si tu sais qui je suis alors tu sais aussi que je ne vais pas obéir comme ça.

Son sourire s'élargit.

— Oui, je comptais sur ça.

Je venais juste d'ouvrir d'un coup sec mon téléphone quand il se jeta sur moi. Je m'y étais attendue et m'étais assurée que mon semblant de couteau se trouvait bien entre nous deux. Il n'en tint pas compte, me percuta et m'envoya valdinguer par terre, s'enfonçant le coupe-papier jusqu'à la poignée dans son élan.

Ma tête percuta le sol et je regrettai que mes parents n'aient pas choisi une moquette plus épaisse. Mes deux mains s'ouvrirent malgré moi. Tandis que je luttais pour reprendre mon souffle, *der Jäger* se saisit de mon sac à main et le lança à l'autre bout de la pièce. Le manche du coupe-papier dépassait de sa poitrine, juste en dessous du sternum. Bien que le sang se répande de la blessure, il ne semblait pas y prêter attention.

Quand j'eus repris mon souffle, je me mis à me débattre. La douleur poignarda mon œil. *N'essaie pas,* dis-je mentalement à Lugh. *Il ne peut pas savoir que tu es là alors ne te trahis pas.*

C'était une situation difficile. En combat au corps à corps, je ne faisais pas le poids face à un démon, mais si je laissais Lugh prendre le contrôle – en supposant que j'en sois capable – nous détruirions complètement sa couverture. Malheureusement, si *der Jäger* parvenait à me tuer, non seulement je mourrais, mais Lugh serait obligé d'abandonner mon corps et de retourner dans le Royaume des démons. Ce qui n'aurait pas posé de problème si Dougal ne connaissait pas le Nom véritable de Lugh. Mais il le connaissait, alors, jusqu'à ce que nous ayons neutralisé Dougal, il était en mesure de demander à ses partisans d'invoquer Lugh dans la Plaine des mortels à volonté : de préférence, dans un hôte qui servirait d'agneau sacrificiel en étant immédiatement brûlé sur un bûcher, tuant ainsi Lugh et permettant à Dougal de réclamer le trône qu'il convoitait.

Je continuais à résister mais, bien que je sois forte et une adversaire passablement coriace, cela ne sembla pas impressionner *der Jäger*. Il me retourna à plat ventre, me clouant les mains dans le dos avant de s'asseoir sur moi. Ses mains écrasaient mes poignets et je savais qu'il pouvait aisément me briser les os s'il le désirait.

— Maintenant que nous avons établi que me résister ne valait pas le coup, dit-il, discutons un peu.

Tenant facilement mes poignets d'une main, il ôta le coupe-papier de sa poitrine de l'autre et le laissa tomber par terre près de mon visage. Le sang qui gouttait de la lame imprégna la moquette beige.

— Qui es-tu ? demandai-je, bien que cela soit difficile de parler avec un tel poids sur le dos et le visage écrasé contre le sol.

— Ce n'est pas d'actualité. Disons simplement que je sais que tu as été l'hôte d'un démon répondant au nom de Lugh. Je voudrais que tu me décrives l'hôte dans lequel tu l'as transféré. Et, bien sûr, que tu me donnes son nom.

Il aurait été simple d'inventer une description et un nom à la noix, mais j'avais le sentiment qu'il saurait qu'il s'agissait de conneries si je cédais trop rapidement. Mon cœur fit un bond quand je me demandai quelle dose de mauvais traitements je serais en mesure de supporter avant de pouvoir faire semblant de lui livrer ce qu'il voulait. Je n'avais pas l'impression qu'il se contenterait de me demander gentiment et de tourner les talons.

— Tu ne fais pas grand-chose pour que je t'apprécie. Pourquoi aurais-je envie de t'aider ?

Son rire sombre me fit frissonner.

— As-tu une idée de ce que je peux te faire si tu m'agaces ?

— Je suis exorciste, alors ouais, je sais de quoi un démon est capable. Je sais aussi qu'il est impossible que la Société ait pu accepter comme hôte le corps dans lequel tu te trouves.

La Société privilégiait les hôtes en bonne santé et attirants… pas les loulous comme ce type.

— Ce qui signifie que tu es un démon illégal. Ce qui veut dire que tu as la moralité d'un cafard. Pourquoi devrais-je croire que ça vaut le coup de te parler ?

Mon esprit recherchait toujours désespérément une issue de secours, mais la perspective n'était pas joyeuse. J'étais soigneusement clouée au sol et je ne pouvais compter me relever sans qu'il le décide.

Der Jäger glissa plus bas sur mon corps jusqu'à chevaucher mon cul. Il se colla contre moi afin que je constate qu'il y prenait du plaisir. J'aurais aimé réprimer mon frisson, mais en vain. *Der Jäger* éclata de rire.

— Ce corps est infecté par un certain nombre de maladies. Si j'avais prévu de l'utiliser à long terme, je l'aurais guéri, mais je ne m'en suis pas soucié. Si je devais te violer, tu attraperais toutes ces maladies qui finiraient par te tuer.

Fermant les yeux, je m'efforçai de contrôler ma panique. Je me fichais des maladies, puisque je supposais que Lugh pouvait les guérir. Pourtant, alors que j'étais prête, dans une certaine mesure, à endurer la douleur, je n'étais pas certaine de pouvoir supporter un viol.

Si je crachais un nom et une description maintenant, me croirait-il ? Ou bien avais-je besoin de laisser durer cette situation avant de céder ? Plus important : est-ce qu'il me laisserait partir ensuite ? Raphael l'avait décrit comme un psychopathe ; si *der Jäger* avait vraiment envie de moi, il ferait de moi tout ce qu'il voudrait. Un frisson me parcourut quand je compris que le meilleur moyen de me soutirer des informations serait qu'il se transfère dans mon corps et qu'il viole mon esprit. Il ne semblait pas éprouver le moindre scrupule à laisser des hôtes à moitié morts dans son sillage. Que se passerait-il s'il essayait d'entrer en moi sans y parvenir ?

Apparemment, mon calme dura trop longtemps. Je revins à moi quand il saisit une de mes mains.

— Tu vas me dire ce que j'ai besoin de savoir, grinça-t-il en forçant mes doigts à s'écarter et en entourant mon auriculaire. Si ce que tu me dis me satisfait, je te laisserai partir. Je ne te donnerai aucune garantie, pourtant. Mais je peux t'assurer que je te le ferai regretter si tu décides de ne pas parler.

Il tira d'un coup sec sur mon doigt et j'entendis l'os claquer. La douleur m'arracha un cri et mon corps se couvrit de sueur. Un moment, mes yeux s'emplirent de larmes. Quand ma vue se dégagea enfin, j'avais encore l'impression d'être sur le point de dégueuler. Qui aurait cru qu'un petit doigt pouvait causer une telle douleur ? Lugh en ajouta une couche en m'assenant un autre coup de pic à glace dans l'œil. Même si j'appréciais son désir de m'aider, je savais qu'il était beaucoup plus important qu'il reste caché. Peu importait à quel point je lui en voulais en cette seconde.

— Tu commences à comprendre le message ? demanda *der Jäger*.

— D'accord, d'accord, tu as gagné, haletai-je.

Les larmes me brûlaient les yeux et, pour une fois, je n'essayai pas de les réprimer. J'avais besoin qu'il croie que j'étais bel et bien vaincue. Si faire gicler quelques larmes aidait, alors j'étais prête à sacrifier un peu de ma dignité.

— C'était une conclusion courue d'avance, dit-il. Maintenant donne-moi le nom de l'humain dans lequel tu as transféré Lugh.

— Peter Bishop, improvisai-je. Mais Lugh devait savoir qu'il serait pourchassé, alors je doute qu'il soit resté dans un hôte que je sois en mesure d'identifier.

— Et où puis-je trouver ce monsieur Bishop ? Il se peut qu'il ne soit plus l'hôte de Lugh, mais peut-être puis-je le convaincre de me dire de qui il s'agit.

J'étais sur le point de me lancer dans une histoire concernant la localisation probable du fictif M. Bishop quand on sonna à la porte. Malheureusement, *der Jäger* réagit plus vite moi et pressa la main sur ma bouche avant que je puisse appeler à l'aide. Je fis autant de bruit que possible, sans aucune illusion. La personne qui se trouvait devant la porte ne pouvait m'entendre.

On sonna encore une fois, puis on frappa à la porte. Suivit un cri qui annonça le visiteur obstiné comme appartenant à la police. Qu'est-ce que la police pouvait bien faire là ? J'étais sûre que mes parents ne possédaient pas de système d'alarme que j'aurais pu déclencher et, même si quelqu'un m'avait entendue crier et avait appelé la police, celle-ci n'aurait pas mis aussi peu de temps pour arriver.

Der Jäger, le corps tendu, continuait à me clouer au sol en me couvrant la bouche. Il devait s'attendre que le policier s'en aille et le laisse vaquer à ses affaires, mais l'officier frappa encore une fois et j'entendis une sirène approcher. Je me raidis, certaine à présent que *der Jäger* allait essayer d'entrer dans ma tête. Pourtant, il ne le fit pas.

Raphael avait refusé d'expliquer de quelle manière il avait su que Lugh ne serait pas en mesure de contrôler mon corps comme les démons peuvent d'habitude le faire avec celui de leur hôte. Quel que soit ce secret, *der Jäger* le connaissait également.

— Nous continuerons cette discussion un autre jour, dit-il.

Puis il m'attrapa par les cheveux – un sacré coup de main, étant donné que mes cheveux sont courts – et me cogna la tête contre le sol.

Je ne perdis pas connaissance, mais je fus prise de vertiges. Je sentis le poids de son corps qui quittait mon dos. Je fis un faible effort pour l'attraper par la cheville – de ma main gauche, dont tous les doigts étaient intacts – quand il passa près de moi, mais même si j'étais parvenue à le saisir, je n'aurais pu l'arrêter.

Prise d'une nausée, je levai la tête et le regardai se diriger avec désinvolture vers l'arrière de la maison où il comptait sans aucun doute sortir par la porte de derrière. Prenant appui sur mes mains et sur mes genoux, je me redressai, essayant de trouver la force et la volonté de crier pour avertir le policier, mais je tremblais trop et je m'effondrai.

J'entendis un cri provenant de l'arrière de la maison, puis un coup de feu. Allongée sur le dos, je retins ma respiration. Je savais quel effet une arme pouvait avoir contre *der Jäger*. Je tressaillis en percevant le hurlement aigu d'un homme. Puis j'essayai une fois encore de me relever avant que l'obscurité m'avale.

Chapitre 10

Je revins à moi quelques secondes plus tard – trop vite pour que Lugh puisse soigner quoi que ce soit – quand la police défonça la porte d'entrée. J'aurais vraiment aimé me tirer de là – la police faisait partie des complications dont je n'avais pas besoin en ce moment – mais, même si je parvins à me mettre à genoux, mes jambes n'étaient pas encore en mesure de me porter.

La nausée bouillonnait dans mon estomac et mon petit doigt cassé vibrait fichtrement. Quand je posai les yeux sur mon auriculaire, je constatai qu'il était tordu selon un angle peu naturel et, pendant une seconde, je crus vraiment que j'allais vomir. Puis je pensai à ce qui se passerait si on m'emmenait à l'hôpital. Des heures à attendre mon tour. Des radios. Des manipulations. Ils réaligneraient l'os puis me poseraient une attelle. Ce ne serait pas une partie de plaisir. Je glissai soigneusement ma main dans la poche de ma veste et même ce simple mouvement m'arracha un geignement.

Un policier armé apparut sur le seuil du bureau. À la seconde où il me vit, il me visa à la poitrine et commença à me lancer des ordres : vous savez, toute la routine du « les mains sur la tête ». Il avait l'air tellement en pétard qu'il aurait pu me tirer dessus si je m'étais contentée d'inspirer.

Je compris qu'avec ma main dans la poche de ma veste, il devait sûrement croire que j'allais dégainer une arme.

Je lui adressai un regard dans les vapes tout en me demandant de quelle manière je pouvais éviter de lui montrer ma main. J'étais sur le point de décréter que je ne pourrais y échapper quand Adam apparut derrière le flic.

— Baissez votre arme, dit-il. Je la connais. C'est la maison de ses parents.

— Monsieur ? demanda l'officier d'une voix hésitante.

— Baissez votre arme, répéta Adam plus lentement.

L'officier n'avait pas l'air très réjoui par cette idée, mais comme Adam était son supérieur, il lui obéit. Il garda un œil prudent sur moi en glissant son arme dans son holster et en s'éloignant de la porte. Sans lever la tête, je sentais le regard empli de colère d'Adam sur moi.

— Nous allons avoir une longue discussion, tous les deux, me dit-il.

— Super ! répondis-je.

Je n'étais pas pressée.

Il avança dans la pièce et me tendit la main pour m'aider à me lever. Je l'ignorai et me relevai tant bien que mal. Dans le mouvement, j'écrasai mon petit doigt et la douleur fulgurante manqua de me mettre à genoux.

Adam fronça les sourcils.

— Qu'est-ce que tu as à la main ?

Je suppose que le fait que je garde la main dans la poche de ma veste paraissait suspect. Je baissai la voix afin que seul Adam puisse m'entendre.

— J'ai un doigt cassé et je ne veux pas qu'on me pose une attelle, si tu vois ce que je veux dire.

Tant que personne ne savait que ce doigt était cassé, Lugh pourrait me le guérir dès que je trouverais un endroit assez privé pour pouvoir y perdre conscience. Il faudrait juste que je porte une attelle ou un bandage afin que *der Jäger* ne sache pas que j'étais possédée si – ou plus probablement quand – nous nous rencontrerions de nouveau, mais je pouvais m'occuper de ça après que la fracture sera guérie. D'autres sirènes approchaient encore. Adam me considérait avec intérêt. Aussi effrayant que cela puisse paraître, je le connaissais assez pour deviner ce qu'il pensait.

— Tu m'emmènes aux urgences et je te fais bouffer tes couilles.

Il sourit.

— Ça pourrait valoir le coup. (Le sourire disparut.) Mais je ne pense pas que notre petite discussion puisse attendre qu'on en ait fini avec toi aux urgences.

Il se rapprocha encore plus et je dus résister à l'envie de reculer.

— Voyons les dégâts, dit-il.

Je considérai les options qui se présentaient à moi et pris conscience que je n'en avais aucune. À regret, je sortis avec précaution ma main de ma poche. Chaque mouvement déclenchait une nouvelle vague de douleur. Je ne tenais pas à voir les dégâts mais je ne semblais pas pouvoir en rester là, même si la seule vue de mon doigt tordu me donnait envie de tomber dans les pommes.

Apparemment, je ne connaissais pas Adam aussi bien que je le pensais… ou bien j'étais trop embrouillée par le coup que j'avais reçu sur la tête pour deviner ce qui allait se passer.

Avec la vitesse de l'éclair, il m'attrapa, me retourna et me serra contre son torse, une main sur ma bouche, ses doigts s'enfonçant dans les hématomes que *der Jäger* et mon père avaient laissés sur ma peau.

— Tiens-toi tranquille, me siffla-t-il à l'oreille. Dans une seconde, ce sera fini.

Puis, en me bâillonnant toujours, il se saisit de ma main blessée. J'essayai de l'écarter mais il était beaucoup plus grand et plus fort que moi. Il releva mon bras contre mon corps puis utilisa son autre coude pour me clouer contre lui. Je fermai les yeux et serrai les dents. Je savais que je ne gagnerais pas cette bataille.

Une lumière blanche, comme un éclair, explosa derrière mes paupières quand il redressa mon doigt et réaligna l'os. J'étais contente d'avoir sa main sur ma bouche car, malgré mes mâchoires serrées, j'aurais hurlé tout ce que je pouvais.

— Voilà, dit-il en me tenant toujours contre lui. Maintenant, personne ne peut savoir que ton doigt était cassé.

Il ne me lâcha pas avant que j'aie eu le temps de remarquer qu'il bandait. Et non pas parce que j'étais un canon dont le seul contact l'excitait. J'aurais voulu lui rentrer dedans, mais un autre homme en bleu rentra dans la pièce et ils se mirent à parler flic.

Adam dut beaucoup user de son grade pour me faire sortir de là sur une simple déclaration, comme quoi « il prendrait ma déposition » en personne. Il me tiendrait au courant plus tard de ce que je serais supposée lui avoir dit. Il me fit sortir de la scène de crime et me conduisit jusqu'à sa voiture banalisée. J'avais déjà voyagé à l'arrière de celle-ci, mais apparemment j'avais bénéficié d'une promotion et j'avais le droit désormais de voyager devant.

Je jetai un regard vers la maison tandis que nous nous éloignions et je vis les médecins urgentistes qui grouillaient à l'arrière. Je me rappelai le cri que j'avais entendu quand *der Jäger* s'était enfui. Un pauvre gars avait dû ouvrir la porte de derrière en n'ayant pas la moindre idée que ce qui en sortirait n'aurait rien d'humain.

— Il est mort ? demandai-je à Adam en me tordant le cou pour garder la maison en vue.

— Non, répondit brusquement Adam en tournant au coin de la rue. Pas encore, malheureusement.

Je frissonnai. Je ne tenais pas vraiment à savoir, mais je ne pus m'empêcher de poser la question.

— Qu'est-ce qui lui est arrivé ?

Adam me regarda du coin de l'œil avant de se concentrer de nouveau sur la route.

— Il s'est vidé les boyaux. Littéralement. Bien entendu, on l'a aidé.

Mon estomac se mit à bouillonner en imaginant la scène. Mon visage passa du froid au chaud.

— Arrête la voiture !

Sans poser de question, il freina près du trottoir. Je poussai la portière et vomis dans le caniveau. Je suis certaine que le spectacle a ravi les passants, mais je ne pouvais me retenir. Je fus secouée de haut-le-cœur jusqu'à ce que mon estomac soit vide.

Quand je fus certaine que la crise était passée, je me laissai tomber sur mon siège et fermai la portière. Je tremblais, je transpirais, épuisée comme si je n'avais pas dormi depuis des semaines. Et sans oublier la douleur persistante et lancinante qui battait au rythme de mon cœur.

Adam me tendit un mouchoir.

— Désolé, je n'ai pas d'eau à t'offrir pour te rincer la bouche.

Fermant les yeux, je reposai ma tête contre le dossier du siège. Je n'avais absolument rien à dire. Je n'eus même pas l'idée de demander à Adam où il m'emmenait. Je m'efforçai de me détendre dans ma souffrance, espérant sombrer assez longtemps pour que Lugh me rafistole, mais je n'eus pas cette chance.

Je n'ouvris les yeux que quand Adam arrêta la voiture. Nous nous trouvions sur un parking. Supposant qu'il s'agissait de celui de mon immeuble, je songeai amoureusement à mon lit.

Mais, bien entendu, Adam et moi devions avoir notre « discussion ».

— Comment as-tu réussi à arriver juste à temps pour me sauver la mise ? demandai-je.

— On a reçu un appel concernant un éventuel cambriolage en cours. La personne a signalé qu'une femme rousse d'environ 1,80 mètre semblait surveiller la maison puis s'y était introduite après le départ des occupants. J'ai reconnu l'adresse et j'en ai déduit l'identité de cette femme. Quoi que tu sois en train de manigancer, il ne valait mieux pas que la police soit au courant, alors j'ai cru bon de passer.

Je n'avais pas dû être très discrète quand j'avais traîné dans cette épicerie. La discrétion n'avait jamais été un de mes points forts.

— Je ne mesure qu'1,78 mètre, commentai-je sans que cela semble amuser Adam.

— Qu'est-ce que tu manigançais ? Et qu'est-ce qui s'est passé ?

Il n'y avait plus de secret maintenant, c'était inutile de garder les informations pour moi. Je lui racontai tout : mon séjour mystérieux à l'hôpital, les dossiers, la lettre Bradley Cooper, le tas de cendres et *der Jäger*. Et j'essayai de ne pas penser au cri que j'avais entendu, le cri d'un homme dont les tripes étaient arrachées par un démon. Je remerciai le ciel que mon estomac soit déjà vide.

Le silence s'installa une fois que j'eus fini de parler. Regardant le mur de béton gris à travers le pare-brise, je me concentrai sur ma respiration. Du moins je m'y efforçai, bien que la douleur lancinante de mon doigt soit une réelle distraction. Et je ne pouvais m'empêcher de penser au dernier commentaire de *der Jäger*. Lui et moi n'en avions pas fini. Ô joie !

— Pourquoi ne m'en as-tu pas parlé hier ? demanda Adam. Nous aurions pu trouver un autre moyen d'obtenir ces papiers avant que tes parents les brûlent.

Je tournai la tête vers lui.

— Je ne voulais peut-être pas prendre le risque que mes parents soient torturés à mort si ce qu'ils te disaient ne te satisfaisait pas.

— Ah, dit-il, on en revient à Valerie.

Je tendis la main vers la poignée de la portière – ma main gauche, bien entendu – mais Adam actionna le verrouillage.

— Tu ne me le pardonneras jamais, n'est-ce pas ? me demanda-t-il. Même si je n'avais pas le choix.

Je soupirai.

— Ma tête sait que tu n'avais pas le choix. Mon cœur s'en fout.

Est-ce qu'il allait supposer qu'il n'avait plus d'autre choix dorénavant que d'interroger mes parents ? Et dans ce cas, serais-je en mesure de l'en empêcher ?

Je savais que non. Mon Dieu, comme je détestais me sentir impuissante ! Et cela m'arrivait bien trop souvent ces derniers temps.

Une fois encore, je tendis la main vers la poignée, en appuyant sur le bouton de déverrouillage. Mais avant que ma main atteigne la poignée, les verrous claquèrent de nouveau. Pour sortir, j'allais devoir utiliser mes deux mains en même temps et je ne pouvais supporter l'idée de bouger ma main droite plus qu'il était strictement nécessaire. Même si, grâce à Adam, mon doigt était de nouveau droit, il enflait comme un ballon.

— Qu'est-ce que tu vas faire, maintenant, Morgane ? demanda Adam. Tu ne peux pas simplement rentrer chez toi et reprendre une vie normale. Pas maintenant que *der Jäger* te pourchasse.

Je frissonnai.

— Comme si ma vie avait eu quoi que ce soit de normal ces derniers temps.

— Tu sais ce que je veux dire.

— Ouais, je sais. (Je me tournai vers lui.) Qu'est-ce que tu proposes ? Qu'est-ce qu'un misérable humain peut faire pour se protéger d'un démon déchaîné ?

— Eh bien, tout d'abord, tu peux venir habiter avec Dom et moi.

J'écarquillai les yeux. J'avais déjà expérimenté cette

option – pas de mon plein gré, dois-je ajouter – et je n'avais pas apprécié cette expérience.

— Ouais ? Et tu vas rester là et monter la garde vingt-quatre heures sur vingt-quatre ? Ça risque de perturber un peu ton boulot, tu ne crois pas ?

Il ne trouva pas de réponse toute faite pour cette question.

— Écoute, j'habite au 27ᵉ étage, poursuivis-je. Pour m'approcher, *der Jäger* devra passer la porte, on est d'accord ? Il ne peut ni voler ni escalader les façades d'immeuble comme une araignée.

Adam acquiesça malgré lui.

— Tu te rappelles que j'ai un Taser. Et en ce moment, j'ai même un colocataire. Tant que nous monterons la garde, *der Jäger* n'a aucune chance de s'en prendre à moi sans recevoir une décharge.

Adam n'appréciait pas ce plan – ou plutôt cette absence de plan – mais il ne paraissait pas avoir de meilleure proposition.

— Ne sors pas de ton appartement sans moi, m'ordonna-t-il. Je viendrai dès la fin de mon service et nous verrons si nous pouvons concocter un plan à nous deux.

Je n'aimais pas trop le ton de sa voix mais, pour une fois, je parvins à contenir une réponse rebelle. Je n'étais pas stupide au point de croire que je pouvais affronter *der Jäger* et remporter la victoire.

— D'accord, dis-je.

Adam m'adressa un regard suspicieux.

— C'est trop facile.

Je secouai la tête.

— J'ai rencontré *der Jäger* de près et personnellement. Je ne tiens absolument pas à retomber sur lui dans une allée obscure. (J'esquissai un sourire.) De plus, il devient plus facile pour moi d'accepter de l'aide quand j'en ai besoin.

Le regard qu'il me lança montrait à quel point il ne me faisait toujours pas confiance. Pourtant, quand je tendis la main vers la portière, il me laissa l'ouvrir.

— Je vais t'accompagner à ton appartement, dit-il en sortant de la voiture.

Je me contraignis à juguler le violent désir de lui demander de s'abstenir. Je dus me rappeler intérieurement que je n'avais pas de Taser sur moi et que je ne souhaitais pas mourir.

— Merci, dis-je, les mâchoires serrées.

Puis, alors que nous nous dirigions vers l'ascenseur, une pensée très troublante me frappa.

— Est-ce que tu pourrais battre *der Jäger* si tu devais l'affronter ?

Du coin de l'œil, je perçus la soudaine tension qui traversa son expression.

— Je ne sais pas, admit-il enfin. Mais je pourrais au moins le retenir assez longtemps pour que tu parviennes à t'échapper.

Il n'y avait plus grand-chose à ajouter. Nous marchâmes en silence jusqu'à la porte de mon appartement.

Chapitre 11

Je découvris qu'il était très difficile de s'endormir à 17 heures quand on éprouve une douleur constante… même si je savais que le sommeil permettrait à Lugh de soigner le plus douloureux. Je devais garder l'hématome de la rencontre avec mon père, mais les blessures de la journée ne seraient bientôt rien de plus qu'un souvenir désagréable. Si seulement je parvenais à sombrer dans le sommeil.

J'entendais la télévision, derrière la porte de ma chambre. Elle avait dû rester allumée toute la journée. À mon retour, j'avais trouvé un Andy apathique, assis sur le canapé à regarder la télé sans vraiment la voir. Il s'en était arraché assez longtemps pour me demander ce qui s'était passé au cours de ma visite malheureuse mais, quand je cessai de parler, toute animation le quitta et il reprit sa contemplation passive. Je n'avais plus qu'à espérer qu'il lui reste assez de cellules cérébrales en état de marche pour être capable de sauter sur quiconque passerait la porte.

Comme je souffrais trop pour me préoccuper de lui, j'allai dans ma chambre pour m'allonger. Pourtant, une fois couchée sans parvenir à m'endormir, je ne pus m'empêcher d'éprouver de l'inquiétude à son égard.

Andy ne se trouvait plus en état de catatonie, mais il n'était pas pour autant redevenu normal. Sa fragilité et sa vulnérabilité ne collaient pas avec l'image que je gardais de lui. Raphael l'avait-il endommagé de manière irrémédiable ? Pouvais-je faire quelque chose pour l'aider ?

Finalement, je compris que je ne parviendrais pas à dormir sans aide. Je fis une descente dans mon placard à pharmacie où je trouvai une boîte de somnifères périmés. J'en avalai deux en espérant qu'ils faisaient toujours effet passé la date de péremption, puis je me recouchai et fermai les yeux.

Je ne sais combien de temps je restai éveillée, mon esprit ressassant la liste impressionnante de mes problèmes, mais, finalement, je m'endormis. Je n'étais pas certaine que Lugh veuille me parler ou simplement s'il considérait qu'il me fallait encore du temps pour me calmer, pourtant je me réveillai dans une nouvelle version de son monde de rêve, un endroit que je n'avais visité qu'une seule fois, là où il m'avait guérie après qu'Adam eut joué avec moi.

Allongée sur le dos dans un lit somptueusement doux, mon corps était recouvert d'un drap de soie écarlate qui en suivait les contours comme un tee-shirt mouillé. Naturellement, j'étais nue sous ce drap et j'étais intensément consciente de la texture de la soie sur ma peau.

Lugh était assis près de moi, au bord du lit. Il avait mis la sourdine sur sa garde-robe pour l'occasion, abandonnant la panoplie SM pour un tee-shirt uni noir qui moulait son torse spectaculaire. Il portait toujours son habituel pantalon de cuir noir, mais pas ses bottes.

Un de ses pieds nus était coincé sous la jambe opposée et j'éprouvai le désir des plus étranges de tendre la main pour le toucher. Avant de me rappeler que j'étais en colère contre lui et de tuer mon excitation dans l'œuf.

Baissant les yeux sur mon corps, je constatai qu'en dépit de ma supposée colère, le drap fin ne dissimulait en rien mes tétons résolument éveillés. Je pris un air renfrogné.

— Pourquoi faut-il que je sois nue ? marmonnai-je.

Difficile d'avoir une bonne petite engueulade quand on se trouvait aussi nue que le jour de sa naissance. Mais peut-être était-ce l'intention de Lugh ?

Ma colère le fit sourire.

— Peut-être parce que j'aime bien comme ça ?

Je me redressai en position assise tout en serrant le drap contre moi.

— Eh bien pas moi ! Habille-moi !

Son petit sourire me fit augurer que les choses ne se passeraient pas comme je le voulais. Je ne sentais plus le drap contre ma poitrine mais, quand je baissai le regard, ce fut pour découvrir que je portais un teddy à peine visible en simple filet noir qui ne cachait pas grand-chose. Je repoussai le drap en luttant contre mon embarras.

— Très bien ! décrétai-je. Si tu veux te comporter comme un enfant et profiter de moi encore une fois, je ne peux rien y faire !

Il fronça les sourcils.

— De quelle manière est-ce que je profite de toi ? J'habite dans ton corps. Je sais à quoi tu ressembles quand tu es nue. Je sais même à quoi tu ressembles dans les affres du plaisir.

Mes joues me brûlaient. Il y avait très peu de choses dans ces rêves qui me permettaient de me rappeler qu'il s'agissait de rêves… même quand de la lingerie surgissait de nulle part. Je croisai les bras sur la poitrine, cachant mes seins pendant que le drap dissimulait le reste. Je le laissais me distraire du vrai problème.

— Est-ce que tu as quelque chose à déclarer pour ta défense ? demandai-je.

Impossible qu'il ignore de quoi je parlais. Le sourire moqueur quitta ses lèvres.

— J'avais besoin de parler à mon frère. Puisque tu ne me laisses pas prendre le contrôle quand tu es éveillée, je suis obligé de le faire lorsque tu dors. Mais tu as commencé à te réveiller à un moment inapproprié, alors j'ai dû te motiver pour que tu te rendormes.

Je déglutis en essayant d'effacer de mon esprit les images de la diversion qu'il avait utilisée.

— Tu aurais pu me prévenir de ce que tu allais faire.

Il éclata de rire.

— Tu n'y crois pas plus que moi. Si je t'avais dit ce que je comptais faire, tu te serais aussitôt réveillée. Je suis désolé de t'avoir trompée, mais c'était nécessaire.

Il me prit la main. J'eus le profond sentiment que j'aurais dû essayer de me libérer de cette main, mais je ne le fis pas. Sa prise était forte et sûre, une ancre au milieu des tumultes de ma vie.

— De plus, poursuivit-il, ses yeux ambre se rivant aux miens tandis qu'il levait ma main vers ses lèvres, tu avais besoin de te détendre.

J'éprouvai de nouveau l'envie de retirer ma main, de résister à la tentation de son contact. Mais même en essayant de forcer mon corps à obéir, je ne bougeai pas et ne résistai pas quand ses lèvres effleurèrent mes doigts.

Ce contact de velours envoya un frisson dans toutes les cellules de mon corps. Mes sens furent submergés de désir. Même s'il m'avait fait jouir deux nuits plus tôt, cela avait été grâce au contact de ma propre main et cela ne suffisait pas. Je fermai les yeux quand ses lèvres passèrent de mes doigts à mon poignet. Au creux de mon ventre, je crevais de désir pour quelque chose que je ne m'autorisais pas à vivre.

Son parfum inonda mes sens, ma peau captant la chaleur qui irradiait de son corps alors qu'il se collait contre moi. Ses cheveux noirs soyeux chatouillèrent ma cuisse et je pris conscience que le drap avait dû descendre plus bas que mes genoux.

Je faillis me laisser faire. Je faillis laisser mon désir outrepasser ma volonté. Jusqu'à ce que je me demande ce qu'il pouvait bien faire de mon corps dans la réalité de mon monde.

Le cœur battant la chamade, à bout de souffle, je m'écartai de lui. Mes hormones protestèrent en hurlant mais je les ignorai.

— Mais qu'est-ce que tu fiches ? demandai-je, une pointe de panique dans la voix.

Je luttais pour fermer toutes les portes de mon esprit, mais j'étais trop excitée pour me concentrer.

Lugh recula, levant les deux mains dans un geste d'innocence.

— Calme-toi, Morgane. Je ne fais rien. Tu récupères, couchée dans ton lit.

J'attrapai le drap et le tirai jusqu'à mes épaules en le tenant des deux mains.

— Je ne te crois pas.

Ses épaules s'affaissèrent.

— Je n'ai rien fait pour mériter ta méfiance.

J'éclatai de rire, un brin hystérique.

— Flash d'informations à ton attention : me tromper afin de pouvoir contrôler mon corps sans être interrompu est une violation de ma confiance.

Il pencha la tête sur le côté, l'air véritablement intrigué.

— J'avais plus d'une raison pour agir ainsi, mais je ne t'ai pas froidement trompée pour satisfaire uniquement mes buts. Tu dois savoir que je suis sincèrement attiré par toi.

Le rire hystérique voulut refaire surface mais je le réprimai.

— Je ne sais rien. Tu peux savoir tout ce que je pense, tout ce que je ressens, tout ce qui est caché sous ma surface. Et je peux savoir ce que tu veux bien me dire. C'est tout ! Est-ce que je suis juste supposée croire sur parole que toute cette scène ne fait pas partie d'une autre manigance ?

Il sourit d'un air contrit mais, si je ne l'avais pas mieux connu, j'aurais juré déceler dans ses yeux une expression blessée.

— Je comprends ton point de vue. Et, non, je ne te demanderais pas, surtout pas à toi, de croire quoi que ce soit sur parole.

Sur ce, je me réveillai d'un coup.

Je restai allongée dans mon lit pendant un bon quart d'heure. Mon doigt était redevenu normal et, même si j'arborais toujours le bleu que m'avait fait mon père, les bosses et les hématomes récoltés dans l'après-midi avaient disparu.

Les paroles de Lugh résonnaient dans ma tête, tout comme le regard blessé qu'il m'avait adressé. J'avais le sentiment d'être une garce. Pendant un moment, je me vautrai dans mes propres défaillances avant de me donner une claque virtuelle sur la tête et de m'asseoir sur le lit.

Lugh pouvait toujours essayer de me faire culpabiliser. Restait qu'il m'avait trompée sous de faux prétextes. La flamme familière de l'indignation réchauffait mon ventre. J'avais toutes les raisons d'être en colère après lui !

Que c'était chiant d'être possédée !

Je me frottai les yeux pour chasser les restes de sommeil avant de me bander l'auriculaire et l'annulaire. Probablement de manière plus lâche que si mon petit doigt était encore cassé, mais je tenais à préserver un minimum de mobilité. Après quoi je déambulais dans le salon quand le téléphone sonna. Andy était toujours assis à la place où je l'avais laissé, CNN babillant sans qu'il en tienne compte. Ses yeux étaient posés sur l'écran, mais leur expression était tellement vide qu'on pouvait imaginer qu'il ne voyait rien. Mon cœur se serra. Était-il retombé en état de catatonie ? Il ne sembla pas réagir à la sonnerie du téléphone, même s'il se trouvait à deux mètres de lui.

—Andy ? demandai-je.

Je ne m'étais pas rendu compte à quel point mes muscles étaient tendus jusqu'au moment où je le vis cligner des yeux. La tension disparut alors.

Sans un mot, il se tourna vers le téléphone et décrocha. Il échangea environ quatre ou cinq propos avec son interlocuteur avant de raccrocher.

— Qui était-ce ? demandai-je.

— Adam. La police vient de trouver un homme en état de catatonie près de la maison des parents.

Les genoux vacillants, je me précipitai vers le canapé pour m'asseoir.

— Laisse-moi deviner, dis-je, la voix râpeuse. Un jeune punk, des vêtements miteux, les bras couverts de tatouages ?

Andy acquiesça.

— Merde alors, dis-je pour résumer ma pensée.

Der Jäger avait pris en otage un nouvel hôte. Il pouvait marcher droit sur moi dans un corps inconnu sans que je sache que c'était lui.

Une décharge de terreur pure explosa en moi à l'instant même où la douleur me poignarda le crâne. La douleur disparut aussitôt… Lugh savait que j'étais arrivée à la même conclusion que lui. La sueur dégoulinant soudain dans le creux de mes reins, je regardai Andy avec horreur.

— Si tu étais *der Jäger* et si tu voulais t'en prendre à moi, qu'est-ce que tu ferais ?

À la pâleur de son visage, je sus à la seconde près qu'Andy avait deviné ce que je suggérais.

— Puisqu'il a l'air de ne pas se soucier du nombre d'hôtes qu'il emprunte, il voudra posséder quelqu'un qui est déjà proche de toi.

Je plongeai vers le téléphone avant qu'il ait fini de prononcer sa phrase.

Je rappelai tout d'abord Adam, craignant que *der Jäger* s'en prenne à Dominic. Puis je battis en retraite dans ma chambre, serrant le combiné, mon cœur battant à tout rompre.

Brian n'était peut-être pas en danger. Après tout, je ne l'avais pas vu ni ne lui avais parlé depuis que *der Jäger* était arrivé dans la Plaine des mortels. Mais je ne voulais prendre aucun risque. La bouche sèche, les paumes moites, je composai son numéro. Je me rappelai qu'il fallait respirer quand la sonnerie retentit.

Aucune réponse. Comme Brian faisait souvent des heures supplémentaires, j'essayai d'appeler à son bureau. Pas de chance non plus.

Finalement, j'eus recours à son numéro de portable en espérant ne pas interrompre un rendez-vous galant. Bien sûr, depuis que je lui avais rendu sa liberté, j'aurais dû me réjouir, en théorie, qu'il puisse vivre sa vie et qu'il rencontre une autre femme. « En théorie », c'était bien ça le problème.

Trois sonneries et je craignis d'être dirigée vers sa messagerie. Puis la voix qui m'avait manqué au-delà de ce que je pouvais exprimer dit : « Bonjour, Morgane ».

Ma bouche était tellement sèche que je ne pus tout d'abord même pas lui répondre. J'essayai d'interpréter le ton de sa voix. Était-il furieux contre moi ? Souffrait-il ? Ou bien avait-il adopté une forme de résignation ? Deux mots ne suffisaient pas.

— Morgane ? Tu vas bien ?

Quatre mots supplémentaires et je m'interrogeais toujours. Mais je retrouvai un filet de voix.

— Ouais.

Dans un accès de panique, je me rendis compte que je n'avais aucune idée de ce que j'allais lui dire. Bien qu'il ait terriblement souffert à cause de moi, il n'en connaissait pas les raisons. Il ne connaissait que la version de la police.

— Tu vas me parler ou bien t'attends-tu à ce que je monologue ?

Je m'éclaircis la voix en cherchant toujours désespérément ce que j'allais dire.

— Désolée, dis-je.

Ma voix semblait pleine de parasites et je me raclai de nouveau la gorge. Dans le doute, prends ton temps.

— Écoute, il vient de se passer quelque chose et il fallait que je te parle. Est-ce que tu peux passer ?

Il y eut un moment de silence. Il réfléchissait à ce que je venais de dire.

— Quel genre de chose ?

— Je te raconterai tout quand tu seras là.

Je me demandai si mon nez était en train de s'allonger. Il gloussa.

— Tu ne m'as jamais tout raconté à propos de quoi que ce soit. Et je suis comme qui dirait occupé en ce moment.

Je détestai la façon dont mon ventre se serra alors que j'imaginais en quoi cette occupation pouvait consister. *Mon Dieu, faites qu'il ne soit pas avec une autre femme*, priai-je avant de me haïr pour avoir eu cette pensée.

— C'est important.

Il soupira de manière théâtrale.

— Tu aimes bien garder les cartes en main. Je t'aime encore mais si tu t'attends que je laisse tout tomber pour accourir chez toi sans savoir pourquoi, je crains que tu sois déçue.

Je ne sus si le fait d'entendre qu'il m'aimait encore me fit me sentir mieux ou plus mal.

— C'est trop long à expliquer au téléphone.

Sans compter que je n'avais pas la moindre idée de ce que j'allais lui raconter.

— Mais je pense que tu peux être en danger. Je ne le supporterai pas si tu souffrais encore à cause de moi.

Il garda le silence pendant un long moment et je retins mon souffle.

— Je serai là dans une demi-heure, dit-il après un autre soupir.

Il n'y eut plus rien à ajouter ensuite et nous raccrochâmes. Quand je revins dans le salon, la télévision était enfin éteinte. Je me laissai tomber sur la causeuse en recroquevillant les pieds sous moi. Andy m'observait.

— Qu'est-ce que tu regardes ? demandai-je en croisant les bras sur la poitrine.

Il esquissa un sourire qu'il bannit aussitôt.

— Qu'est-ce que tu vas lui dire ?

Je m'enfonçai plus profondément dans la causeuse.

— Je n'en ai pas la moindre idée.

— Et quel est ton plan pour le protéger de *der Jäger* ?

— Voir réponse précédente.

Fermant les yeux, je reposai ma tête contre le dossier de la causeuse. Pourquoi tout devait-il être si compliqué ?

— Tu devrais peut-être essayer de trouver quelque chose avant qu'il arrive.

J'ouvris les yeux pour lui jeter un regard plein de colère.

— Merci pour le conseil, Einstein.

Mon ton râleur ne sembla pas le déranger, ce qui n'était pas surprenant. Après tout, je devais râler depuis mon séjour dans le ventre de ma mère et il me connaissait depuis toujours. Il répondit à mon regard par une expression neutre.

— Est-ce que tu as considéré la possibilité que *der Jäger* l'ait déjà possédé ?

— Non ! criai-je, bien que la véhémence de ma réaction démontrât quelle menteuse j'étais. Je refuse de l'envisager.

Apparemment, Andy devait avoir de la cire plein les oreilles puisqu'il continua sur sa lancée.

— Quand il arrive, je le maîtrise, dit-il en tapotant le Taser qui était posé près de lui sur le canapé. Puis tu examines son aura pour t'assurer qu'il n'apporte pas de la compagnie.

— Qui est mort pour que tu prennes la place du roi ? demandai-je avant de grimacer d'avoir choisi cette image.

— Tu as certainement raison, *der Jäger* ne s'en est probablement pas encore pris à lui. Mais « probablement », ce n'est pas « absolument ». Et nous devons être sûrs.

Je le savais. Et que j'apprécie cette option ou pas ne faisait aucune différence.

Chapitre 12

Il y avait tant de points qui ne me satisfaisaient pas dans ce plan qu'il m'était impossible de tous les énumérer. Mais je m'y pliai malgré tout.

En attendant Brian, je plaçai une chaise de la table de séjour au centre d'un espace dégagé qui m'obligea à déplacer la table basse et la causeuse. Puis je puisai dans ma provision de bougies à la vanille et les arrangeai en cercle autour de la chaise. Quand le poste de sécurité de l'immeuble appela, je leur demandai de laisser monter Brian et je commençai à allumer les bougies en essayant de ne pas voir que mes mains tremblaient. Je sortis une bougie du cercle pour permettre à Brian d'y pénétrer. Puis j'attendis.

Andy, dont les forces revenaient lentement, s'appuya contre le mur de la salle à manger pour se ménager un angle de tir sur la porte d'entrée. Le Taser était armé et prêt à tirer. Le visage d'Andy n'exprimait rien d'autre qu'une détermination sinistre. J'espérai qu'il n'avait pas la gâchette nerveuse, mais il était trop tard pour inverser les rôles.

La sonnerie de l'ascenseur me prévint à l'avance de l'arrivée de Brian. Je renonçai à essayer de faire le tri dans le maelström d'émotions qui tourbillonnaient en moi, et m'efforçai d'apaiser mes sens du mieux possible. Je n'avais toujours aucune idée de ce que j'allais lui dire.

J'ouvris la porte avant qu'il ait le temps de frapper et le simple fait de le voir me coupa le souffle.

Physiquement parlant, Brian ne peut battre en perfection Lugh et Adam, mais il est tout de même sacrément attirant, dans le genre beau mec américain qui ne me correspond tellement pas. Mon cœur voleta dans ma poitrine même s'il ne m'adressa pas ce sourire chaleureux et fabuleux qui avait si souvent fait fondre mes doutes.

Il ouvrit la bouche pour dire quelque chose puis vit Andrew et le Taser. Ses yeux marron whisky s'écarquillèrent et il me fixa, bouche bée. La culpabilité me rongeait le ventre, mais je me contraignis à affronter son regard.

— Entre, s'il te plaît, dis-je en reculant un peu et en lui tenant la porte ouverte.

Il se contenta de rester là à me regarder.

— Qu'est-ce qui se passe ?

— Rentre et je vais t'expliquer. Je suis désolée pour cet accueil. Andy et moi sommes un peu paranos.

Comme il ne bougeait toujours pas, je lui adressai mon regard le plus implorant. J'étais certaine que s'il ne rentrait pas de son plein gré, Andy allait lui tirer dessus. Je préférais éviter d'avoir à le menacer.

Finalement, les épaules de Brian s'affaissèrent.

— Il y a intérêt à ce que l'explication soit intéressante, marmonna-t-il.

Même si je ne pensais pas vraiment que *der Jäger* se soit déjà emparé de lui, je gardai mes distances quand il franchit la porte que je refermai derrière lui. C'est alors qu'il vit la chaise entourée du cercle de bougies.

— Tu penses que je suis possédé ? cria-t-il.

Son regard mettait en doute ma santé mentale. Je secouai la tête.

— Non, mais je détesterais me tromper. Je t'en prie, assieds-toi. Je vais examiner rapidement ton aura et ensuite nous parlerons.

Il prit une mine renfrognée. Avant que ma mauvaise influence déteigne sur lui, il avait été une des personnes à l'humeur la plus égale qui soit. Je n'aimais pas l'idée que notre relation ait pu le changer.

— J'aurais dû savoir que ce serait un truc dans le genre quand tu as appelé.

Le visage rouge de colère, il se dirigea en tapant des pieds vers la chaise avant de s'y laisser tomber, sans jamais croiser mon regard.

— Je suis désolée, répétai-je.

Mais il ne me regarda pas et ne sembla pas accuser réception de mes excuses.

Essayant de ne pas me sentir blessée car, après tout, j'aurais réagi de la même façon à sa place, je fermai le cercle des bougies. Il n'était pas vraiment nécessaire qu'elles forment un cercle et souvent je me dispensais de cette formalité. Pourtant, aujourd'hui, je me sentais si minable que je me raccrochais au rituel le plus traditionnel.

Je m'assis en tailleur par terre, face à l'homme que j'aimais, pendant que mon frère le tenait en joue avec son Taser. Glisser dans la transe pourrait s'avérer difficile dans l'état d'anéantissement émotionnel dans lequel je me trouvais.

Je fermai les yeux et inspirai profondément, aspirant le parfum apaisant de la vanille dans mes poumons. C'était une odeur que mon corps et mon esprit associaient avec la sensation paisible de rêve de l'état de transe. Ma tension disparut en partie dès cette première profonde inspiration. Je pouvais le faire. Et quand je lui expliquerais, Brian comprendrait.

Je me souvins de la dernière déclaration de Lugh : *Non, je ne m'attends pas que toi en particulier croies quoi que ce soit sur parole.* Le souvenir faillit disperser le calme qui avait commencé à m'envahir mais, après cette brève poussée d'adrénaline, une autre inspiration de vanille m'emporta encore plus loin du monde physique.

La transe tomba sur moi comme un état de conscience altérée. Le vrai monde s'effondra et mon esprit s'ouvrit à une autre vision qui ne dépendait pas de mes yeux.

Dans l'état de transe, je ne vois rien d'autre que les êtres vivants. Le monde physique qui les entoure se transforme en un vide noir. Les gens apparaissent comme des taches d'un bleu primaire à la forme vaguement humaine, la teinte se nuançant selon leurs émotions. La peur avait tendance à teinter leur aura de jaune et, bien que toute mon attention soit concentrée sur Brian, je remarquai que l'aura d'Andy était presque verte. Je me demandais s'il craignait que Brian héberge *der Jäger* ou s'il se trouvait juste dans un perpétuel état de peur après ce que Raphael lui avait fait.

Je me forçai à détourner mon attention de mon frère pour examiner l'aura de Brian. Elle ne comportait aucune trace de rouge du démon, mais elle bouillonnait de tous les bleus imaginables, des émotions vives et sauvages. J'éprouvai la tentation voyeuriste de m'attarder dans ma transe pour contempler son aura et préciser ses émotions pour savoir ce qu'il ressentait exactement pour moi en cet instant. Mais avais-je vraiment envie de le savoir ?

J'ouvris les yeux et le vrai monde réapparut.

— Tu peux te détendre, dis-je à Andy. Son aura est propre.

Andy abaissa le Taser mais sans vraiment se détendre. Quand je soufflai les bougies, l'odeur âcre de la fumée se mêla au parfum de vanille.

— Je peux me lever ? demanda Brian d'un ton acerbe. Ou bien est-ce que tu as prévu de me menotter à la chaise pour m'interroger ?

Le temps d'une seconde, je fus poignardée par la culpabilité. Je n'avais rien fait de mal. Il n'existait aucun autre moyen de s'assurer que *der Jäger* ne le possédait pas.

Je soufflai la dernière bougie et parlai sans le regarder.

— Je ne vais pas m'excuser encore une fois. J'ai un démon criminel à mes trousses et j'ai des raisons de penser qu'il peut m'attaquer en passant par le biais de ceux que j'aime. Je devais m'assurer qu'il ne s'était pas déjà emparé de toi.

À genoux, je rassemblais les bougies. J'entendis Brian se lever. J'avalai la boule dans ma gorge et levai les yeux vers lui, les bougies encore chaudes serrées contre mes seins. Son regard d'acier me signifia qu'il ne m'avait pas pardonnée. Je me mis debout.

— Je t'en prie, assieds-toi, dis-je. Il faut vraiment qu'on parle.

Le visage toujours fermé, il écarta la table basse du canapé afin de pouvoir s'asseoir. En observant son langage corporel, il n'était pas difficile de comprendre qu'il ne voulait pas entendre ce que j'avais à lui dire.

— Je vais les prendre, dit Andy, qui me fit sursauter parce que je ne l'avais pas vu approcher.

Il tendit les mains pour me débarrasser des bougies que je lui remis avec un air reconnaissant. Puis il me chuchota « bonne chance » avant de disparaître avec tact dans la chambre d'ami dont il ferma la porte.

J'éprouvai un bref moment d'inquiétude avant de remarquer qu'il avait laissé le Taser sur la table basse. Brian suivit mon regard et, avant que j'aie le temps de parler, il se saisit de l'arme. Au moins, il ne la pointa pas sur moi.

À une époque, je me serais pelotonnée contre lui sur le canapé… ce qui nous aurait menés à une séance de sexe passionné. Désormais, j'avais l'impression de me trouver en présence d'un étranger, et même d'un étranger hostile. Je m'assis donc sur la causeuse, les mains sur les genoux.

— Tu sais comment tirer avec ça ? lui demandai-je.

Il écarquilla les yeux de surprise. Je suppose qu'il ne s'était pas attendu à une telle question.

— Si tu ne sais pas, alors je me sentirais plus à l'aise si tu me le donnais. Juste au cas où mon nouvel ami parviendrait à entrer dans l'immeuble et à défoncer la porte.

Sa bouche pincée dessinait une ligne sinistre. Mais il posa le Taser sur la table basse avant de le faire glisser vers moi. Malgré ma paume moite et mes doigts bandés qui rendaient ma prise maladroite, j'étais heureuse d'avoir quelque chose à quoi me raccrocher.

— C'est quoi, l'histoire ? demanda-t-il d'une voix précautionneusement neutre.

C'était sa voix d'avocat que j'avais toujours détestée.

Une partie de moi voulait tout lui cracher, tout lui dire et m'appuyer sur lui afin de ne plus me sentir aussi seule. Car malgré la présence d'Andy, de Lugh et d'Adam, j'étais vraiment seule. Je me méfiais des trois, à des degrés différents et pour des raisons différentes. J'avais toujours fait confiance à Brian.

Mais jusque-là, j'avais fait tout ce qui était en mon pouvoir pour éviter de l'entraîner dans le chaos de ma vie. Et je ne comptais pas laisser ce désir égoïste de réconfort gâcher tout ça.

— Il n'y a pas grand-chose à dire, mentis-je. Je me suis mis un démon criminel à dos et il a été clair sur le fait qu'il allait venir me chercher. J'ai découvert ce soir que l'hôte dans lequel je l'ai rencontré avait été abandonné dans une allée et j'ai compris que le meilleur moyen pour lui de m'approcher était de se faire passer pour une personne que je connaissais. Est-ce que tu pars bientôt en vacances ? Serait-il possible que tu quittes la ville pendant une semaine ou deux ?

Brian éclata de rire, mais c'était un rire amer.

— Tu n'apprends jamais rien, n'est-ce pas ? Je ne suis pas du genre à m'enfuir ni à me cacher.

La chaleur m'embrasa le visage et je dus mettre un frein à mon humeur.

— Je comprends. Vraiment. Mais ce type est un démon. Et nous n'avons aucune idée du corps dans lequel il se trouve. Il n'y a aucun moyen de s'en protéger.

— Pourquoi ce démon t'en veut-il ?

C'était la question que je redoutais, la question pour laquelle je n'avais aucune réponse convenable. Je fis de mon mieux, bien que je sois une mauvaise menteuse.

— J'ai essayé de l'exorciser, j'ai échoué et il s'est enfui. Maintenant c'est le moment de la revanche !

Brian roula les yeux.

— Des conneries. Si un démon criminel avait échappé au confinement, on en parlerait partout dans les journaux. Je n'en ai pas entendu parler.

Je fis de mon mieux pour improviser, mais j'avais mis trop de temps pour répondre, prouvant par là que j'avais eu besoin de réfléchir.

— La police essaie de garder l'affaire secrète pour éviter la panique.

Il se leva en secouant la tête.

— Soit tu me dis la vérité, soit je m'en vais. Au cas où tu ne l'aurais pas remarqué, je suis un adulte responsable. Je n'ai pas besoin que tu me protèges.

C'était stupide, je sais, mais je ne pus m'empêcher de ricaner. J'essayai de faire passer cela pour une toux, en vain. Brian me jeta un regard plein de colère auquel je répondis par un geste d'apaisement de la main.

— Désolée, mais je suis exorciste et le méchant est un démon. Personne d'autre que moi n'est plus qualifié pour te protéger dans ce cas de figure.

— Au revoir, Morgane, dit-il en pivotant avant de se diriger à grands pas vers la porte.

Je bondis, le Taser serré dans ma main.

— Brian, je t'en prie ! Nous devons parler, trouver un plan, même si tu ne veux pas quitter la ville.

Il agita la main sans se tourner vers moi. Agissant sur pilote automatique, j'armai le Taser et le pointai sur son dos.

— Brian, arrête-toi ! dis-je d'une voix autoritaire.

Comme il m'ignorait et tendait la main vers la poignée, je hurlai plus fort.

— Arrête-toi ou je tire !

Il marqua une pause et jeta un regard par-dessus son épaule. Quand il vit le Taser, son visage se vida de son sang.

Une larme se détacha du coin de mon œil et roula sur ma joue. Les mots ne pouvaient exprimer à quel point je détestais cette situation. Mais comment pouvais-je le laisser partir ? Il n'avait absolument aucun moyen de se défendre contre un démon criminel. Je doutais qu'il soit capable de tirer avec un Taser même s'il en possédait un. Je reniflai, mais ne fléchis pas.

— Je suis désolée de blesser ta sensibilité de macho, dis-je avec plus de froideur que ce que je ressentais vraiment, mais si je dois te sauver malgré toi, je le ferai.

Il cligna des yeux, la main posée sur la poignée.

— Tu m'as largué, Morgane. Je ne relève plus de ta responsabilité. Non pas que cela ait jamais été le cas. Si tu veux me tirer dessus, vas-y.

Il me tourna encore une fois le dos en actionnant la poignée. Le doigt raidi sur la détente, je soutenais ma main tremblante de l'autre du mieux que je le pouvais. La porte s'ouvrit et je rassemblai toute ma volonté pour tirer. Brian franchit le seuil et je restai figée sur place, comme une statue, à l'exception des tremblements qui parcouraient mon corps.

La porte se refermait sur lui. C'était ma dernière chance. *Ne te comporte pas comme un bébé*, m'intimai-je. *C'est pour son bien et peu importe s'il te déteste. Bon sang, c'est peut-être mieux ainsi.*

Après un temps qui me sembla durer trois ans, je trouvai finalement la force de presser la détente. Juste à temps pour que les sondes du Taser s'enfoncent de manière inoffensive dans la porte close.

Chapitre 13

J'aurais pu me lancer à sa poursuite. J'aurais pu éjecter la cartouche vide du Taser et serais certainement parvenue à le toucher pendant qu'il attendait l'ascenseur. Le Taser pouvait également servir de pistolet hypodermique à bout portant et Brian était un type trop droit pour être un bon combattant. Bien sûr, ce serait ennuyeux que mes voisins soient témoins d'une telle scène.

Pourtant, bien que persuadée que c'était ce qu'il fallait faire, je ne le suivis pas. D'accord, je suis une dure à cuire mais, soyons honnête, je ne peux supporter l'idée de faire du mal à Brian.

Me rappelant que je n'avais pas besoin du Taser uniquement pour Brian, j'éjectai la cartouche et rechargeai mon arme. Je coinçai le Taser dans la taille de mon jean, même si ce n'était pas très confortable, puis je sortis l'aspirateur pour nettoyer le nuage d'étiquettes confetti que la cartouche libère chaque fois que le Taser est utilisé. Andy émergea de sa chambre et je sentis le regard curieux qu'il posa sur moi, mais il ne pipa mot, même avant que l'aspirateur remplisse la pièce de son grondement.

J'enroulai le fil de la prise quand on frappa à la porte. Mon cœur bondit dans ma gorge et je laissai tomber le fil électrique pour dégainer mon Taser. J'étais tellement à cran que lorsque je dégageai l'arme de la taille de mon jean, elle m'échappa et tomba. Je me jetai sur elle au moment où de nouveaux coups retentissaient contre la porte.

— Cool, les enfants, lança Adam depuis le couloir. Ce n'est que moi.

Mon cœur battant encore la chamade, je me saisis tout de même du Taser. Je restai à genoux pendant un moment en attendant que le niveau d'adrénaline baisse. Andy se chargea d'ouvrir la porte.

Je levai les yeux en m'attendant à voir Adam, au lieu de quoi Brian fut projeté par la porte avant d'atterrir à quatre pattes. Troublée, clignant des paupières, je trouvai enfin la force de me lever. Adam, les yeux plissés, franchit la porte derrière Brian.

— Regardez qui je viens de trouver en train d'essayer de quitter l'immeuble sans aucune protection et sans arme, dit Adam.

Andy avait commencé à fermer la porte, mais Dominic la repoussa et entra dans l'appartement de manière moins théâtrale que Brian ou qu'Adam. Cette scène me déstabilisa mais je fis de mon mieux pour ne rien en laisser paraître.

— Si j'avais su qu'on organisait une fête, j'aurais préparé un gâteau, dis-je.

Andy et Dom éclatèrent de rire, mais ni Adam ni Brian ne semblèrent trouver mon commentaire particulièrement drôle. Adam me jeta même un regard furieux.

— Je pensais que tu aimais ce type, gronda-t-il. Et tu le laissais partir d'ici pour que *der Jäger* n'en fasse qu'une bouchée ?

Ma gorge se serra à la vue de Brian qui se relevait, les paumes brûlées par sa glissade sur la moquette. L'indignation afflua dans mes veines, même si j'avais conscience qu'Adam avait bien fait d'empêcher Brian de partir.

— Tu n'avais pas besoin de le molester, connard ! lançai-je avant de me placer entre Brian et Adam.

J'avais bien d'autres choses à lui dire mais Dom m'interrompit.

— Temps mort, vous deux. Je sais que vous adorez vous disputer, mais nous avons des choses beaucoup plus importantes à régler.

Sa voix était ferme et autoritaire, il était sûr de lui. Je le considérais toujours comme un mâle légèrement soumis – principalement parce qu'Adam était vraiment dominateur –, pourtant Dom faisait preuve d'un cran d'acier sous son vernis de gentil garçon. Et il ne semblait pas du tout intimidé par le regard mortel que lui adressa Adam.

Je restai à l'écart pendant que les deux hommes s'affrontaient du regard comme s'ils se livraient à une conversation silencieuse. Si je n'avais pas déjà vu cela se produire, j'aurais été choquée qu'Adam batte en retraite. Il leva les deux mains dans un geste de capitulation. Pendant ce temps, les yeux de Brian passaient d'Adam à Dominic, puis se rivèrent finalement sur moi.

— Tu connais ces types ? demanda-t-il.

Je me rendis compte que Brian n'avait jamais rencontré ni Adam ni Dom. Du moins, pas quand il était conscient. Je m'éclaircis la voix.

— Hum, ouais. Ce sont les gars qui t'ont sauvé quand tu as été enlevé. Adam White et Dominic Castello, déclarai-je en les désignant.

Il fallut un moment à Brian pour digérer l'information tandis que son attention se reportait sur Adam et Dom.

—Je suppose que je dois vous remercier. (Il observa plus précisément Adam.) Je vous ai vu à la télévision. Vous êtes le directeur des Forces spéciales, n'est-ce pas ?

Adam acquiesça.

Brian leva ses mains brûlées par la moquette.

—Alors qu'est-ce qui se passe ici ?

Adam ne lui répondit pas et se tourna vers moi.

—Tu ne lui as rien dit ?

Dom posa une main sur le bras de son amant.

—Baisse d'un ton.

Adam se tourna vers Dominic.

—Depuis quand es-tu aussi arrogant ? protesta-t-il.

Mais il n'essaya pas d'écarter la main de son amant. Les yeux pétillant d'espièglerie, Dominic lui sourit.

—Il sera toujours temps que tu me remettes à ma place plus tard.

Mes joues s'enflammèrent quand je compris toutes les nuances des propos de Dominic. Je me demandai si les autres avaient saisi le sous-entendu ou si c'était seulement parce que j'avais eu une expérience intime et très personnelle avec eux.

—Je lui ai dit que j'ai un démon criminel à mes trousses, déclarai-je d'une voix trop forte pour tenter de cacher mon embarras. Il m'a clairement signifié qu'il n'était pas intéressé par mon aide et je n'ai pas pu le convaincre de rester. Qu'est-ce que tu voulais que je fasse ?

Adam m'adressa un regard qui me disait précisément ce qu'il aurait attendu de moi. Pourtant, grâce à la main de Dominic toujours posée sur son bras, il réussit à contrôler son désir de l'exprimer à voix haute.

Dominic adressa un sourire agréable à Brian.

— Peut-être vaudrait-il mieux que ce soit moi qui parle afin qu'on s'épargne ce perpétuel numéro du serpent et de la mangouste. (Adam et moi ricanâmes de concert. Dom nous ignora.) Je vous propose qu'on s'asseye tous.

Pendant une minute, Brian réfléchit à cette suggestion avant d'aller s'installer sur le canapé sans prononcer un mot. Adam et Dom se posèrent sur la causeuse et Andy choisit l'autre extrémité du canapé, me laissant la place du milieu. Il refusait de croiser mon regard, mais je ne pouvais m'empêcher de penser qu'il essayait toujours de jouer les marieurs. Ou peut-être ne souhaitait-il tout simplement pas s'asseoir à côté d'un autre type sur le canapé. Mon esprit cherchait des raisons secrètes à tout.

Je m'assis et ouvris la bouche pour parler – je ne sais pas trop ce que je m'apprêtais à dire – mais Dominic me devança.

— Je t'en prie, laisse-moi parler. Je vous trouve très amusants, Adam et toi, mais je doute que ce soit le cas pour Andrew et Brian.

Je fis le geste de refermer ma bouche comme une fermeture Éclair et Dominic reporta son attention sur Brian.

— Le démon qui en veut à Morgane est connu sous le nom de *der Jäger*. D'après ce que j'ai compris, c'est l'équivalent en démon d'un psychopathe et nous pensons tous que le moyen le plus facile pour lui d'approcher Morgane est de le faire par le biais d'une personne qu'elle connaît et en qui elle a toute confiance. Ce qui veut dire qu'Andrew, toi et moi sommes tous des cibles privilégiées.

D'après ce que nous savons, ce démon a déjà abandonné deux hôtes, ce qui démontre à quel point il a peu de respect pour la vie humaine. S'il s'emparait de l'un de nous, il nous détruirait et tuerait Morgane. Je sais que Morgane et toi n'êtes plus ensemble mais il se peut que *der Jäger* ne le sache pas… et s'en fiche même s'il le sait.

Brian fronça les sourcils.

— Et à quel moment vous deux entrez-vous en scène ?

— Adam et moi sommes des amis de Morgane, répondit Dominic, ce qui fit ricaner Adam et se plisser les yeux de Brian.

Je suppose que ce dernier n'avait pas saisi plus tôt le sous-entendu qui m'avait mise si mal à l'aise.

Je donnai un petit coup de coude à Brian.

— Pas ce genre d'amis, dis-je.

Adam gloussa et passa son bras autour des épaules de Dom.

— Non, définitivement pas.

Je roulai les yeux.

— Ne commencez pas, tous les deux.

Adam cligna des yeux d'un air innocent.

— Commencer quoi ?

— Peu importe, intervint Dom d'une voix forte avant que cela dégénère entre Adam et moi. *Der Jäger* est en chasse et nous devons vraiment prendre toutes les précautions possibles. Andrew habite chez Morgane et j'habite chez Adam. (Il regarda Brian.) Ce qui te laisse tout seul. Il n'est pas sûr que tu rentres chez toi en faisant comme si de rien n'était.

Brian regarda Adam.

— Tu es le directeur des Forces spéciales. Si tu penses que je suis en danger, tu peux m'assigner une protection rapprochée.

Mais Adam secoua la tête.

— Je ne suis pas là officiellement. Il y a des éléments de cette affaire que je ne peux divulguer.

— Comme la raison pour laquelle ce démon en a après Morgane ?

Craignant d'être prise en flagrant délit de mensonge, j'essayai d'empêcher Adam de faire un commentaire.

— Je lui ai dit…

Brian m'interrompit.

— Ne lui dis pas ce que tu m'as dit ! Je veux entendre de M. White en personne pour quelle raison il croit que ce démon t'en veut.

— Quoi que Morgane t'ait dit, elle t'a menti, déclara Adam.

Je fis de mon mieux pour ne pas bondir du canapé et aller le gifler.

— Elle ne peut pas plus te dire la vérité que moi. Il y a des choses qu'il vaut mieux que tu ne saches pas. Les raisons pour lesquelles ce démon lui en veut en font partie.

Brian m'ignora.

— Cela n'a rien à voir avec la raison pour laquelle Andrew – ou plutôt le démon d'Andrew – m'a kidnappé, n'est-ce pas ?

Adam sourit.

— Me croirais-tu si je te répondais « non » ?

Nous connaissions tous la réponse à cette question.

— Si ma vie est en danger, dit Brian, j'ai le droit de savoir pourquoi.

— Je ne suis pas autorisé à te révéler ces raisons. Et je te le répète, il vaut mieux pour toi que tu n'en saches rien.

— Ce type de raisonnement ne fonctionne pas avec moi. Je ne crois pas que l'ignorance soit une condition du bonheur.

Adam haussa les épaules.

— Peu importe. Je t'ai dit tout ce que je pouvais te confier pour le moment.

Brian se leva.

— Alors je vais rentrer chez moi.

Adam arqua un sourcil.

— Et comment exactement comptes-tu me passer outre ?

— C'est une menace ?

— D'une certaine manière. Je ne te laisse pas quitter cet appartement seul.

Brian se frotta le menton.

— Et qu'est-ce que tes supérieurs trouveraient à dire si je leur rapportais que tu m'as menacé ?

D'accord, ça commençait à craindre. Je saisis le bras de Brian.

— Ne lui cherche pas des noises. Il a la conscience d'un ver solitaire. (Dominic retint un éclat de rire en voyant Adam rougir.) Je ne suis pas d'accord avec ses méthodes mais il a raison.

Brian baissa les yeux sur moi.

— Étant donné que tu m'as menacé avec ton Taser, je ne crois pas que tu sois bien placée pour lui jeter la pierre concernant ses méthodes. Et, soyons clairs, est-ce que je suis pris en otage ?

Heureusement pour tout le monde, Dominic le pondéré intervint.

— Tout ce que nous voulons, c'est nous protéger tous. Tu ne peux bénéficier d'une protection officielle de la police, mais tu dois prendre des précautions. Tu n'as certainement pas envie qu'un démon enragé te tourne autour ?

— Crois-en mon expérience, je peux t'assurer qu'il a raison, déclara Andy.

Il avait été tellement calme jusqu'ici que j'avais oublié qu'il se trouvait dans la pièce. Son regard hanté et malheureux semblait perdu dans un horizon intérieur.

Brian réfléchit à tout ça en ruminant. Adam et moi réussîmes à la fermer, ce qui était sans aucun doute préférable. Pour finir, Brian poussa un long soupir de frustration et revint s'asseoir sur le canapé.

— Qu'est-ce que vous voulez que je fasse, exactement ? Morgane m'a suggéré de prendre des vacances, mais je ne peux pas me le permettre sur un coup de tête.

Dominic haussa les épaules.

— Est-ce que tu peux prendre un congé maladie ? Il suffit que *der Jäger* te frôle dans la rue pour s'emparer de toi. Nous ne savons absolument pas qui est son hôte actuel et, comme tu le sais, il peut se transférer en toi en moins d'une seconde. Tu dois sérieusement limiter tes contacts avec les autres.

Brian est un petit saint des ongles des orteils à la racine des cheveux. Je devinais d'après son expression que l'idée de mentir à son bureau en disant qu'il était malade ne lui plaisait pas. Un avocat qui n'aime pas mentir. On ne peut que l'aimer. Bien que toute cette histoire le mette en rogne, il n'était pas stupide. Après cette première piqûre de rappel dans son système, il était obligé de reconnaître que ses options étaient limitées.

— D'accord, je vais appeler mon bureau pour les informer que je suis malade. Et puis quoi ? Je m'enferme dans mon appartement et je m'y cache jusqu'à ce qu'on me dise que je peux sortir ?

Il avait presque l'air menaçant, ce qui ne lui ressemblait pas.

— En fait, dit Dominic, je ne pense pas que ce soit une bonne idée non plus. Je doute que *der Jäger* rencontre des difficultés à entrer dans ton appartement et, si tu y es tout seul, tu seras bien trop vulnérable.

Soudain, je compris où il voulait en venir, et cela me révoltait. J'aurais bien émis une sorte de protestation incohérente si seulement mon esprit avait été en état de marche pour me le permettre. Au lieu de quoi je restai là, sans voix, ne sachant même pas comment définir ce que je ressentais.

— Je suis certain d'être en sécurité avec Adam, dit Dominic, étant donné que c'est un démon. Mais je ne suis pas sûr que ce soit le cas pour Andrew et Morgane, car ils sont humains. Si tu habitais avec eux, vous pourriez monter la garde à tour de rôle.

Oups, c'était exactement ce à quoi je m'attendais. Voilà une bonne façon d'essayer de sauver l'ego de mâle de Brian, mais je n'étais pas certaine de pouvoir supporter cette situation. Cela m'avait demandé plus de volonté que je n'aurais pensé de repousser Brian. S'il partageait l'appartement avec moi, serais-je capable de résister à la tentation ? Si je lui donnais la moindre preuve que je l'aimais encore, je ne serais jamais capable de le virer. Bien sûr, il se pouvait qu'Adam ait vendu la mèche avant de faire franchir la porte à Brian.

Dans les recoins les plus profonds de mon cœur égoïste, je désirais tellement retrouver Brian que je sentais presque son goût dans ma bouche.

Du coin de l'œil, je vis un sourire fugace passer sur les lèvres de Brian.

— Voilà un emprisonnement que je me sens capable d'endurer, déclara-t-il.

Je remarquai la lueur calculatrice dans son regard.

Je me pris la tête entre les mains en grognant. Le seul moyen que j'avais trouvé pour préserver mon cœur de Brian avait été de garder ce dernier aussi loin que possible. Cette lueur dans son œil sous-entendait qu'il espérait que cette proximité forcée lui permettrait de percer mes défenses.

— Merci beaucoup, Dom, marmonnai-je en me demandant s'il ne jouait pas les entremetteurs.

Cette pensée était ridiculement égocentrique. L'avenir du monde était en jeu et je soupçonnais Dominic de jouer l'entremetteur ? Bravo !

— Bien, dis-je en essayant de paraître ennuyée alors que mon cœur palpitait sous le coup d'un espoir que j'essayais de réprimer de mon mieux. Brian peut habiter ici quelque temps. Mais on ne peut pas rester là à attendre que *der Jäger* attaque. Nous devons agir.

Adam arqua un sourcil.

— Tu as quelque chose en tête ?

Je le regardai, les yeux plissés, en m'enorgueillissant de savoir tenir ma langue. Nous savions tous deux que je n'avais pas de plan. Du moins, pas pour le moment.

— Concentrons-nous d'abord sur notre défense, déclara Adam. Nous ne ferons rien de très utile sans nous être assuré que nos mesures de sécurité sont au point.

(Il sortit un Taser de la poche de sa veste.) Ce serait une bonne idée que vous ayez une arme de renfort, dit-il en posant le Taser sur la table basse. Au cas où. Je voudrais que vous restiez aux aguets cette nuit. Dom et moi allons interroger quelques personnes, euh, intéressantes.

Je serrai les dents. Fort. J'avais l'intuition désagréable que ces « personnes intéressantes » étaient mes parents. Je lançai un regard implorant à Dom : je savais qu'il ne me servirait à rien de protester auprès d'Adam. Dom m'adressa un sourire réconfortant. J'espérai que cela signifiait qu'il ne laisserait pas Adam faire quoi que ce soit de radical. Non pas qu'il ait le moindre pouvoir d'empêcher Adam d'agir comme bon lui semblait.

— Après quoi, continua Adam, nous pourrons nous retrouver pour parler stratégie. Peut-être trouverons-nous un moyen de piéger *der Jäger*.

Je l'espérais, mais je savais que nos problèmes seraient loin d'être résolus si nous y parvenions. *Der Jäger* était un démon illégal et un criminel. S'il était capturé, il serait exécuté par l'État. Malheureusement, l'État pensait que l'exorcisme tuait les démons. Si un exorciste renvoyait *der Jäger* dans le Royaume des démons, cela ne nous avancerait à rien car il reviendrait aussitôt.

Si je voulais me débarrasser de *der Jäger*, il devait être brûlé avec le malheureux être humain qui lui servait d'hôte.

S'il m'était possible de repousser au lendemain un plan qui impliquait de brûler une personne vive, je ne pourrais que m'en réjouir. Mais je ne pouvais reporter le fait d'y penser. Le bouillonnement qui rongeait les parois de mon estomac ne faisait qu'empirer.

Chapitre 14

Après le départ d'Adam et de Dom, mon grand frère m'abandonna aux loups en se précipitant dans sa chambre. J'aurais aimé lui rappeler combien cela avait bien marché la dernière fois qu'il m'avait laissée seule avec Brian, mais je parvins à me retenir. Quand la porte claqua derrière lui, un silence dense et oppressant s'installa dans le salon.

Brian était toujours assis sur le canapé. Pour ma part, j'étais bien trop nerveuse pour tenir en place. Je décidai de vaquer dans le salon en faisant mine de ranger pendant que j'essayais de rassembler mes esprits. Et de me convaincre que sauter dans les bras de Brian pour l'embrasser de manière insensée était une très mauvaise idée.

Il émit un soupir tranquille et ma gorge se serra.

— Tu as prévu de me regarder ou de me parler à un moment donné ? demanda-t-il. Ou tu vas te contenter de m'ignorer et de faire comme si je n'étais pas là ?

J'avais pris une pile de magazines sur la table basse mais, après cette gentille réprimande, je les laissai tomber à l'extrémité de la table et me forçai à m'asseoir pour l'affronter.

— Désolée, dis-je. C'est un peu embarrassant, tu sais.

Les bras croisés, il s'enfonça dans les coussins du canapé. Comme je réalisai qu'aucun de nous n'était particulièrement aux aguets, je pris un des Taser et changeai de position pour avoir une ligne de tir dégagée sur la porte en cas de besoin. Ce qui ne me sauva pas du regard interrogateur de Brian.

— Ton ami Adam semble penser que tu m'aimes encore.

Je grimaçai au souvenir d'Adam beuglant quelque chose dans le genre quand il avait ramené Brian à l'appartement. J'avais espéré que Brian serait trop perturbé par toute la scène pour y prêter attention. Je n'avais apparemment droit à aucun répit ces derniers temps.

— S'il a raison, continua Brian sans pitié, pourquoi tiens-tu tant à me repousser ?

J'avalai la boule dans ma gorge. Je pouvais toujours essayer de nier que je l'aimais, mais à qui ferais-je croire ça ? Certainement pas à Brian !

— Parce que je ne voulais pas te mêler à toute cette merde.

Il pencha la tête. Son instinct d'avocat se réveillait.

— En d'autres mots, tu savais que tu étais toujours en danger après que ce démon avait abandonné ton frère.

J'acquiesçai à contrecœur tout en regardant le Taser sur mes genoux.

— Et la situation n'est pas près de changer. (Je me contraignis à lever les yeux pour affronter le regard de Brian.) Tu as déjà été torturé à cause de moi. Je ne veux pas que ça se reproduise.

Il serra les mâchoires d'un air sinistre.

— Tu es vraiment un numéro, tu sais ? Est-ce qu'il t'est jamais venu à l'esprit que j'étais un grand garçon et que je pouvais décider par moi-même des risques que je souhaitais prendre ?

J'étais supposée repousser mon petit ami et, manifestement, tout ce que je disais ne faisait que le rapprocher de moi. Je secouai la tête, frustrée.

— Tu n'es pas en mesure de prendre une décision en connaissance de cause dans cette affaire. Il y a trop de choses que je ne peux pas te confier. Je ne peux que te supplier de m'écouter et de te tenir à l'écart. (Je fronçai les sourcils.) Une fois que tu pourras le faire en toute sécurité.

— Je ne suis pas certain d'en être capable, Morgane.

Comme d'habitude, ma bouche se mit en branle avant que mon cerveau ait le temps de la rattraper.

— Tu t'en es pourtant très bien sorti ces derniers temps.

Je sentis mes joues s'enflammer. Même en cachant mes yeux derrière ma main – comme si je pouvais me cacher à ma propre stupidité –, je vis l'étincelle de triomphe dans les yeux de Brian. Il ne répondit pas mais je compris que sa subite disparition de ma vie ne signifiait pas ce que j'avais cru.

L'indignation et ma langue galopante m'aidèrent à dissiper mon agacement.

— Tu n'avais pas vraiment laissé tomber, dis-je d'un ton accusateur. Tu t'amusais juste avec moi !

Il haussa les épaules, l'air toujours suffisant.

— Tu sais ce qu'on dit, loin des yeux, loin du cœur. J'avais envie de tester cette théorie.

Et, qu'il soit maudit, cette petite expérience avait fonctionné. Quand il m'avait harcelée sans arrêt, m'envoyant des fleurs et des lettres d'amour, essayant toutes les tactiques romantiques connues au monde, il m'avait été presque facile d'être mon moi normal et paradoxal. On me pousse, je réponds tout de suite. Plus fort, si possible.

— Tu es un sacré manipulateur, lui dis-je.

Mais ma voix n'était pas assez enflammée pour rendre ma réplique cinglante.

— Chérie, je suis avocat. Je suis payé – et bien payé, on peut le dire – pour être un sacré manipulateur. Alors maintenant que tout cela est réglé, peut-on aller au lit et baiser comme des bêtes ? Tu m'as manqué en bien des domaines.

Il haussa les sourcils de manière comique à mon intention.

La tentation suffisait à me faire me tortiller sur place. Je doutais qu'il m'ait pardonné, je doutais même qu'une séance de baise sauvage arrangerait les choses entre nous après tout ce que j'avais fait pour saboter notre relation. Mais cela m'aurait fait tellement de bien de m'abandonner à lui, rien qu'un petit instant.

J'essayai de ne pas penser à ce que le corps de Brian provoquait quand il était serré contre le mien. J'essayai de ne pas penser à cette alchimie physique entre nous qui mettait littéralement le feu au lit lorsque nous étions ensemble. J'essayai de ne pas penser à tout ce que je laissais derrière moi en renonçant à lui.

— Désolée, dis-je. Je ne m'adonne pas à une baise sauvage quand un démon psychopathe peut enfoncer ma porte à n'importe quel moment.

Je pensais avoir trouvé une sacrée bonne excuse. Il me sourit.

—Nous n'avons qu'à demander à Andrew de monter la garde pendant que nous baiserons comme des sauvages.

Je retins ma soudaine envie de lui sourire.

—Je ne fais pas l'amour de quelque sorte que ce soit quand mon frère se trouve dans la pièce voisine. C'est juste... brrr.

Je fronçai le nez et Brian éclata de rire.

—Je suis sûr que ton frère sait que tu n'es plus vierge, commença Brian avant que je lui fasse le signe de me trancher la gorge.

—Stop ! Je ne fais pas l'amour avec toi et je ne reviens pas avec toi. C'est fini. Maintenant pourrait-on parler d'autre chose ? Ou, mieux encore, peut-être y a-t-il un bon programme à la télé ?

J'attrapai la télécommande pour allumer le téléviseur, cherchant désespérément à me sortir des sables mouvants que je traversais. De toute évidence, je ne m'en porterais que mieux si je gardais la bouche close.

Je m'attendais à ce que Brian proteste, au lieu de quoi il s'enfonça dans les coussins pour se mettre à l'aise. Il savait qu'il était allé aussi loin que possible. Comme tout bon prédateur, il savait quand battre en retraite et attendre que sa proie commette une erreur fatale.

Je me sentais comme une gazelle avec une troupe de lions aux fesses. D'une manière ou d'une autre, il allait falloir que je trouve un moyen de courir plus vite.

Brian, Andy et moi prîmes chacun notre tour de garde de deux heures. Celui qui tirait la courte paille pour un tour de garde devait rester dans le salon et surveiller la porte pendant que les deux autres dormaient. Brian, bien sûr, voulut dormir dans mon lit. Je lui répondis qu'il pouvait y dormir quand c'était mon tour de monter la garde et le défiai de continuer à me provoquer. Il battit en retraite, avec sagesse.

Après un rapide cours de Taser pour débutants, Andy prit le premier tour et je me réfugiai dans ma chambre. Mon corps était lourd d'épuisement, pas seulement physique. Pourtant j'eus du mal à m'endormir. Pouvais-je faire confiance à mes colocataires pour garder la porte ? Sans compter que mon esprit perfide ne cessait d'invoquer des images de Brian, nu et plein de désir, couché dans le lit près de moi.

Je parvins tout de même à m'assoupir pour rêver encore une fois de Lugh. Rétrospectivement, je devais sentir qu'il aurait à me parler cette nuit-là, et c'était sans doute pour cette raison que j'avais eu tant de mal à m'endormir. Pour un démon, c'est vraiment un type bien, et je l'apprécie beaucoup. Mais sa capacité à lire les sombres recoins de mon esprit – et son insistance à partager ce qu'il voit – me fiche vraiment les pétoches. J'ai des raisons d'éteindre les lumières métaphoriques dans ces recoins.

Au moins, nous étions de retour dans son salon. L'arrivée de Brian avait mis mes hormones en ébullition et je n'étais pas certaine de pouvoir résister aux charmes de Lugh si nous nous étions trouvés dans sa chambre.

Lugh avait l'air différent aujourd'hui. Pas de cuir noir. Il portait un jean moulant et une chemise blanche unie avec une paire de chaussures de sport d'un blanc immaculé. Je savais exactement ce qu'il manigançait.

Quand j'avais des pensées impures concernant Adam, Lugh apparaissait dans mes rêves en tenue SM. Maintenant que Brian avait réveillé mes hormones, Lugh favorisait le look cent pour cent américain. Seulement il avait l'air bien trop dangereux pour réussir son coup.

— Pas mal, la tenue, commentai-je d'un air aussi désinvolte que possible en me laissant tomber dans la causeuse face à lui.

Je portais un bas de pyjama en coton et un fin caraco. C'était mieux que d'être nue, mais pas de beaucoup.

Lugh sourit.

— J'ai pensé que ça te plairait.

Je me frottai les yeux.

— Tu ne pourrais pas m'accorder une bonne nuit de sommeil ?

— Tu n'as que deux heures à dormir, dit-il en sachant que j'avais pris le second tour de garde, et tu as gâché plus d'une heure à te retourner dans tous les sens. Je ne te prive pas de beaucoup.

— Mais je suis trop fatiguée pour discuter avec toi.

J'eus l'impression de m'entendre pleurnicher.

Je ne fus pas surprise de constater que Lugh se fichait de mon désir d'échapper aux conversations sérieuses.

— Je vais faire court alors.

Je lui décochai un regard mauvais qu'il ignora.

— Je comprends ton besoin de protéger Brian, dit-il. Et d'ordinaire, je ferais n'importe quoi pour éviter qu'un être humain sans défense se trouve dans la ligne de mire. Mais il est clair pour moi – comme pour toi, au fond de ton cœur – que même si vous ne sortez plus ensemble, il sera toujours vulnérable à cause de votre histoire passée.

— Merci ! lançai-je. J'avais besoin de me sentir un peu plus coupable de l'avoir traîné au beau milieu de cette guerre civile de démons.

— Ce que cela veut dire, c'est que tu n'as aucune raison de continuer à le repousser pour le protéger. Tu vous fais du mal à tous les deux et, de toute évidence, il n'est pas plus en sécurité pour autant.

Mais les raisons pour lesquelles je repoussais Brian étaient tellement plus compliquées et Lugh le savait. Oui, ma première motivation était de le protéger des partisans de Dougal. Mais j'essayais également de le protéger de ma propre vie pourrie.

— Et, continua Lugh, je pense que s'il reste dans la ligne de mire, il a le droit de connaître la vérité.

Je clignai des yeux, je n'étais pas sûre d'avoir bien entendu.

— La vérité ?

Lugh acquiesça, ses yeux d'ambre sombre semblaient percer mon âme.

— Je te donne l'autorisation de lui parler de moi. Et de Dougal.

— Et depuis quand ai-je besoin d'une autorisation ? demandai-je, me hérissant uniquement parce que je me sentais mal à l'aise.

Il sourit.

— Très bien alors, je te donne ma bénédiction. Ça te convient mieux ?

— Pas vraiment, marmonnai-je, l'esprit confus.

Si je racontais tout à Brian, alors je ne me débarrasserais jamais de lui. Et je perdrais l'excuse que je me donnais à moi-même pour justifier qu'il ne pouvait prendre la décision de rester avec moi en toute connaissance de cause. Regardant mes mains, les mâchoires serrées, je m'imaginais arracher le mur que j'avais construit entre l'homme que j'aimais et moi-même. Comment pourrais-je le supporter? Je me rappelais ce que j'avais ressenti quand j'avais découvert que Raphael l'avait kidnappé, quand j'avais visionné la terrible et terrifiante vidéo de l'homme que j'aimais torturé à cause de moi. Cela avait été le pire moment de ma vie, pire même que celui où j'avais été ligotée sur le bûcher.

Les larmes brûlaient mes yeux et mes mains étaient serrées au point que mes ongles laissaient des croissants exsangues dans ma peau.

—Je ne peux pas revivre tout cela, murmurai-je.

Je ne fus pas surprise de voir Lugh apparaître sur la causeuse près de moi pour me prendre dans ses bras. Et j'étais trop bouleversée pour m'y opposer quand il fourra ma tête dans le creux de son cou tout en frottant mon dos de sa main puissante. Mes bras se glissèrent autour de sa taille et je le serrai fort, absorbant la chaleur et le réconfort de son corps, respirant son parfum unique.

Il n'y avait rien de sexuel dans cette étreinte. Même si je ne pouvais nier qu'il m'attirait et qu'il ne servait à rien de nier la réciprocité. Ce n'était rien d'autre qu'une merveilleuse étreinte réconfortante, à un moment où j'en avais réellement besoin.

—Il sera plus en sécurité s'il sait, dit Lugh, sa voix à peine plus qu'un murmure.

Avant que je puisse lui répondre, je me réveillai au contact d'Andrew me tapotant l'épaule.

— Réveille-toi, petite sœur, dit-il. C'est ton tour de monter la garde.

Les deux prochaines heures allaient être très longues.

J'avais raison de penser que cela allait être une des plus longues nuits de mon existence. Après qu'Andrew m'eut réveillée, et alors qu'assise sur le canapé je surveillais la porte, les paroles de Lugh résonnaient encore en moi. Étais-je une poule mouillée parce que j'essayais de me trouver des excuses pour repousser Brian ?

Bien sûr que oui. Cette pensée ne m'excitait pas vraiment mais je savais admettre la vérité. Toutefois, me dis-je, j'avais également des raisons légitimes. Des raisons qui n'avaient rien à voir avec mes complexes et mon sentiment d'insécurité mais qui étaient liées au danger qui me collait à la peau comme la puanteur de la fumée de cigarette après une nuit passée dans un bar.

Quand vint le moment de réveiller Brian pour son tour de garde, j'aurais pu rester avec lui pour lui raconter toute mon histoire de fou. J'aurais pu lui ouvrir mon cœur et soulager un peu la douleur de mon âme. Au lieu de quoi je grimpai avec difficulté dans mon lit et sombrai dans un sommeil profond et fort heureusement sans rêve.

Je me réveillai le matin suivant pour découvrir que j'avais été la victime d'un complot masculin visant à me laisser dormir. J'aurais dû prendre un autre tour de garde avant la fin de la nuit, mais Brian et Andy avaient omis de me réveiller. Exceptionnellement, Lugh n'était pas venu me visiter dans mes rêves. Je ne dirais pas que j'étais fraîche comme une fleur mais au moins je n'avais pas l'impression d'être passée sous un camion, ce qui était un changement appréciable.

Je suivis l'odeur du café frais jusqu'à la cuisine et découvris que j'avais encore plus de compagnie que prévu. Dominic était chez lui dans ma cuisine et Adam, assis à la table, sirotait son café dans mon mug favori.

Avant que mon esprit privé de caféine formule un commentaire déplacé, Brian me fourra un mug sous le nez. Le parfum du café me fit dérailler temporairement et je serrai la tasse entre mes mains. Évidemment, après tous ces matins passés ensemble, Brian savait exactement comment j'aimais mon café. Avalant le breuvage béni et me brûlant la langue à plusieurs reprises, je battis en retraite dans le salon en essayant au mieux de ne pas tenir compte de la brigade testostérone qui avait envahi mon minuscule appartement. Des grésillements en provenance de la cuisine m'informèrent que Dominic était aux fourneaux. Tel le chien de Pavlov, je me mis à saliver à cette pensée bien avant que les fumets appétissants atteignent mes narines.

Adam ne tint pas compte de mon désir on ne peut plus explicite d'être seule. Ce qui ne me surprit pas. Il s'assit à côté de moi sur le canapé, appuyant son coude sur le dossier, et me regarda fixement.

— Quoi ? demandai-je quand je ne pus plus supporter ce regard scrutateur.

— J'attends juste que la caféine percute ton système. Je sais combien tu peux être bougonne avant ton café du matin.

Je plissai les yeux avant de jeter un regard par-dessus mon épaule. Oups, Brian était juste là. La chaleur enflamma mes joues. Le visage de Brian était minutieusement neutre, mais je le connaissais trop bien pour ne pas remarquer la pointe de suspicion dans son regard. Je suppose que ma rougeur exagérée ne faisait qu'accentuer mon air coupable. C'est alors que je me rappelai le rêve au cours duquel j'avais observé Adam et Dominic ensemble et combien cette vision m'avait excitée. Mes joues s'embrasèrent de plus belle.

—Adam essaie juste de fiche la merde, dis-je d'une voix tendue. Nous ne sommes même pas amis, encore moins amants.

—Adam, tiens-toi bien, cria Dominic depuis la cuisine.

—Oui, maman, répondit Adam avec un sourire vicieux.

Je ne sais si Brian me crut mais il ne dit rien. Je sirotai mon café en sentant le poids de son regard sur moi. Puis il haussa les épaules et laissa tomber.

—Peu importe, dit-il. Je vais prendre une douche vite fait.

Je détestai ce soulagement qui s'empara de mes épaules quand Brian disparut dans la chambre d'amis. Je ne devais pas laisser Adam me toucher de cette façon, mais c'était difficile d'y échapper. Et je ne pouvais empêcher que la présence de Brian lui donne davantage d'occasions de me torturer.

—Alors, qu'est-ce que vous faites ici ce matin ? demandai-je. Ne te gêne pas, ressers-toi du café. (J'observai Dominic qui s'acharnait au-dessus de la cuisinière.) Et toi, fais comme chez toi dans ma cuisine.

—Merci, répondit joyeusement Dom.

Il faisait frire quelque chose qui impliquait des poivrons et des oignons et qui emplissait l'air d'arômes appétissants. Il avait dû faire des courses avant de venir : aucune chance qu'il trouve dans mon réfrigérateur quoi que ce soit qui sente aussi bon.

— J'ai pensé que tu aimerais savoir que tes parents ont échappé à une éventuelle coopération, déclara Adam.

Je faillis m'étouffer avec mon café.

— Quoi ?

— Quand je suis allé chez eux pour les interroger hier soir, ils n'étaient plus là.

Je n'avais pas dû boire assez de café. Il ne disait certainement pas ce que je pensais qu'il était en train de dire.

— Qu'est-ce que tu entends par « plus là » ?

— J'entends qu'ils ont ramassé tout ce qu'ils possèdent et qu'ils sont partis.

— C'est impossible.

Adam secoua la tête.

— Oh, je t'assure, c'est tout à fait possible. En plus d'avoir ramassé tout ce qu'ils possèdent, ils ont aussi vidé leurs comptes en banque.

Andy nous rejoignit, l'air aussi choqué que moi.

— Mais Morgane était là-bas hier ! protesta-t-il.

— Oui, je sais, répondit Adam avec une patience exagérée. J'y étais aussi, tu te souviens ? Pourtant je vous assure que, quand nous nous sommes rendus chez eux hier, ils n'étaient plus là. Naturellement, j'essaie de savoir où ils sont partis. Personne ne peut disparaître aussi vite et de manière aussi propre sans une quelconque aide extérieure.

— Bradley Cooper, dis-je, sachant que la fourbe petite fouine avait des contacts partout.

Et qu'il n'hésiterait pas à user de moyens illégaux pour couvrir ce que lui – et la Société de l'esprit – avaient à cacher.

— Son nom m'est venu à l'esprit, admit Adam.

— Tu as déjà pu lui parler ?

— Il dit qu'il ne sait rien, que ses supérieurs lui ont fourni le nom du démon à invoquer et qu'il n'a pas posé de questions.

— Ouais, et le Père Noël existe.

— Bien sûr, puisque nous savons maintenant quel démon il a invoqué, je ne pense pas que le fait qu'il ait été au courant ou non soit d'une quelconque importance. Je pense que nous sommes vraiment seuls face au *Jäger*. Mais j'aimerais beaucoup avoir une autre petite discussion avec Cooper.

Et moi donc, non pas que j'aie eu l'occasion de lui parler récemment. Je n'avais pas été capable de couper totalement les liens avec mes parents, mais Bradley, c'était une autre histoire.

Le problème, c'est que Bradley trempait dans cette affaire jusqu'au cou. Ce qui signifiait que les chances de lui soutirer des réponses honnêtes étaient plus que réduites. J'avalai une autre gorgée de café en frissonnant. Adam allait-il maintenant utiliser sa technique spéciale d'interrogatoire sur Cooper ? C'était déjà mieux que sur mes parents – du moins, de mon point de vue – mais toujours aussi dangereux. Si Adam avait recours à la violence, il serait forcé de tuer Cooper après en avoir fini avec lui. Sinon, il serait considéré comme criminel et le paierait de sa vie.

Je ne pouvais pas supporter Cooper, mais je ne voulais pas avoir sa mort sur la conscience.

— Gardons la discussion avec Cooper pour plus tard, suggérai-je. Je pense que c'est la dernière personne sur laquelle on peut compter pour nous livrer des infos.

Adam m'adressa un regard pénétrant. Visiblement il avait facilement deviné le cours de mes pensées.

— Et à qui, d'après toi, devrions-nous parler ?

Heureusement, j'avais une idée.

— Mon pédiatre, peut-être. Nous avons plus d'un mystère à élucider, rappelle-toi. Je sais qu'il a pris sa retraite juste après mon entrée à l'université mais nous pouvons probablement le retrouver.

Adam arqua un sourcil sceptique.

— Et qu'est-ce que tu espères qu'il nous apprenne ?

— Il pourra peut-être me dire ce qui s'est passé au Cercle de guérison quand j'avais treize ans.

— Et la raison pour laquelle tu t'attends qu'il nous donne une réponse honnête est…

Je haussai les épaules.

— Je n'attends probablement rien. Mais je pourrai sans doute sentir s'il cache quelque chose ou pas.

Je me rappelai le docteur Williams, un vieux monsieur bienveillant qui avait été gentil avec moi, même pendant mes périodes difficiles. J'avais eu du mal à croire qu'il ait pu être impliqué dans un quelconque plan visant à me faire souffrir. Pourtant, il avait été mon médecin à l'époque de cette hospitalisation qui, j'en étais convaincue maintenant, était suspecte. Il devait bien savoir quelque chose.

J'allais devoir gérer le « problème Adam » quelle que soit la personne que j'approcherais avec mes questions. En ce qui concernait le bienveillant vieux docteur Williams, il était probable qu'il coopère… et moins probable que le côté sombre d'Adam trouve à s'exprimer.

— Comme ça, tu es devenue une experte en interrogatoire ? demanda Adam.

Je gardai mon humeur fermement sous contrôle.

— Je prévois juste de lui poser quelques questions, pas de l'interroger. Et tu vas rester ici et veiller sur les personnes que j'aime pendant que j'agis.

Il éclata de rire, comme je m'y étais attendue. Brian, tout frais de sa douche, les cheveux humides coiffés en arrière, émergea de la chambre d'amis. Son regard passa d'Adam à moi comme s'il s'efforçait de comprendre la plaisanterie.

— Dominic ? demandai-je en haussant le ton pour qu'il m'entende malgré le rire d'Adam.

Dom, qui semblait avoir fini de cuisiner, ouvrait à présent des placards au hasard, probablement à la recherche de vaisselle. Il se figea, une main posée sur une porte de placard.

— Oui ?

— Est-ce que tu peux convaincre ton petit ami de rester ici pour monter la garde pendant que je mène une petite enquête ?

J'essayai de ne pas accentuer l'expression « petit ami » et je m'efforçai également de ne pas regarder en direction de Brian pour observer sa réaction. J'échouai sur toute la ligne. Quand je croisai incidemment son regard, il m'adressa un sourire contrit qui aurait pu signifier n'importe quoi.

— Tu penses vraiment que c'est une bonne idée ? demanda Dom depuis la cuisine.

Il avait localisé les assiettes et les remplissait du contenu de la poêle.

— Tant que je reste dehors à découvert, là où on peut me voir, *der Jäger* n'osera pas s'en prendre à moi. Pas à moins qu'il ait envie d'un petit rencard avec les fours crématoires de l'État de Pennsylvanie.

— Tu as probablement raison, dit Dominic en apportant deux assiettes sur la table qui était juste assez grande pour accueillir quatre adultes.

Aucun de mes visiteurs indésirables n'était de taille moyenne – non pas que je le sois moi non plus – et je ne voyais pas comment nous allions tous tenir à table.

Puisque je demandais une faveur, je décidai de me rendre utile et aidai à servir. Les assiettes étaient remplies d'omelette hypersoufflée et de pommes de terre sautées et je fus tentée de garder deux parts pour moi.

Je posai les assiettes sur la table puis me tournai pour prendre la dernière quand je faillis percuter Adam qui était apparu derrière moi comme une tempête.

— Laisse Dom en dehors de ça, dit-il. Si tu veux discuter, fais-le avec moi.

— Très bien. Je ne veux pas que tu m'accompagnes quand j'irai parler au docteur Williams. Je ne veux pas que tu...

Je faillis lui dire exactement ce que je ne voulais pas qu'il fasse, puis je me rappelai à temps que Brian n'avait aucune idée de ce qui se tramait. Bien que Lugh m'ait donné l'autorisation de tout confier à Brian, je savais que je ne le ferais pas.

Me tournant dans la direction de Brian, je vis qu'il me regardait aussi – et m'écoutait –, silencieux et curieux.

Bon sang ! Nous en avions déjà trop dit pour que je me sente à l'aise. Voilà ce qui arrivait quand je parlais avant d'avoir pris ma dose de café.

— Écoute, dis-je plus calmement, me sentant presque vaincue. J'ai besoin de faire ça à ma façon. Laisse-moi au moins essayer. Je ferai attention. Je prendrai un Taser. Je resterai dans des endroits publics où *der Jäger* n'osera pas m'attaquer. Et j'ai besoin de savoir que ces trois-là sont en sécurité.

Je fis un geste du bras englobant Brian, Andy et Dom.

Ce dernier alla chercher la dernière assiette dans la cuisine.

— Tout le monde s'assoit et mange, dit-il, appuyé de la hanche contre le comptoir de la cuisine, en s'attaquant à son propre petit déjeuner.

J'essayai de ne pas retenir mon souffle alors que nous étions assis à table à attendre le verdict d'Adam. Bien sûr, il dut se remplir la bouche d'œufs et les savourer avant de s'exprimer.

— Très bien, dit-il finalement et je laissai échapper le souffle que je retenais. Mais si tu ne tires rien de lui, il faudra qu'on procède à ma manière.

Je grimaçai un semblant d'approbation, puis je me mis à son diapason et mangeai comme une truie afin de ne plus avoir à parler.

Chapitre 15

Localiser le docteur Williams ne s'avéra pas aussi facile que je l'avais espéré. Son prénom était Ned, mais je ne trouvai personne sous ce prénom dans l'annuaire. Je recherchai ensuite sous le prénom Edward et dénichai un nombre déprimant de correspondants. Je parcourus la liste et les appelai tous. En vain, bien que certains n'aient pas répondu. Je compris qu'avec mes méthodes, mes recherches prendraient une éternité… et nous n'avions pas l'éternité. À regret, j'appelai Adam qui était retourné chez lui avec Dom. Je devais le prévenir avant de quitter l'appartement et, bien que je déteste qu'on me donne des ordres, je ne pouvais que me plier à ceux-ci.

Son répondeur commença à débiter son baratin et j'étais sur le point de m'inquiéter quand sa vraie voix intervint et coupa le répondeur.

— Tu es prête à partir ? demanda Adam, qui ne perdait jamais de temps avec les politesses.

Même s'il n'avait prononcé que cinq mots, je pus deviner qu'il était à bout de souffle. Je ne pense pas que ç'ait été le fait d'avoir couru pour décrocher le téléphone. Avant de quitter l'appartement, il avait raconté qu'il avait de la paperasse à faire à la maison, mais le regard furtif et secret qu'il avait échangé avec Dom m'en disait plus que je voulais en savoir concernant la suite du programme.

Un frisson me parcourut la colonne vertébrale. Adam était-il à bout de souffle parce qu'il avait donné du plaisir à son partenaire ou bien parce qu'il lui avait fait du mal ? Finalement, je ne tenais pas vraiment à le savoir. Perdue dans cette réflexion pesante, je mis du temps à répondre.

— Quelque chose ne va pas ? demanda-t-il.

Je ricanai doucement.

— Quelque chose devrait aller ?

— Tu sais bien ce que je veux dire.

— Ouais, tout va bien. Excepté qu'avec mes brillantes techniques d'investigation, il va me falloir trois semaines pour localiser le docteur Williams. Tu ne voudrais pas me filer un coup de main ?

Sa respiration s'apaisa et je pus presque deviner le haussement ironique de ses sourcils.

— Tu veux prendre le risque que je connaisse l'adresse de ce parangon de vertu ?

— On n'est pas certains que tu puisses le localiser non plus, rétorquai-je. De plus, tu as déjà accepté qu'on suive mon plan d'abord. Non ?

— Bien sûr. Je dois m'occuper de, euh, quelques petites choses, mais je te rappelle au plus tard cet après-midi.

Je soupçonnai que c'était d'une grosse chose dont il devait s'occuper, mais je m'efforçai de ne pas y penser. Je le remerciai avant de le laisser retourner à ses activités régulièrement planifiées.

Je ne tenais pas à rester seule avec Brian, aussi je lui demandai de monter la garde pendant que j'avais une discussion privée avec mon frère. C'était quelque chose qu'il fallait que je fasse de toute façon. Si, par-dessus le marché, cela m'épargnait une situation embarrassante, j'étais doublement partante.

Je pense que les deux garçons comprirent ma manigance, mais ils ne me le firent pas remarquer. Je traînai Andy dans la chambre d'amis qu'il avait déjà marquée de ses goûts carburant à la testostérone. À savoir : un lit défait, une chaise submergée par des vêtements dépareillés et des chaussettes sales sur la moquette.

Je m'appuyai contre le mur – il était hors de question que je touche son linge sale pour me faire une place sur la chaise – et croisai les bras sur la poitrine.

—Tu sais que tu devras désinfecter cette pièce avant de partir ?

Il me sourit puis attrapa les vêtements sur la chaise et les jeta par terre.

—Assieds-toi.

Je plissai le nez.

—Je crois que je vais rester debout, merci beaucoup.

Je ne suis pas ce qu'on peut appeler une chochotte mais j'ai toujours été soigneuse.

Andy haussa les épaules avant de s'asseoir sur le bord du lit.

—Alors de quoi voulais-tu me parler ? Ou bien était-ce juste une excuse pour échapper à Brian ?

Je grimaçai.

—Un peu des deux, en fait. (Je pris une profonde inspiration.) Jusqu'à présent, je me suis retenue de te pousser à me raconter tes petits secrets.

—Oh oh.

— Mais il y a certaines choses qu'il faut que je sache.

Je pus presque voir toutes les portes de son esprit se refermer en claquant. Chaque muscle de son corps se tendit et il me regarda avec la prudence d'un chat tigré devant un féroce pitbull.

— Oh, détends-toi ! lançai-je.

Je détestais que mon propre frère me regarde comme une ennemie.

— Je n'ai pas besoin que tu me racontes tout ce que tu sais. Mais je vais aller poser des questions à mon pédiatre cet après-midi et si Adam n'apprécie pas les réponses que j'aurai, il va prendre les choses en main. Tu n'as jamais vu Adam à l'œuvre. Moi, si. Ce n'est pas un type sympa. (C'est le moins qu'on puisse dire !) Tu es un type sympa. (Du moins, il l'était dix ans plus tôt.) Et j'espère vraiment que tu ne vas pas laisser un pauvre vieillard se faire torturer juste parce que tu refuses de me dire ce que tu sais.

Andy ne me regardait pas, il contemplait la moquette.

— Je ne sais rien de ce qui t'est arrivé au Cercle de guérison.

— Alors pourquoi donc, bon sang, ne me regardes-tu pas quand tu dis ça ?

Il grimaça, comme si ma voix dure avait blessé sa sensibilité. Peut-être était-ce le cas mais, vu les circonstances, j'avais le droit d'être en colère contre lui. Il gardait les yeux fermement rivés à la moquette.

— Je suis sûr qu'Adam est un vrai salaud, dit-il. Mais Raphael aussi. Et Raphael a été dans ma tête pendant dix ans.

Il trouva finalement le courage de lever les yeux. La terreur que je lus dans son regard balaya toute ma colère.

Andy avait traversé un enfer que je ne pouvais imaginer. Quelle garce donneuse de leçons étais-je pour me mettre en colère après lui ?

Il déglutit puis inspira un bon coup avant de détourner de nouveau les yeux.

— Imagine ce dont un tortionnaire aguerri qui connaît toutes tes peurs cachées et tes cauchemars est capable. Et, ensuite, dis-moi que tu es prête à le mettre en rogne.

— Qu'est-ce que Raphael a à voir avec le Cercle de guérison ? demandai-je.

Il émit un ricanement amer.

— Tu ne lâches jamais, n'est-ce pas ?

Je m'obligeai finalement à m'asseoir.

— Je suis désolée, Andy. Je comprends que tu aies peur de Raphael et tu as toutes les raisons d'être terrifié. Mais malgré tout, il est supposé être dans notre camp. En quelque sorte.

Andy secoua la tête.

— Crois-moi, petite sœur. Il n'est pas dans notre camp.

— Mais il m'a sauvé la vie. Et il a sauvé celle de Lugh.

Andy croisa de nouveau mon regard et je visualisai les rouages de son cerveau en action tandis qu'il pesait soigneusement ses mots. Il parla lentement, chaque syllabe choisie avec un soin méticuleux.

— Il est… loyal envers Lugh. Il n'apprécie pas Lugh mais il l'aime, si tu y comprends quelque chose. Il protégera son frère à n'importe quel prix. Mais c'est la limite de son engagement pour la cause.

Je réfléchis à ça pendant un long moment et décidai que j'avais compris ce qu'Andy avait tant de mal à exprimer.

— Tu veux dire que quel que soit le merdier dans lequel on se trouve, il est mouillé jusqu'aux oreilles ?

Andy refusait de répondre, ne serait-ce que d'un mouvement de tête. Son langage corporel hurlait « laisse-moi tranquille » et, même si j'avais voulu qu'il s'ouvre à moi et me fasse confiance, je savais que cela n'arriverait pas.

Je l'étreignis, une boule douloureuse dans la gorge, mais il me rendit mon étreinte sans enthousiasme. Ne sachant plus quoi dire ou faire d'autre, je me glissai hors de la chambre.

Ma confiance en la capacité d'Adam à localiser le docteur Williams était bel et bien justifiée. En milieu d'après-midi, j'avais une adresse et un numéro de téléphone, le tout livré en personne par Adam. Dominic étant aussi une victime potentielle du *Jäger*, Adam ne risquait pas de le laisser seul.

J'étais tellement heureuse de quitter l'appartement et tous ces hommes que j'en étais presque gênée. Quand je dis tous ces hommes, il y avait une réelle surcharge en testostérone là-dedans, même si deux de ces types étaient homos. Ou du moins bi. J'étais certaine qu'Adam aimait aussi les femmes, d'après les quelques regards voraces qu'il m'avait adressés. Quant à Dominic, je n'en avais aucune idée. Il n'était pas vraiment l'homo maniéré typique, mais il était quand même avec Adam et il ne semblait pas se préoccuper que tout le monde le sache.

Je secouai la tête en parcourant les huit blocs qui séparaient mon appartement de l'immeuble où vivait le docteur Williams. Pourquoi prenais-je la peine de spéculer sur leurs orientations sexuelles ? Oui, ils étaient tous les deux attirants, deux hommes supersexy. Pourtant, ils étaient dévoués l'un à l'autre. Même si j'avais été sur le marché à la recherche d'un nouvel homme, aucun des deux n'aurait pu être candidat.

Je les chassai de mon esprit en entrant dans le hall de l'immeuble sélect sur Rittenhouse Square. J'avais appelé le docteur Williams avant de venir et le type du poste de sécurité m'attendait. Je signai le registre des visites pendant qu'il appelait le docteur Williams pour lui annoncer mon arrivée. Dans le miroir derrière le comptoir, je vis le portier mater mes fesses. Le vieux bonhomme ratatiné semblait apprécier le paysage et je ne pus m'empêcher de sourire. Je portais un jean taille basse et un haut moulant qui était presque assez long pour que je puisse le rentrer dans mon pantalon. S'il m'avait vue dans mon pantalon en cuir, il en aurait probablement avalé son dentier.

Le docteur Williams vivait apparemment une retraite confortable puisque son appartement occupait tout le dernier étage de l'immeuble. J'eus besoin d'une carte magnétique spéciale pour que l'ascenseur monte à ce niveau.

Le docteur Williams m'attendait à la porte. Il ressemblait presque exactement au dernier souvenir que j'avais de lui et qui devait remonter à au moins dix ans. Ses cheveux étaient d'un superbe blanc de neige et la grosse moustache tombante qui m'avait toujours fascinée lorsque j'étais enfant agrémentait toujours sa lèvre supérieure.

Son sourire fit exploser un bouquet éblouissant de ridules aux coins de ses yeux et il me tendit la main pour me saluer.

— Comme ça me fait plaisir de te revoir, dit-il alors que je lui serrais docilement la main.

Sa poigne était ferme et sûre. Il m'examina des pieds à la tête puis acquiesça d'un air approbateur.

— Tu as un peu grandi depuis la dernière fois où nous nous sommes vus.

— Et vous n'avez pas changé, répondis-je en considérant que c'était la chose appropriée à dire en ces circonstances.

Le docteur Williams tapota ma main avant de la lâcher et de me précéder dans son appartement.

— Je crains fort que ce ne soit qu'une illusion. Tu te souviens d'un vieux schnock et c'est exactement ce que je suis.

Si ses yeux n'avaient pas étincelé de malice, je me serais sentie embarrassée parce que je supposais qu'il avait raison. Je le suivis dans un petit mais confortable solarium offrant une vue à couper le souffle sur le parc. La pièce grouillait de plantes vertes, certaines suspendues dans des pots accrochés au plafond en verre, d'autres posées au sol, d'autres encore décorant les nombreuses étagères fixées dans le mur de briques. Je m'installai dans le fauteuil en osier que le docteur Williams tira pour moi et il s'assit dans son jumeau, de l'autre côté d'une table basse en verre et en osier.

La fierté illuminant son regard, il m'observa parcourir des yeux l'abondance de vie végétale qui transformait cette pièce en jungle.

— Je suis impressionnée, lui dis-je. Quand je touche une plante, vous pouvez être sûr qu'elle meurt dans les jours qui suivent.

Il éclata de rire.

— Alors puis-je te demander de ne pas toucher mes plantes ?

Je me joignis à lui pour rire. En vérité, il semblait difficile de se déplacer dans cette pièce sans effleurer une feuille ou une vrille. Heureusement, ma déclaration concernant mes effets secondaires sur les plantes n'était qu'une légère exagération – mais légère seulement.

— Est-ce que tu veux un thé ? demanda le docteur Williams.

Je remarquai tardivement que, sur la table basse, étaient disposés un délicat service à thé ainsi qu'une assiette de rondelles de citron.

Je suis une buveuse de café mais il semblait tenir à ce que j'accepte, ce que je fis. Il me versa une tasse de thé aromatisé, avant de se servir, agrémentant son thé avec une rondelle de citron. Je versai du lait dans le mien et le sucrai à mort, sans qu'il paraisse contrarié par l'injure faite à son offrande.

Le service en porcelaine était clairement féminin et il portait une alliance à sa main gauche. Pourtant, à aucun moment il ne mentionna son épouse et j'eus l'intuition qu'il était probablement veuf. Et, étant donné son désir de transformer cet entretien en une visite mondaine, un veuf solitaire qui plus est.

Je pouvais très bien me planter, mais je ne pensais pas que ce soit le cas. Malgré l'urgence de ma mission, je sirotai mon thé en bavardant pendant un bon quart d'heure, m'extasiant encore sur les plantes et sur la beauté de la vue.

J'étais à court de babillage amical quand il me sourit enfin et posa sa tasse de thé.

— C'est très gentil à toi de tenir compagnie à un vieil homme, dit-il, mais je suis sûr que tu n'es pas venue ici pour le seul plaisir de ma conversation.

Je me tortillai sur mon siège, me sentant subitement embarrassée de l'avoir soupçonné de quoi que ce soit. Impossible que ce gentil vieux monsieur fasse partie d'un odieux complot visant à... bon, je ne connaissais en fait pas le but de cet odieux complot, ni même s'il existait vraiment.

Le docteur Williams s'adossa dans son fauteuil, croisant les mains sur son ventre et me considérant avec une curiosité polie.

— Quelque chose ne va pas ?

Me forçant à sourire, je secouai la tête.

— Non. J'ai juste... quelques questions à vous poser.

Il réfléchit un moment. Je crus déceler un tressaillement de malaise dans ses yeux.

— Ah. (Il jeta un regard plein d'envie vers la théière puis décida de ne pas se resservir.) Que veux-tu me demander ?

J'eus le sentiment angoissant qu'il savait déjà, mais je fis de mon mieux pour lui accorder le bénéfice du doute.

— Je voulais vous poser des questions au sujet de mon encéphalite.

Les coins de ses yeux se crispèrent très légèrement et il acquiesça.

— Que veux-tu savoir ?

Tout. Ou peut-être rien. Je déglutis.

— Je n'ai aucun souvenir de mon séjour à l'hôpital. Littéralement. Est-ce que c'est... normal ?

— Étant donné le traitement qu'on t'a administré, je dirais que c'est parfaitement normal.

D'un côté, il me disait clairement que ma perte de mémoire était prévisible. De l'autre, il avait utilisé beaucoup trop de mots pour une réponse équivalant à un « oui » et c'est ainsi que les gens s'expriment quand ils mentent.

— Quel était ce traitement, exactement ?

Je regrettai de ne pas avoir pris de carnet afin de pouvoir noter ses réponses.

Il affronta calmement mon regard.

— Je ne sais pas.

Je clignai des yeux à cette réponse inattendue, puis fronçai les sourcils.

— Comment ça ?

— En qualité de médecin traitant, c'est moi qui t'ai fait admettre à l'hôpital. Toutefois, ce n'est pas moi qui t'ai soignée.

J'eus soudain l'estomac barbouillé sans que je sache pourquoi.

— Pourquoi n'est-ce pas vous qui m'avez soignée ? demandai-je.

Ce qui différencie le Cercle de guérison des autres hôpitaux, c'est l'attention qui est portée au soin personnalisé des patients qui doivent être suivis par leur médecin. Ils avaient pu faire intervenir un spécialiste ou même trois pour seconder le docteur Williams, mais c'est lui qui aurait dû superviser mon traitement.

Il faisait tourner son alliance sur son doigt d'un air absent. Excepté cet unique geste de nervosité, il semblait tout à fait à l'aise.

— La nuit de ton admission, on m'a agressé alors que je rentrais chez moi.

Mon ventre refit une culbute.

— J'ai été salement tabassé, poursuivit le docteur Williams. Je me trouvais aussi à l'hôpital pendant toute la durée de ton séjour. (Il tapota son genou.) J'ai assez de métal dans cette jambe pour déclencher tous les détecteurs d'un aéroport.

« Si notre médecin décide qu'elle est, en fait, réfractaire, nous serons alors obligés d'envisager des mesures plus désespérées. »

Je me rappelai cette fichue ligne de la lettre de Bradley.

— Alors qui était le médecin en charge de mon cas lorsque vous vous trouviez à l'hôpital ? demandai-je. Mais une étrange et désagréable prémonition s'était installée en moi.

— C'est un des plus grands médecins du Cercle de guérison, dit le docteur Williams. Le docteur Frederick Neely.

Chapitre 16

Après que le docteur Williams eut lâché sa bombe, je me tirai de là aussi vite que possible. J'avais bien trop de sujets de réflexion pour me concentrer sur des plaisanteries ou du bavardage.

Quelles étaient les chances que Raphael ait choisi le docteur Neely comme hôte par coïncidence ? Selon moi, zéro. Qu'est-ce qu'il essayait à ce point de cacher ? J'avais supposé que c'était lié au plan pour détrôner Lugh, mais il semblait désormais que cela eût rapport avec moi et avec ce qui m'était arrivé quand j'étais adolescente.

Je rentrai lentement chez moi, considérant les options qui se présentaient à moi et n'aimant pas du tout ce qui en ressortait. Toutes les preuves désignaient mon frère. Il en savait certainement plus qu'il n'aurait dû sur les manigances de Raphael.

Même si je tenais à respecter son intimité et même si je comprenais la peur que lui inspirait Raphael, il était nécessaire à présent que je le persuade de me parler. Je soupçonnais avec terreur que j'allais devoir avoir recours à la menace pour que Andy s'ouvre à moi, mais, honnêtement, je n'avais pas le choix. Ce n'était pas uniquement ma vie que j'essayais de protéger. D'après Lugh, Dougal ne pouvait être roi avant la mort de son frère, même s'il occupait le trône en qualité de régent. Tant qu'il ne serait que régent, ses pouvoirs seraient sérieusement limités. Mais s'il devenait roi, il annulerait toutes les protections que ses prédécesseurs avaient instaurées pour les humains. Les démons étaient assez puissants pour tourner la race humaine en esclavage s'ils le désiraient. Et c'était ce que voulait Dougal.

Peut-être que ce que cachait Raphael n'avait rien à voir avec le coup d'État. Mais mon instinct me hurlait que c'était quelque chose que Lugh et moi devions savoir.

Je revins à l'appartement à l'heure du dîner. Les garçons avaient commandé au moins douze plats chinois chez le traiteur voisin. On avait l'impression que ces quatre-là s'en étaient pris à la nourriture comme une nuée de piranhas. Si j'avais eu un tant soit peu faim, j'aurais été dans l'embarras. Ceci étant, j'ignorai leurs questions – et la proposition de Dominic de me préparer une assiette avec les restes – et désignai Andy du doigt.

— Il faut que je te parle, dis-je.

Le ton de ma voix avait dû être assez cassant car Andy pâlit.

— Pourquoi ne mangerais-tu pas un bout avant ? suggéra-t-il.

— Maintenant !

J'agitai mon pouce vers la chambre d'amis. Du coin de l'œil, je vis Adam et Dom échanger un regard lourd de sens, mais je n'en tins pas compte.

Nous offrant sa plus belle imitation du prisonnier condamné, Andy se leva lentement de table et se dirigea péniblement vers la chambre. J'adressai à tous les autres un regard foudroyant.

— Vous trois, restez en dehors de tout ça.

Adam esquissa un sourire.

— Je n'oserais même pas intervenir.

Ni Dom ni Brian ne semblèrent trouver nécessaire d'émettre des déclarations similaires. Mais ce n'étaient pas eux qui me préoccupaient le plus.

Je rejoignis Andy dans la chambre d'amis et fermai la porte derrière nous. Les affaires sales étaient revenues sur la chaise et, cette fois, il ne daigna pas les enlever. Au lieu de quoi il se tint les mains serrées dans le dos, le regard rivé à la moquette.

— Je suppose que tu savais déjà que c'est le docteur Neely qui m'a soignée lors de mon séjour à l'hôpital, dis-je.

Il ne leva pas les yeux mais son menton plongea légèrement dans un semblant d'acquiescement.

— Et tu ne pensais pas que c'était important de m'en parler ?

Il haussa les épaules.

— J'ai pensé que cela nous mènerait à une discussion que je ne souhaitais pas avoir.

J'essayai de me contrôler, en vain. J'aurais aimé le gifler au point de faire claquer ses dents.

— On m'a, à maintes reprises, fait remarquer qu'il y avait plus que ma vie en jeu dans cette affaire, grondai-je, les mâchoires serrées. Ça tient également pour toi. Alors je suis désolée que tu ne veuilles pas en parler et je suis désolée que Raphael te terrorise, mais il va falloir surmonter tout ça.

C'est alors que son regard croisa le mien. Pour la première fois, j'y décelai un éclair de feu.

— Tu ne sais absolument pas de quoi tu parles. Tu ne sais pas ce que j'ai enduré. Ce n'est pas quelque chose que je peux me contenter de surmonter.

C'était vrai mais, à ce point, cela n'avait plus d'importance.

— Quelle merde, Andy. Tu as peut-être connu l'enfer, mais moi aussi. Et je ne me suis pas portée volontaire pour vivre ça. (Il grimaça, mais j'insistai :) Tu t'es porté volontaire comme hôte parce que tu voulais devenir un héros. Alors comporte-toi en héros. Dis-moi ce que tu sais.

Il croisa les bras sur son torse.

— Je ne peux pas.

Je laissai échapper un soupir de regret intérieur tout en continuant à lui adresser mon regard le plus dur. J'avais espéré lui faire honte et l'inciter ainsi à parler, mais cela ne marcherait pas. Il me restait une option.

— Soit tu me parles, soit tu parles à Adam, dis-je en devinant que j'allais me détester ensuite pour ça. Et Adam ne te le demandera pas gentiment.

Sous le choc, Andy écarquilla les yeux.

— Tu as pris des risques pour protéger Cooper de ton pote le démon mais tu serais prête à lui livrer ton propre frère ?

Mon cœur se serra quand je perçus la douleur dans son regard et pris conscience que j'étais capable de quelque chose d'aussi cruel. Pourtant, je ne pouvais permettre que les sentiments soient un obstacle… surtout en sachant qu'Adam allait proposer cette idée lui-même dès l'instant où il entendrait ce que j'avais appris. J'étais certaine que ce ne serait rien de plus qu'une tactique d'intimidation. Andy ne résisterait pas à la menace d'Adam, peu importait à quel point il craignait Raphael. Je refusais de penser à ce qui se produirait si je me trompais.

Je préparais une réponse aussi diplomate que possible mais, avant que le moindre mot sorte de ma bouche, la porte s'ouvrit d'un coup. Comme je n'avais entendu personne s'approcher, je sursautai.

— En fait, dit Adam depuis le seuil de la chambre, c'est juste du bluff. Elle veut te fiche la trouille pour t'obliger à parler. Pourtant, puisque j'ai décidé de venir écouter aux portes, cela devient discutable.

— Espèce de salopard ! m'écriai-je quand Adam entra dans la chambre et referma la porte derrière lui. Je t'ai demandé de rester à table !

Il ricana.

— Et comment tu as pu croire que j'allais obéir ?

Il marquait un point. Tandis que mon esprit s'évertuait à s'adapter au changement de situation, je compris qu'il m'avait rendu un énorme service en apparaissant à ce moment. Parce que je ne bluffais pas. J'étais certaine qu'Adam le savait, et j'étais certaine que sa décision d'intervenir à cet instant avait été délibérée.

Adam posa sur Andy des yeux qui brillaient d'une lueur sinistre et démoniaque.

— Comme Morgane t'en a sans aucun doute averti, je trouve qu'infliger la souffrance aux autres est un merveilleux passe-temps. D'ordinaire, je ne joue qu'avec des adultes consentants, mais je suis tout à fait prêt à faire une exception avec toi. Crois-moi, j'ai de l'expérience et je peux te faire parler.

Andy était pâle. Il tremblait. J'avais envie de pleurer.

— Si je vous dis quoi que ce soit, Raphael va...

— Raphael n'est pas là pour le moment, insista Adam. Moi, oui. Nous pouvons le tenir à l'écart. Mais maintenant, il n'y a rien qui puisse te tenir à l'écart de moi. Tu comprends ?

Les genoux d'Andy semblèrent céder sous lui et il se laissa tomber sur le bord du lit. Il acquiesça, le regard hanté. Une unique larme se faufila au coin de mon œil et je l'essuyai d'un geste de colère. Nous n'avions pas le choix. Il fallait que nous obligions Andy à parler.

Mais mon Dieu, comme je détestais ça. Comme je détestais l'expression du visage de mon frère, le chagrin dans son regard. Comme je détestais comprendre que c'était moi qui avais provoqué ce chagrin, avec l'aide de mes amis.

Adam repoussa les affaires d'Andy de la chaise pour s'asseoir, se mettant à l'aise tout en gardant un œil sur mon frère. Je ruminais toujours.

— Je ne connais pas toute l'histoire, déclara Andy en regardant ses pieds, sa voix à peine audible. Je ne connais que le peu que Raphael a bien voulu me laisser entendre et ça n'arrivait qu'au début, quand il faisait preuve de moins de prudence.

— Alors dis-nous ce que tu sais, l'incita Adam quand Andy eut l'air sur le point de se refermer.

Les mains d'Andy, les jointures blanches de crispation, s'agrippaient au bord du lit.

— Le vrai père de Morgane n'était pas humain, du moins pas exactement.

— Hein ? fis-je de manière peu intelligente.

— Je vous l'ai dit, je ne connais pas toute l'histoire. Je ne sais pas qui ou ce qu'il était, seulement qu'il était insensible aux pouvoirs des démons. Et que les démons étaient très, très intéressés par son cas.

Je digérai cette information sans détenir assez d'éléments pour donner sens à quoi que ce soit. Il devait y avoir autre chose.

— Continue, dis-je.

— Quand ils ont découvert que maman portait un enfant de ton père, ils étaient tous très excités. Ils espéraient beaucoup que, comme tu étais une sorte d'hybride, tu serais capable d'être un hôte.

Adam et moi échangeâmes un regard perplexe. Il ne semblait pas comprendre cette histoire plus que moi.

— Je ne comprends pas, dis-je.

Andy secoua la tête.

— Moi non plus. Du moins, pas vraiment. Je ne sais pas ce qu'ils voulaient à part savoir si tu pouvais être possédée.

Je ne pus réprimer un frisson.

— Que m'est-il arrivé au Cercle de guérison ?

— Je jure devant Dieu que je ne sais pas. On ne m'a pas laissé te rendre visite plus d'une fois ou deux. Chaque fois, tu n'étais pas dans ton état normal. Mais je sais que tu n'avais pas d'encéphalite.

Ce n'était pas une grosse surprise, mais mon cœur eut malgré tout des ratés. Je retins mon souffle en attendant qu'Andy continue.

— Cooper a donné une sorte de drogue à papa et maman et ils t'en ont mis dans ton jus d'orange afin que tu déclenches les symptômes qui les obligent à t'emmener à l'hôpital.

Mes genoux tremblaient. Je m'appuyai contre le mur pour me soutenir. Je ne savais pas ce qui était pire : apprendre que mes parents m'avaient droguée ou bien ces nouveaux soupçons quant à ce qui s'était passé à l'hôpital.

— Ils essayaient de me livrer aux démons, c'est ça ? demandai-je dans un murmure grinçant.

Andy acquiesça, l'air malheureux.

Ils avaient essayé de forcer un démon dans mon corps, dans le corps d'un hôte de treize ans non consentant. Un souvenir plana au bord de ma mémoire. Je savais qu'en me concentrant, je serais capable de faire remonter ce souvenir à la surface, mais je ne pouvais le supporter. Je ne voulais pas me souvenir. Si mes propres défenses mentales avaient verrouillé ces instants avant d'en jeter la clé, alors c'est qu'il existait une sacrée bonne raison.

— Cela n'a pas marché, dit Andy. Et ils ont supposé que, comme ton père biologique, tu étais incapable d'héberger un démon. C'est comme ça que Raphael a su que tu serais un hôte très différent pour Lugh.

Je fronçai les sourcils.

— Mais si je suis si résistante à la possession, comment Lugh a pu entrer en moi ?

— Parce qu'il n'est pas n'importe quel démon, répondit Adam. Nous ne sommes pas tous égaux. La lignée de Lugh n'est pas royale sans raison. Il était assez puissant pour entrer en toi mais pas assez pour prendre le contrôle.

C'était certainement logique, mais quelque chose m'échappait toujours.

— Quand j'aurai digéré tout ça, je vais faire une dépression nerveuse. Mais pourquoi est-ce un secret aussi bien gardé ? Pourquoi donc Raphael ne voudrait-il pas que nous l'apprenions ?

J'avais adressé cette question à Andy mais, une fois encore, ce fut Adam qui répondit de sa voix sinistre.

— Parce qu'il sait exactement ce qui s'est passé au Cercle de guérison. Bon sang, c'est même peut-être lui qui a donné les ordres en personne. Et il sait très bien que Lugh n'appréciera pas.

Andy acquiesça.

— Je te l'ai dit, il est animé par une loyauté personnelle à l'égard de Lugh et il ne veut pas que celui-ci se fasse tuer. Mais cela ne signifie pas pour autant qu'il se sent obligé de soutenir les idéaux de son frère et de protéger la race humaine.

Un long silence embarrassant s'installa dans la pièce pendant que nous réfléchissions. Puis Adam exprima ce que nous devions tous penser.

— Je crois que le moment est venu d'avoir une longue discussion avec le docteur Neely.

Andy ferma les yeux et ses mains se crispèrent davantage sur le bord du lit. Je trouvai finalement la force de m'approcher de lui et de poser la main sur son épaule.

— Nous ne le laisserons pas te faire du mal, promis-je, en espérant être capable de tenir cette promesse.

Andy s'écarta de moi.

— Venant d'une femme qui aurait laissé un démon me torturer, ce n'est pas très rassurant.

— Je t'ai dit que c'était du bluff, se moqua Adam. Pourquoi crois-tu que j'aie ressenti le besoin d'écouter à la porte ?

— Elle ne bluffait pas, répondit Andy d'une voix atone.

J'aurais tellement aimé pouvoir le contredire.

Chapitre 17

Il devenait de plus en plus difficile de ne pas informer Brian de ce qui se passait. Il avait réussi à réduire ses questions au minimum jusqu'à présent mais, à la moindre ouverture, il en profiterait. Ce n'était pas un avocat d'audience mais je le soupçonnais d'en avoir les compétences. Quand il commence à poser des questions, il a tendance à en apprendre beaucoup plus que ce qu'on veut révéler.

Je ne tenais donc vraiment pas à rencontrer le docteur Neely dans mon appartement. Je ne voyais pas quelle explication je pourrais donner à Brian qui satisfasse sa curiosité. Et comment l'empêcherions-nous d'entendre ce qu'il n'avait pas besoin de savoir ? À moins de le ligoter dans le placard. J'avais déjà menacé Andy et Brian de violence. Il était hors de question que cela se reproduise. Plus jamais.

Après ma conversation avec Andy et Adam, je me retirai dans ma chambre. Puis je m'enfermai dans la penderie avec mon téléphone : traitez-moi de paranoïaque. Comme je n'avais pas les coordonnées exactes du docteur Neely, j'appelai le Cercle de guérison. J'eus de la chance, il se trouvait dans son bureau et pouvait prendre mon appel.

— Morgane ! s'exclama-t-il après que je me fus annoncée. Quelle agréable surprise !

— J'imagine, marmonnai-je. Il faut qu'on ait une petite discussion, toi et moi.

— Je suis toujours ravi de discuter avec toi. Tu es comme une sœur pour moi, tu le sais.

— Pourquoi tu n'irais pas te faire fou…, commençai-je avant de me reprendre au dernier moment.

Raphael, comme Adam, prenait son pied à me mettre hors de moi. Je ne tenais pas à lui offrir ce plaisir.

Il gloussa.

— Lugh et toi allez bien ensemble. Je peux le pousser à m'insulter en une ou deux phrases.

— Et c'est ton seul but dans la vie ?

— Disons que j'ai plus de chances de réussite dans ce domaine qu'en essayant de gagner son approbation.

J'éprouvai un inhabituel accès de pitié. Je savais ce que c'était de perdre tout espoir de gagner l'approbation de votre famille. Était-il un salaud parce qu'il ne parvenait pas à gagner cette approbation ou bien était-ce le problème inverse ?

Je me débarrassai de ma pitié. Ouais, cette histoire de famille à problèmes avait fait de moi une garce ; cela ne m'avait pas pour autant poussée à torturer d'innocents témoins.

— Est-ce que tu regrettes ne serait-ce que légèrement ce que tu as fait à Andy et à Brian ?

Je m'attendais à une réponse désinvolte mais il sembla réfléchir à la question.

— Pas vraiment, dit-il enfin. Si j'étais humain, je m'en voudrais sûrement, mais je suis un démon. J'ai fait ce que j'avais à faire dans certaines circonstances. Il se peut que je ne sois pas aussi noble que mon saint frère mais je ne suis pas non plus un monstre. Rien de tout cela n'était personnel.

— Tout comme ton désir actuel de tuer Andy n'a rien de personnel ?

— Ne le lui dis pas, mais je n'ai aucun désir de le tuer. On m'a ordonné de le faire mais il y a des avantages à être le frère du roi. Personne ne s'en prendra à moi si je n'y arrive pas. Je n'ai rien à gagner en le tuant et j'ai confiance, il ne vous dira rien de ce que je ne tiens pas à ce que vous sachiez.

Seulement, il ne savait pas que j'avais livré mon propre frère à Adam. Peut-être devrais-je également examiner d'un peu plus près ma boussole morale avant de tirer à vue sur Raphael.

— Alors de quoi faut-il que l'on parle ? demanda Raphael.

— Ce n'est pas une discussion que nous devons avoir au téléphone.

— Très bien. Je passe à ton appartement plus tard.

— Non, peu importe ce que tu dis, je ne te fais pas confiance à propos d'Andy.

— Tu me piques au vif.

— Si seulement.

Nous avions définitivement besoin d'avoir cette conversation en privé. Et je connaissais un endroit parfait, même si je n'étais pas très pressée d'y remettre les pieds.

— Adam White joue les gardes du corps le temps que *der Jäger* est à mes trousses.

— Ce ne peut être une solution permanente. Lugh et toi allez devoir faire quelque chose à son sujet. Et je ne peux pas vous aider sans trahir ma couverture.

Je savais exactement ce qu'il entendait par là, mais je ne souhaitais pas y réfléchir maintenant. Si je pouvais attirer *der Jäger* dans un piège quelconque puis laisser Lugh prendre le contrôle, nous aurions probablement une chance, ne serait-ce que grâce à l'effet de surprise. Mais ce plan comportait trop de lacunes.

— Laisse-moi m'inquiéter du *Jäger* pour le moment. Ce n'est pas de ça dont je souhaite te parler. Retrouve-moi chez Adam à… (je consultai ma montre) 21 heures.

— S'il est question de trahir ma couverture… Adam et moi ne sommes pas du même bord dans ce petit conflit, au cas où tu l'aurais oublié. Je ne peux pas me pointer chez lui pour tailler une bavette.

— Tu trouveras une excuse.

— J'aurais une excuse si Andy se trouvait là-bas. Pour être honnête, je ne peux pas l'atteindre chez toi. Il faudrait que je passe le poste de sécurité et les trois caméras de surveillance dans l'ascenseur. Sans compter qu'en essayant de le tuer, je peux faire du bruit et attirer l'attention. Si je l'attaquais chez Adam, le seul témoin serait Adam et je peux le maîtriser. Cela me donnerait une sacrée bonne excuse.

Ouais et cela lui donnerait une sacrée bonne occasion de s'en prendre à Andy si c'était vraiment ce qu'il voulait.

— Je vois que tu n'as pas saisi mon allusion subtile : je ne veux pas te voir traîner dans les parages d'Andy. C'est pour ça que je ne veux pas que tu viennes chez moi.

— Oui, j'ai compris. Je l'ignore juste. Je te donne ma parole que je ne ferai pas de mal à ton frère.

Il nous était toujours possible d'imaginer une bonne raison de faire capoter mon faux plan.

Est-ce que je croyais en la parole de Raphael ? Bien sûr que non ! Mais tant que nous étions préparés à son attaque, nous devions être en mesure de protéger Andy. Je l'espérais. Je n'avais pas hâte de connaître l'opinion d'Andy quand il apprendrait que je l'avais proposé comme appât.

— Très bien, dis-je. Je te verrai chez Adam à 21 heures.

— J'ai hâte.

— Tu es bien le seul.

Je ne tenais pas à laisser Brian seul dans mon appartement. Nous allions donc devoir le traîner avec nous malgré mon désir de le garder aussi éloigné que possible de Raphael. Je lui annonçai que nous allions interroger ce que Adam appellerait une « personne d'intérêt ». Je l'informai également qu'il ne pourrait assister à cet entretien privé, même si nous l'emmenions avec nous. Je l'observai débattre avec lui-même pour savoir s'il devait insister pour obtenir des réponses. Manifestement, il décida d'attendre son heure. À son regard, je compris que le temps des comptes approchait.

Se rendre chez Adam fut une expérience extrêmement pénible, pas à cause de ce qui se passa, mais à cause de tout ce qui aurait pu se passer. Il suffisait d'un simple contact de la peau avec *der Jäger* pour qu'il se transfère de son hôte actuel à Brian, à Andy ou à Dominic. Adam et moi devions nous assurer que personne ne nous approche.

Adam quitta l'appartement en premier pour aller chercher sa voiture banalisée qu'il gara juste devant les portes de l'ascenseur du garage en nous attendant. Nous lui laissâmes cinq minutes d'avance. Puis les garçons et moi nous entassâmes dans l'ascenseur. Ils se tenaient tous dans mon dos et je gardai la main sur le Taser dissimulé dans ma poche de veste. Ma prise était encore sacrément maladroite avec mes deux doigts bandés, mais je serais capable de tirer si ma vie en dépendait. Dominic avait l'autre Taser qu'il dissimulait sans conviction dans son dos. La tension dans la cabine était palpable. Je remerciai Dieu que l'ascenseur ne se soit pas arrêté pas en cours de route pour laisser monter un autre passager.

Quand les portes s'ouvrirent sur le garage, je poussai un soupir de soulagement que je n'avais pas pris conscience d'avoir retenu. Comme promis, Adam nous attendait, le moteur tournant au ralenti et toutes les portières ouvertes.

— La voie est dégagée, lança-t-il en nous regardant à peine, à l'affût du moindre piéton suspect.

Je finis à l'arrière de la voiture, coincée entre Andy et Brian. C'était une voiture assez spacieuse mais aucun de nous n'était vraiment petit. Andy me battait toujours froid mais Brian passa son bras autour de mes épaules, prétendant que c'était pour se mettre à l'aise, mais je ne pense pas qu'il s'attendait que je le croie. Tout comme je ne pense pas qu'il me crut quand je fis semblant de ne pas remarquer.

Il me vint à l'esprit qu'Andy et Brian allaient peut-être être choqués en découvrant la maison d'Adam. Même s'ils étaient complètement bouchés, ils avaient dû comprendre à présent qu'Adam et Dom étaient en couple. Ce qu'ils ne pouvaient avoir imaginé, c'était la chambre noire démoniaque en haut de l'escalier, au premier étage de la maison. La chambre noire qui accueillait l'impressionnante collection de fouets d'Adam. La chambre noire qui aurait dû jouer un rôle important dans mes cauchemars, si Lugh n'avait pris soin de tenir ces cauchemars à distance.

J'aurais aimé les avertir mais ce n'était pas exactement un sujet que je pouvais aborder au cours d'une discussion anodine. Il me restait à espérer que la porte de cette fichue chambre soit fermée ou bien que nous resterions tous au rez-de-chaussée.

Nous parvînmes à la maison sans incident et Adam gara la voiture sur le petit emplacement privé de l'autre côté de la rue. Adam et moi conduisîmes les autres à l'intérieur, les couvrant tels des soldats en zone de guerre. Tout ce petit cinéma m'aurait fait rire si je n'avais été moi-même aussi tendue.

Une fois à l'intérieur, il nous restait plus d'une demi-heure à attendre avant l'arrivée de Raphael. Nous parlâmes donc stratégie. Adam fit preuve d'une sensibilité inhabituelle et suggéra que Dominic et Brian restent à l'étage pendant le temps de l'entretien. Je pense que si nous avions tenté d'isoler Brian, nous aurions dû en venir aux mains.

Bien sûr, la sensibilité n'avait peut-être rien à voir là-dedans. Adam attendait sans doute de son amant qu'il empêche Brian d'écouter aux portes. Une fois dans ma vie, je décidai de laisser le bénéfice du doute à Adam.

Comme Raphael pouvait arriver en avance, Adam envoya Dominic et Brian à l'étage dès que nous eûmes distribué nos rôles. Je voulais lui parler de la chambre noire, sans savoir encore comment aborder le sujet devant tout le monde. Je priais juste pour que la porte soit fermée.

Mes pensées durent se lire sur mon visage car un seul regard vers moi suffit à Adam pour qu'il éclate de rire. Je devins écarlate.

— Quoi ? demanda Andy en haussant les sourcils.

— Rien, marmonnai-je.

Mais, bien sûr, Adam ne pouvait résister à la tentation de se payer ma tête.

— Morgane s'inquiète de ce que son petit ami va penser quand il découvrira ma collection d'accessoires SM en haut de l'escalier.

— Oh, fit Andy, qui fut alors presque aussi mal à l'aise que moi.

— Il n'y a pas moyen que tu nous épargnes les détails, c'est ça ? demandai-je à Adam.

Il éclata encore de rire.

— Je serai ravi de te fournir davantage de détails si tu le souhaites.

Les coups frappés à la porte me dispensèrent de trouver une bonne réplique. Adam se leva pour faire entrer notre invité et je me postai à côté d'Andy dont le téléphone portable sonna, nous faisant tous deux sursauter. Andy fronça les sourcils.

— Qui cela peut-il être ? s'interrogea-t-il.

Il n'avait parlé à personne en dehors de mon appartement depuis qu'il était sorti de l'hôpital. Il sortit le téléphone de sa poche et le regarda. Après avoir lu le numéro affiché, il haussa les épaules et fourra le combiné dans sa poche.

Je vérifiai mon Taser et le pointai vers Adam qui suivait Raphael dans la pièce.

— Reste derrière moi, Andy, dis-je.

Raphael, les mains en l'air, souriait. Adam pointait un pistolet dans le dos de Raphael. Ce n'était pas l'arme la plus efficace contre un démon mais je supposais qu'une blessure par balle à la jambe pourrait ralentir Raphael si nécessaire.

— C'est vraiment chouette de se sentir le bienvenu, déclara Raphael avant de s'arrêter quand Adam le lui ordonna.

Le téléphone d'Andy sonna de nouveau. Je fus tentée de lui demander de l'éteindre mais j'eus alors une pensée troublante : et si c'étaient nos parents qui l'appelaient depuis l'endroit où ils se terraient ?

— Réponds, juste au cas où ce serait important, lui dis-je sans quitter Raphael des yeux.

— Est-ce que je peux baisser les mains ? demanda Raphael.

— Non, répondîmes Adam et moi d'une même voix.

Derrière moi, j'entendis Andy qui parlait au téléphone. Une voix bourdonna à l'autre bout de la ligne mais elle était trop lointaine pour que je la reconnaisse ou que je comprenne ce qu'elle disait. Andy fit « ouais » et « hum-hum » plusieurs fois avant de raccrocher.

— Qui était-ce ? demandai-je.

— Juste le Cercle de guérison, ils voulaient savoir si tout allait bien. Ils ne doivent pas être au courant que le docteur Neely me rend une visite à domicile.

Je crus déceler une note bizarre dans sa voix mais ce n'était pas le moment d'insister.

— De quoi voulais-tu que nous parlions ? demanda Raphael.

— Je leur ai dit tout ce que je savais, déclara Andy, me fichant une frousse de tous les diables.

Ce n'était pas du tout prévu au programme. Je tournai la tête sur le côté.

— Andy ? Qu'est-ce que tu fais ?

— J'en ai marre d'avoir peur, répondit-il, terrorisé. Je ne veux plus rien cacher.

Raphael haussa les épaules, ce qui lui donna un drôle d'air, avec les mains toujours levées. Il ne semblait pas particulièrement surpris par l'aveu d'Andy. Il avait été tellement sûr de lui quant au fait qu'Andy ne parlerait pas que ce fut plutôt moi qui eus l'air surpris.

— De l'eau a passé sous les ponts, déclara Raphael avec un sourire fade.

— Morgane, dit Andy, la voix tremblante. Tire, ce n'est pas Raphael.

Chapitre 18

Je fus trop longue à réagir. J'eus à peine le temps d'intégrer les paroles d'Andy que le docteur Neely se jetait sur moi. J'essayai de tirer, mais Andy me saisit à bras-le-corps.

C'était un geste héroïque, d'essayer de m'écarter du docteur Neely, mais je m'en serais passée. Je le maudis quand nous tombâmes tous les deux au sol et que le Taser m'échappa des mains.

— Pousse-toi ! criai-je à Andy en lui assenant un coup d'épaule pour souligner mon propos.

Neely, m'attrapant le bras de sa poigne brutale et écrasante, me releva d'un coup.

Je fus assourdie par un coup de feu et quelque chose de chaud et de collant m'éclaboussa le visage. Neely grogna de douleur mais ne me lâcha pas. Il pivota, me plaçant entre Adam et lui en me serrant par le cou.

— Tire et je lui arrache la tête avant de mourir, dit Neely.

Je levai la main pour m'agripper à l'avant-bras qu'il appuyait sur mon cou, cherchant en vain à forcer sa prise. Je n'espérais pas vraiment l'obliger à me lâcher, surtout avec mes doigts bandés. Je jouais juste à la pauvre femme vulnérable dans l'espoir qu'il me sous-estime.

Adam pointait toujours son arme sur nous mais il ne tira pas. Nous entendîmes des bruits de pas qui descendaient l'escalier.

— Ne venez pas ! brailla Adam, mais Brian et Dom l'ignorèrent et entrèrent en courant dans la pièce.

Neely se tourna vers eux et, profitant de ce moment de distraction, je lui écrasai le pied aussi fort que possible.

Je savais déjà que ce démon était insensible à la douleur, pourtant cela le surprit. Je me transformai en poids mort dans ses bras et il dut changer sa prise pour m'empêcher de tomber.

Ce qui suivit sembla se passer en une seconde et ce ne fut qu'ensuite que je fus capable de remettre en ordre toutes les séquences de l'action. Pendant, je ne perçus que des bruits.

Un coup de feu.

Un cri de douleur, mais il ne venait pas de Neely.

Un autre coup de feu.

Le silence complet.

Le temps reprit son cours normal et mes autres sens se réveillèrent quand je m'effondrai, écrasée par un corps inerte. Repoussant Neely, je me mis à genoux.

Brian et Andy, debout, étaient en état de choc. Adam était à terre, à quatre pattes. Un filet de sang obscurcit ma vision et je dus l'essuyer avant de comprendre ce que je voyais.

Adam, courbé à terre, serrait un corps contre lui. Andy et Brian étaient toujours debout et Neely était tout ce qu'il y a de plus mort. Il ne restait que…

— Non ! criai-je en m'étouffant.

Je me levai en vacillant pour parcourir la distance qui me séparait d'Adam.

Dominic reposait dans ses bras, une énorme tache de sang s'épanouissait sur sa poitrine.

— Non ! répétai-je, les yeux emplis de larmes, en me laissant tomber à genoux près d'eux.

Dom plissait les paupières de douleur et son visage était bien trop pâle. Le sang coulait toujours de sa blessure.

— Fais quelque chose ! criai-je à Adam.

Il était policier. Il devait bien connaître les gestes rudimentaires des premiers secours ! En jetant un nouveau regard à la blessure, je compris que les premiers secours n'y feraient rien.

— Adam ! haleta Dom, la voix lourde de terreur et de douleur.

— Chut ! fit Adam en prenant la main de Dom.

Son visage était étrangement serein, aucun signe de chagrin, d'horreur ou de peur. J'aurais voulu crier, le maudire, le frapper. Qu'il prenne un air de circonstance alors que son amant était en train de mourir dans ses bras.

— Je vais prendre soin de toi, dit Adam, comme s'il fredonnait tout bas.

Et le salaud commit même l'affront de sourire.

Dom écarquilla les yeux comme s'il était également choqué par ce sourire. Puis il émit un bruit douloureux. Il se cambra brièvement, puis devint inerte et ses yeux se fermèrent. Adam lâcha la main qu'il tenait.

Les mains sur ma bouche, j'étouffai le sanglot qui montait dans ma gorge. Adam soupira puis se tourna vers moi et me tendit la main.

— Heureux de te rencontrer, dit-il avec un petit sourire, même si j'aurais préféré le faire en d'autres circonstances.

Je restai assise, la bouche bée, sans comprendre. Il baissa la main.

— Je suis Adam, dit-il.

Était-il possible pour un démon d'être en état de choc ? Je n'en avais jamais entendu parler. Après tout, son amant venait de mourir dans ses bras. Adam cligna des yeux.

— Je veux dire, c'est moi Adam, répéta-t-il avec plus de fermeté. Mon démon est en train de prendre soin de Dom.

Je secouai la tête en espérant que cela remette les morceaux de mon cerveau en place. Enfin, comprenant ce qu'il me disait, j'ouvris des yeux comme des soucoupes.

— Tu veux dire qu'il s'est transféré dans Dominic ? m'écriai-je en percevant le caractère suraigu de ma voix.

Adam acquiesça.

— Ce n'est que provisoire. Il lui faudra certainement vingt-quatre heures pour guérir complètement Dominic, puis il reviendra en moi.

Je le fixai, le regard tellement rempli de questions que je ne savais laquelle énoncer en premier.

— 80 % des hôtes de démons sont dans l'incapacité de se comporter normalement quand leur démon les quitte. Et Dom et toi, vous auriez la chance de faire partie des heureux 20 % ?

— Ce n'est pas de la chance, dit Adam.

Sa voix était la même et, de toute évidence, il avait l'air d'être le même mais, bien que ça puisse être le fait de mon imagination, j'étais prête à parier qu'il y avait quelque chose de visiblement différent chez lui. Peut-être était-ce juste une histoire de langage corporel.

— La plupart du temps, quand on voit un hôte sans son démon, c'est parce que le démon était illégal et qu'il a été exorcisé. Comme les démons illégaux se fichent généralement de leur hôte, ils n'en prennent pas soin. C'est pour cette raison que les hôtes sont dans un tel état après que leur démon les a quittés.

Je me rappelai que nous n'étions pas seuls dans la pièce. Brian s'était effondré dans un fauteuil, le visage vert. Andy était toujours debout, s'étreignant comme s'il avait froid. J'observai mon frère tout en poursuivant ma discussion avec Adam.

— Alors Andy a été en état de catatonie parce que Raphael l'a maltraité ?

— D'après moi, oui. (Il sourit.) Adam va m'en vouloir de t'avoir parlé de ça. Les humains ne sont pas censés connaître ces secrets parce qu'alors ils sauraient que même les démons légaux peuvent ne pas être purs. Il me l'a confié pour que je ne m'inquiète pas pour Dom.

Je secouai la tête, troublée.

— Adam va t'en vouloir ? Tu ne veux pas plutôt dire ton démon ?

— Adam est mon démon. Comme il m'en a informé dès qu'il m'a possédé, Adam est un nom très courant chez les démons masculins.

Dominic gémit faiblement, mais ses yeux étaient toujours clos. Je me mordis la lèvre.

— Est-ce qu'il va s'en sortir ?

Adam repoussa une boucle de cheveux du front de Dominic, un geste indéniablement tendre. Je me demandai si ce geste était à l'attention d'Adam ou de Dominic.

— Il va s'en sortir.

Ses yeux parcoururent le corps de Dominic et il éclata de rire.

Comme une abrutie, je suivis son regard et découvris que même inconscient, avec une plaie sanguinolente à la poitrine, Dominic arborait une érection très enthousiaste.

— Je dirais même qu'Adam s'assure qu'ils prennent plaisir tous les deux au processus de guérison.

Adam est fort, même sans son démon. Il n'eut aucun mal à soulever Dom et à le porter à l'étage dans la chambre. Andy, Brian et moi restâmes dans le salon avec le corps du docteur Neely.

— Bon sang, que s'est-il passé ? demandai-je sans m'adresser à qui que ce soit en particulier.

— Le coup de téléphone que j'ai reçu, répondit Andy. C'était Raphael. On lui a donné l'ordre de prendre un nouvel hôte afin que *der Jäger* puisse posséder le docteur Neely pour ce rendez-vous.

— Pourquoi as-tu dit à Neely que tu m'avais tout raconté ?

— C'est ce que Raphael m'a dit de lui dire. Il m'a assuré que *der Jäger* s'en ficherait et que je pourrais utiliser sa réaction comme excuse pour comprendre que ce n'était pas Raphael… tout en permettant à Raphael de garder sa couverture.

C'était flippant, d'une logique perverse, mais ça se tenait.

— Et comment Dominic a-t-il fini par se faire tirer dessus ?

— Quand tu as écrasé le pied de Neely, Adam a tiré, mais a manqué sa cible. J'ai essayé de garder Dominic et Brian à l'écart de la ligne de mire mais je n'ai pas eu assez de force. Dom a été touché.

Puis Adam avait tiré une deuxième fois et avait tué Neely. En me rappelant combien les deux coups avaient été rapprochés, j'eus la nausée. Nous avions eu de la chance qu'Adam soit un démon, parce qu'un humain aurait été sous le choc pendant une ou deux secondes après avoir tiré sur son amant et le *Jäger* aurait eu le temps de récupérer.

Le silence s'était réinstallé quand Adam descendit.

— Comment va-t-il ? demandai-je.

— Il se repose confortablement, m'assura Adam.

Je regardai le corps du docteur Neely.

— Et que va-t-on faire de lui ?

— Je vais m'en occuper. (Il avait l'air sinistre.) Je sais où Adam cache les corps.

Je secouai la tête.

— Fais-moi plaisir et appelle-le « mon démon ». C'est trop bizarre de t'entendre parler d'Adam.

— Ça ne t'est jamais arrivé de connaître deux personnes qui portent le même prénom ? demanda-t-il avec un sourire très adamesque.

Je décidai de laisser tomber, ce n'était pas important. Bien sûr, en considérant que ce qui importait maintenant était de disposer d'un cadavre, j'aurais préféré qu'on en reste aux sujets futiles.

La bonne nouvelle c'était que, pour le moment, *der Jäger* ne parcourait plus la Plaine des mortels. Mais j'aurais aimé savoir combien de temps cela durerait.

Chapitre 19

Sans surprise, la police nous rendit très vite une petite visite. On avait entendu des coups de feu dans le quartier mais quand Adam expliqua qu'il s'agissait d'une voiture qui avait eu un raté, les flics le crurent. Après tout, il était flic lui aussi. C'est pratique parfois.

Adam transporta le corps à la cave pendant qu'Andy et moi nettoyions au mieux le sang sur le sol. Brian était toujours assis dans un fauteuil, l'air malade et choqué. Il n'avait pas levé les yeux ni même cligné des paupières – d'après ce que j'en avais vu – quand les policiers s'étaient présentés à la porte. J'aurais aimé savoir quoi lui dire. Tout ce qui me vint à l'esprit fut un truc du genre « Bienvenue dans mon monde », mais c'était sans doute indélicat.

Je remarquai avec un frisson que mes mains ne tremblaient pas et que je ne ressentais pas le besoin de vomir. Je nettoyais du sang sur le sol pendant qu'Adam cachait le cadavre d'un homme qu'il venait juste de tuer et j'acceptais tout ça sans sourciller. Voilà qui était effrayant. J'aurais dû être dans le même état que Brian.

Pendant un moment, il n'y eut pas d'autre bruit que celui de l'eau répandue et du frottement du balai-brosse sur la moquette. Cette dernière me semblait irrécupérable. On pourrait enlever la majeure partie du sang mais il resterait toujours une tache importante, une fois la besogne finie. Appeler un professionnel du nettoyage de moquette n'était pas vraiment envisageable. Je continuai à frotter.

— Pourquoi n'appelle-t-on pas la police ? demanda finalement Brian.

Je levai les yeux de ma brosse pour constater que son visage avait repris un peu de couleurs et qu'une étincelle d'intelligence était réapparue dans son regard. Je n'étais pas certaine de pouvoir considérer ce changement comme un progrès. Brian est un citoyen très respectueux des lois et je craignais d'avoir à batailler pour l'empêcher d'aller tout raconter aux flics.

— Adam est policier, dis-je en essayant de gagner du temps pour trouver quoi répondre d'autre.

Brian acquiesça.

— Et si je comprends bien, il est en train de cacher le corps d'un homme qu'il vient juste de tuer. Bon sang, mais qu'est-ce qui se passe ?

Je soupirai. Près de moi, Andy, nous ignorant soigneusement, brossait toujours comme s'il ne pouvait entendre notre discussion.

— Il y a une raison pour que je te garde à l'écart de tout ça, lui dis-je. C'est... compliqué. Et nous ne pouvons nous permettre que la police s'en mêle.

J'avais déjà bien assez de mal à répondre aux questions de Brian, je m'imaginais mal expliquer tout cela à la police. Pas sans attirer l'attention sur nous et sans rendre nos vies plus compliquées qu'elles l'étaient déjà. Vu le déchaînement de violence dont j'avais été le centre quand Lugh avait pris le contrôle de mon corps la première fois, la police m'avait déjà peut-être mise sur une sorte de liste secrète de surveillance.

— Ce n'est pas une explication suffisante, répondit durement Brian. Arrête de me tenir à l'écart et dis-moi ce qui se passe ! J'ai fait de mon mieux pour m'écraser jusqu'à présent mais je ne vais pas rester assis tranquillement et être témoin d'un meurtre sans rien faire !

Ouais, son visage reprenait des couleurs, c'était sûr. Il prenait une teinte peu attirante de rouge.

— Sans parler du fait que Dominic est maintenant possédé par un démon illégal ! Est-ce que tu as conscience du nombre de lois que ce démon a déjà enfreintes ?

J'avais été tellement soulagée que Dominic ne meure pas que je n'y avais même pas songé. En plus du fait que Dominic n'avait pas signé tous les documents adéquats de consentement, le transfert de peau à peau était strictement interdit, quelle que soit la raison. Cela rassurait le grand public, bien que de nombreux groupes de plaidoyer en faveur des malades et des mourants combattent continuellement la loi devant les tribunaux. Ils n'étaient pas près de remporter cette bataille. J'étais loin d'être la seule personne à ne pas apprécier les démons en règle générale.

— Je préfère enfreindre la loi que de laisser Dominic mourir, dis-je en haussant le ton. (Je m'étais bien comportée jusque-là mais quelque chose en moi venait de claquer.) Et il n'aurait pas été blessé si vous n'étiez pas descendus en courant comme des abrutis de machos ! À quoi donc pensais-tu ?

Brian se leva en repoussant le fauteuil. Comme je n'avais aucune envie de me disputer avec lui à genoux, une brosse à la main, je me levai moi aussi.

— Bordel, on a entendu des coups de feu ! cria Brian en me dominant tout en empiétant sur mon espace personnel.

Je tressaillis, je n'étais pas habituée à une telle grossièreté de la part de Brian.

— Qu'est-ce qu'on était supposés faire ? poursuivit-il. Nous planquer à l'étage comme des fillettes ?

— Oui ! répondis-je, en le poussant au niveau du torse sans aucune raison valable. Vous auriez dû rester à l'étage comme nous vous l'avions dit. Vous auriez pu vous faire tuer tous les deux.

— Comme vous trois !

— Au moins deux d'entre nous ont un démon qui aurait pu nous guérir, ce n'est pas comme… Je ne me rendis compte de ce que je venais de dire que lorsque je vis Brian écarquiller les yeux sous le choc. Je me repassai mes propos dans ma tête et mon visage se vida de tout son sang.

Brian regarda Andy qui avait cessé de faire semblant de brosser la moquette.

— Je croyais… (Brian secoua la tête.) Ton démon t'a quitté ! Ou bien as-tu fait semblant d'être en état de catatonie pendant toutes ces semaines ?

— Non, je ne suis plus possédé, répondit Andy sans tenir compte de mon regard suppliant.

Je déglutis, mon cœur battait dans ma gorge et Brian me regardait avec horreur. Je le vis lutter pour trouver les mots, sans y parvenir. Et je sus que peu importait combien je voulais le protéger de la vérité, je n'avais aucun moyen de la dissimuler plus longtemps. Merci mon foutu inconscient !

— Oui, Brian, dis-je. Je suis possédée. Mais tout cela est très étrange. Mon démon est comme qui dirait… caché. Il ne semble pas être capable de prendre le contrôle sauf quand je dors. C'est un bon démon, mais beaucoup d'autres voudraient le voir mort. (Je laissai échapper un long et lent soupir.) Je ne voulais pas te le dire. Je ne voulais pas que tu te retrouves au milieu de tout ça. Ma vie ne m'appartient plus vraiment.

Brian essayait de digérer ce que je venais de lui dire. En vain. Je n'avais pas tout avoué mais, vu le regard vitreux qu'il m'adressait, c'était mieux ainsi.

Quelle idiote. Chaque fois que j'avais envisagé – puis rejeté – l'idée de lui confier la vérité, j'avais toujours pensé que cela ne ferait que le traîner au beau milieu d'une guerre civile de démons. Cela ne m'avait pas effleuré l'esprit qu'il pouvait écouter ce que j'avais à dire et décider qu'il n'avait plus rien à faire avec moi. C'était pourtant ce que l'expression de son visage suggérait.

— C'est beaucoup à digérer, je sais, dis-je aussi doucement que possible. Tu peux peut-être prendre le temps de savoir ce que tu en penses ou ce que tu ressens. Tu devrais être en sécurité, du moins pour le moment. Peut-être devrais-tu rentrer chez toi et passer une bonne nuit. On peut en reparler demain et je répondrai à toutes tes questions. (Bien sûr, je choisirais quelle question et de quelle manière j'y répondrais.) Je ne te demande qu'une chose ce soir, n'appelle pas la police. Et ne parle à personne de tout ça.

— Tu ne me demandes qu'une chose ? répéta-t-il avec un rire amer. Tu me demandes d'être complice d'un meurtre.

— Je te demande de me faire confiance. Tu sais ce que je pense des démons. Mais celui-ci, dis-je en tapotant ma poitrine, il faut que je le protège. Je t'en prie.

Il y réfléchit pendant ce qui me sembla prendre douze heures, puis acquiesça. Il me considéra de son regard le plus froid et le plus implacable.

— Je ne vais pas appeler la police. Et je ne dirai à personne que tu es possédée. Du moins pour le moment. Tu as raison, j'ai besoin d'un temps de réflexion. Alors je vais rentrer chez moi et je vais réfléchir. Et demain, nous parlerons. Et, Morgane, il vaudra mieux que tes réponses me conviennent.

Je détestai son regard. Je détestai la douleur qui battait dans ma poitrine et les larmes qui me piquaient les yeux.

Nous sursautâmes tous quand Adam s'éclaircit la voix sur le seuil de la cave. Il se tenait entre Brian et la porte d'entrée et, bien qu'il essayât de paraître détendu, sa main planait au-dessus de son arme.

— Hum, vous croyez vraiment que c'est une bonne idée ? demanda-t-il, le regard passant de Brian à moi.

Les cheveux de ma nuque se redressèrent. Je n'aimais pas beaucoup Adam le démon mais je ne savais rien du tout d'Adam en tant qu'humain. Était-il aussi pénible que son démon ? Il n'avait pas l'expression dure et effrayante qu'Adam affichait souvent… mais sa main était très proche de son arme.

L'air désinvolte, je m'avançai pour me positionner dans sa ligne de mire. Le léger haussement de sourcils d'Adam me prouva que je n'avais pas été aussi discrète que je l'avais pensé.

— Si Brian dit qu'il va garder ça pour lui, c'est qu'il le fera, dis-je. Il n'est pas du genre à ne pas tenir parole.

Adam rumina cette déclaration.

— Ad… mon démon ne le laisserait pas partir d'ici. Tu le sais.

J'acquiesçai lentement, il n'était pas question de ce qu'Adam le démon aurait fait.

— Mais il est occupé en ce moment et tu es responsable. Brian est un témoin innocent et il a donné sa parole. J'ai plus à perdre que n'importe qui d'autre. On peut me brûler vive si je me trompe. Je lui fais confiance, il tiendra promesse.

Adam grimaça.

— Eh bien. Mon démon va m'enguirlander.

Il éloigna sa main de l'arme et il s'écarta afin de laisser le passage à Brian.

Brian n'adressa pas un mot à qui que ce soit. Après avoir jeté un dernier regard sur les taches de sang qui maculaient la moquette, il fila droit vers la porte d'entrée et la claqua derrière lui.

Nous finîmes de nettoyer la moquette en parlant le moins possible. Adam versa un détergent enzymatique sur les taches tenaces en nous jurant qu'avec ce produit la moquette serait comme neuve. Je ne voulais pas savoir comment il pouvait être aussi sûr de son coup.

— Bien, dit Adam quand nous eûmes fini. Je ne sais pas pour vous mais moi, je prendrais bien un remontant après toute cette histoire.

— Merci, dit Andy, mais si ça ne vous dérange pas, j'aimerais rentrer à la maison. J'en ai ma claque.

Ses mains tremblaient et je dus lutter contre une irrésistible envie de le prendre dans mes bras pour lui assurer que tout se passerait bien. Je jetai un regard nerveux en direction du plafond, puis vers Adam.

— Tu crois que Dom peut rester seul pendant que tu nous ramènes à l'appartement ?

Andy devança la réponse d'Adam.

— Je vais appeler un taxi. Et je retourne chez moi. *Der Jäger* est hors course, du moins pour le moment, et je veux profiter de ce sursis.

Je fronçai les sourcils.

— Oui, mais tu habitais avec moi à cause de Raphael et pas du *Jäger*.

Andy se rembrunit.

— Je ne vais pas passer le restant de mes jours à me cacher. Je suis plus fort maintenant et je peux me débrouiller tout seul.

— Andy…

— Tu as oublié la conversation qu'on a eue plus tôt ?

Ces mots me frappèrent comme une gifle. Je suppose que je m'étais autorisée à oublier. Si la situation avait été inversée, je ne pense pas que j'aurais souhaité rentrer chez mon frère, moi non plus.

— Je comprends pourquoi tu as agi ainsi, poursuivit Andy, mais cela ne veut pas dire que je te pardonne.

Et lui aussi partit en colère. Une fois encore, les yeux me brûlèrent. Je déteste pleurer et je le fais le moins possible. Mais, là, je ne désirais qu'une chose, enfouir mon visage dans l'épaule de quelqu'un et pleurer toutes les larmes de mon corps.

Je sursautai quand Adam me donna une tape dans le dos.

— Allez, dit-il. Assieds-toi, je vais te servir un verre.

— Je devrais rentrer chez moi, répondis-je d'une voix rauque, mais je cédai quand il me poussa vers le canapé.

Adam disparut dans la cuisine. Quelques minutes plus tard, j'entendis le gémissement distinct de la machine à expresso. Ce n'était pas le genre de boisson auquel je m'étais attendue mais c'était probablement mieux à long terme. J'apprécie quelques cocktails fruités et frou-frou dans lesquels on ne sent pas le goût de l'alcool et je peux avaler un rhum-coca en cas d'urgence, mais je pensais qu'il allait m'offrir une boisson bien virile comme un *scotch on the rocks*. Je me sentais assez mal pour m'obliger à le boire sans pour autant l'apprécier.

Il revint bientôt avec deux mugs fumants. L'arôme légèrement amer de l'expresso se mélangeait au parfum doux de la noisette. Il posa les deux tasses et je vis qu'il avait ajouté du lait dans mon café alors que le sien était noir. Entourant le mug de mes mains, j'inspirai profondément.

— Expresso à la noisette, c'est ça ? demandai-je. Je ne savais pas que cela existait.

Il sourit en prenant sa tasse.

— Ça n'existe pas. Je t'ai relevé ton café avec du frangelico. Je sais que tu n'aimes pas trop les alcools forts, mais celui-ci est assez doux pour que tu puisses le boire.

Je clignai des yeux.

— Tu connais mes goûts en matière de boisson ?

Il but une gorgée de café.

— Je sais tout ce qu'Adam… euh, mon démon sait de toi. Il ne me bloque quasiment jamais.

Je sirotai aussi mon café. Il avait raison, la liqueur était tellement douce et l'expresso si fort que je sentais à peine le goût de l'alcool.

— C'est vraiment bon.

— Merci. Mais bois-le lentement ou cela va te faire tourner la tête.

Pendant un bon quart d'heure, nous restâmes assis sur le canapé à partager un silence agréable et à siroter nos cafés. Je ne sentais pas le goût de l'alcool, mais j'en percevais sans aucun doute les effets relaxants. Je me demandai quelle dose de frangelico il avait mis dans ma tasse avant de décréter que je ne voulais pas savoir.

— Est-ce qu'il y a des questions que tu souhaites me poser pendant que mon démon n'est pas dans le coin ? demanda Adam.

D'ordinaire, je parviens à bâillonner ma curiosité à propos d'Adam et de tout ce qui a trait aux démons. Mais soit j'avais réellement besoin de croire à une illusion d'amitié, soit la liqueur m'avait ramollie plus que je le pensais, car, cette fois, je cédai à la tentation.

— Ouais. Si ça ne te dérange pas de parler.

Il s'installa plus confortablement dans le canapé.

— Pas du tout. J'ai environ vingt-quatre heures sabbatiques. J'aimerais en profiter.

— Est-ce que tu veux qu'il revienne en toi ? demandai-je avant de réfléchir à une question plus appropriée.

Adam sourit.

— Oui, je veux qu'il revienne. Nous formons une sacrée bonne équipe.

— Alors tu l'apprécies vraiment ? demandai-je, l'air incrédule, même à mes propres oreilles.

Adam regardait le contenu de sa tasse en le faisant tourner d'un air absent.

— Je le connais depuis beaucoup plus longtemps et beaucoup plus que toi. Je ne suis pas toujours d'accord avec ses méthodes et je sais qu'il pourrait améliorer son relationnel parfois, mais c'est vraiment un type bien. Alors oui, je l'apprécie.

— Même s'il ne te bloque presque jamais ? Ce qui, en passant, n'est pas la même chose que jamais.

Il haussa les épaules.

— Il se comporte parfois en abruti. Mais moi aussi. La seule fois où il m'a bloqué pendant un temps assez long, c'est quand tu as dit à Dominic que Saul n'était pas mort.

Je grimaçai. Cela n'avait pas été un de mes grands moments de diplomatie. La plupart des humains pensent que les démons meurent quand ils sont exorcisés. Quand j'ai pratiqué l'exorcisme sur Dominic – dont le démon, Saul, avait été la victime d'une accusation bidon – Dom avait fait son deuil. Parce que c'était aller contre la loi des démons que de lui dire la vérité, ni Adam ni Saul ne lui avaient confié que l'exorcisme ne ferait que renvoyer son démon dans le Royaume des démons sans le tuer. Je lui avais déballé la vérité à un moment inapproprié et j'avais été à l'origine d'un conflit dans leur relation.

Ce soir-là, Adam avait demandé à Dom de le fouetter pour faire pénitence et l'expérience n'avait en aucun cas été une partie de plaisir. Pire, Adam avait refusé de soigner ses blessures.

— Je lui ai dit qu'il était un imbécile, poursuivit Adam, et qu'il devait se soigner.

Je dus avoir l'air horrifié parce qu'il se hâta de me rassurer.

— Je n'ai rien senti. Ce n'était pas moi qu'il punissait, mais lui. Peu importe, il voulait se complaire et ne voulait pas entendre mon avis, alors il m'a bloqué jusqu'à ce que tu le ramènes à la raison.

Ce qui restait dans mon mug était tout au plus tiède, mais j'en bus tout de même une gorgée.

— Tu savais que Saul n'était pas mort ?

Un des coins de la bouche d'Adam se crispa, à peine une fraction de seconde.

— Non. Adam laisse passer de temps à autre des informations que je ne suis pas censé connaître, mais celle-ci n'en faisait pas partie. Je lui en aurais certainement voulu s'il ne s'était pas senti aussi mal pour Dom. (Il fit courir son pouce sur le tour de sa tasse et soupira.) Peut-être que j'étais en colère contre lui et que c'est pour cette raison qu'il m'a bloqué. Il est trop loyal envers Lugh pour enfreindre la loi des démons. Je le comprends et l'accepte.

— Qu'est-ce que ça fait ? D'être bloqué ?

Il se pencha en avant pour poser son mug sur la table mais je crois que c'était plus pour éviter de croiser mon regard.

— Ce n'était pas amusant. (Il se frotta les mains.) C'est comme se retrouver au fond d'une oubliette très noire et très profonde. S'il n'était pas réapparu de temps en temps pour m'assurer qu'il ne m'avait pas oublié… (Il frissonna.) Je peux comprendre que ton frère ait du mal à se retrouver si Raphael lui a fait endurer cela pendant de longues périodes.

Je secouai la tête.

— Et pourtant tu veux que ton démon revienne en toi ?

Il chassa l'expression troublée de son visage.

— Il m'a bloqué pendant environ douze heures. Et même pendant que j'étais bloqué, il s'est assuré de me faire comprendre que c'était temporaire. Dans le grand ordre de l'univers, ça ne vaut pas le coup d'en faire une histoire.

Peut-être pour lui. Pour moi, ça tenait de l'enfer sur Terre. Je soupirai.

— Je suppose que je ne comprendrai jamais.

Être complètement sous le contrôle de quelqu'un… j'avais déjà du mal à accepter que Lugh contrôle mes rêves. Je ne pouvais imaginer ce que cela devait faire d'être impuissante vingt-quatre heures sur vingt-quatre en sachant que c'était pour le restant de mes jours. Je ne pouvais imaginer accepter de subir tout ça.

Adam haussa les épaules.

— Peut-être pas. J'ai su toute ma vie que j'hébergerais un jour un démon. Adam et moi sommes extrêmement compatibles. Tout cela est vraiment très… confortable pour moi.

Je réprimai un frisson.

— Alors cela ne te gêne pas qu'il utilise ton corps pour torturer des gens ? Ou pour les tuer ? Ou, bon sang, pour faire du mal à Dominic ?

— Il ne fait rien à Dom que Dom ne veuille. Dom était dans ce trip avant de devenir hôte.

Il évitait la partie importante de ma question. C'était malgré tout une réponse. Il devait lui arriver de se révolter contre les méthodes de son démon mais sa protestation était superficielle.

— Et toi ? demandai-je.

Bon sang, je venais de demander à un parfait inconnu s'il avait des pratiques SM ! Rebelote pour le rougissement et le regard fuyant. Adam gloussa.

— J'invoque le 5e amendement pour cette question. Tu veux savoir autre chose ?

Je voulais répondre « Non », vraiment, je le voulais, au lieu de quoi je demandai :

— Est-ce qu'il me déteste ?

Note à mon attention : en cas de traumatisme et de manque de sommeil, ne jamais avoir de grandes conversations quand on a bu des quantités indéterminées de frangelico.

Adam ne répondit pas tout de suite, ce qui me permit d'espérer brièvement qu'il allait ignorer la question. Pas de chance.

— Est-ce que tu le détestes ? rétorqua-t-il.

Je croisai son regard curieux et ne trouvai pas la voix pour répondre. Je n'aimais pas Adam le démon. C'était un connard de première classe à la moralité plus que douteuse. Pourtant, dans des moments de faiblesse, je m'étais surprise à le désirer. Cela voulait-il dire que je ne le détestais pas ?

— Je crois qu'il est temps pour moi de rentrer et de piquer un roupillon, dis-je au lieu de répondre à la question d'Adam.

Chapitre 20

Je rentrai chez moi, légèrement remontée en caféine, en adrénaline et en alcool. Je ne souhaitais qu'une chose, m'effondrer sur mon lit pour dormir paisiblement pendant une semaine ou deux. Pourtant, je ne fus pas du tout surprise que mon souhait ne se réalise pas.

Malgré la caféine et l'adrénaline, je crois que j'ai dû m'endormir à la minute où ma tête toucha l'oreiller, mais je me « réveillai », comme je le dis, presque aussitôt dans le salon de Lugh. Il avait ajouté une imposante cheminée dans laquelle un feu craquait joyeusement et le mobilier avait été arrangé de manière que le foyer soit le point central de la pièce. Un châle délicieusement doux était drapé autour de mes épaules et mes pieds nus étaient posés sur une ottomane afin de profiter du mieux possible de la chaleur du feu. Je respirai profondément, aspirant l'odeur du feu de bois, du cuir et de Lugh.

Il était assis près de moi sur le canapé, son corps comme une seconde source de chaleur se répandant dans tous mes pores et détendant mes muscles crispés. Mes lèvres se retroussèrent en un sourire niais et je savourai la douce surcharge sensorielle de mon rêve. Un recoin vaguement paranoïaque de mon cerveau me murmura que j'étais trop détendue, que je ne devais pas me sentir aussi à l'aise avec Lugh près de moi. C'était la première fois que cela m'arrivait. Pourtant je rétorquai à cette partie de mon cerveau de la mettre en veilleuse. C'était agréable et, bon sang, je méritais de me sentir bien, ne serait-ce qu'un petit moment.

Je laissai mes paupières se fermer, en souriant toujours faiblement. Les doigts de Lugh parcouraient mon visage et me caressaient du front au menton. Le cuir de sa veste craquait et même ce bruit était apaisant. Soupirant, je tournai mon visage vers sa caresse, mon corps encore plus détendu.

— C'est bien, murmura Lugh dans mon oreille, son souffle me réchauffant la peau. Laisse-toi aller. Ne pense pas. Contente-toi de sentir.

La voix agaçante dans mon cerveau me susurra : « Il prépare quelque chose. » Une fois encore, je l'ignorai. S'il préparait quelque chose, je ne voulais pas le savoir.

Ses doigts forts et chauds se glissèrent sur ma nuque, s'immisçant entre les muscles tendus pour défaire les nœuds que je ne savais même pas avoir. Je chantonnai d'aise. J'étais tellement bien que je ne pensai même pas à protester quand il déposa un baiser tendre sur ma tempe.

— Qu'est-ce que ça te fait ? demanda-t-il.

Je n'avais plus assez de cellules du cerveau en état de fonctionnement pour former des mots. J'émis un autre fredonnement de plaisir incohérent.

— Ici, avec moi, tu es toujours en sécurité, dit-il de sa voix de crooner. Toujours protégée. Toujours adorée.

Mon corps était lourd, mes membres si engourdis qu'il me semblait insurmontable de bouger ne serait-ce d'un centimètre. S'il était possible de s'endormir alors qu'on dormait déjà, je crois que c'est ce qui était en train de se produire.

— Personne, rien ne peut te faire du mal ici, poursuivit-il. Pas même ton passé. Tu me crois ?

Je ne pus rassembler la force de répondre quoi que ce soit, mais il avait dû percevoir mon approbation.

— Plus tôt aujourd'hui, dit-il d'une voix qui était à présent tellement basse qu'elle était hypnotique, tu as commencé à te souvenir de quelque chose. Quelque chose de ton séjour au Cercle de guérison.

Un frisson me traversa et mes muscles se tendirent. Lugh se rapprocha de moi sur le canapé, son bras autour de mes épaules, son corps collé au mien tandis qu'il couvrait ma joue de sa paume.

— Tu es en sécurité avec moi, me répéta-t-il. Les souvenirs ne peuvent pas te faire du mal. Je ne les laisserai pas te faire du mal.

Je frissonnai encore. Cet agaçant petit coin de mon cerveau essayait de s'échapper du halo de chaleur qui m'entourait. Mais j'étais trop partie, trop profondément sous son charme, pour trouver la force de lutter. Je respirai son parfum et le frisson m'abandonna.

— Laisse-toi te souvenir, me pressa Lugh. Laisse-toi voir.

J'étais allongée dans mon lit d'hôpital, prise de tremblements et d'une nausée, tandis que mon nouveau médecin était assis près de moi. J'avais une trouille de tous les diables, je me sentais si mal et je ne savais pas ce qui m'arrivait. Je n'avais jamais été hospitalisée auparavant et je voulais sortir de cet endroit. Maintenant. Mais j'étais si malade que je me doutais bien que cela n'allait pas être possible.

Mes parents, main dans la main, se tenaient à l'autre bout de la chambre. Mon père avait l'air sinistre. Ma mère avait l'air… coupable. Je n'aurais su quoi penser de cette expression sur son visage à cette époque mais, maintenant que je regardais mon propre souvenir avec une distance étrange, je savais exactement ce dont j'étais témoin.

Le docteur Neely me dit que j'étais très malade. Si je ne prenais pas le traitement adéquat, j'allais mourir. Il injecta quelque chose dans la perfusion qui s'écoulait dans ma veine et ma vision se brouilla. Ma mère me dit de ne pas avoir peur, que tout allait bien se passer.

Ensuite, je n'étais plus dans ma chambre. Cette nouvelle pièce était froide et stérile, avec des murs blancs d'hôpital et beaucoup d'acier inoxydable. Ce devait être une salle d'opération. J'étais attachée à la table. Mes entraves étaient si serrées que je pouvais à peine bouger. J'essayai de me débattre mais j'étais encore trop droguée pour être capable d'un effort valable.

Deux hommes se tenaient près de la table. L'un d'eux était le docteur Neely. L'autre était Bradley Cooper. Ils portaient tous les deux des masques de chirurgien. Je n'aurais pas reconnu Cooper à ses yeux s'il n'avait pas parlé.

— Morgane, dit-il en se penchant au-dessus de moi. J'aimerais que tu répètes ces mots après moi.

Il prononça quelque chose qui me sembla être une suite de syllabes dénuée de sens. Je pense que c'était du latin, mais je ne me rappelais pas assez précisément des sons pour en être certaine.

Je ne comprenais pas ce qu'il me demandait de répéter ni pour quelle raison. Mais j'étais déjà une rebelle et je n'étais pas disposée à m'exécuter docilement.

— Pourquoi ? haletai-je, ma bouche sèche et emplie d'un goût amer.

— Contente-toi de répéter, m'ordonna Cooper avant de reprendre sa litanie.

— Non, dis-je quand il eut fini.

Les mâchoires crispées, j'adressai un regard implorant au docteur Neely.

— Qu'est-ce qui se passe ? Pourquoi je suis attachée ?

— Ce ne sont que des mots, me dit le docteur Neely pour m'apaiser. Cela ne peut pas te faire de mal de les répéter.

J'avais beau avoir treize ans, je n'étais pas une marionnette. Même l'esprit embrumé de drogues inconnues, je savais que cela n'avait rien à voir avec le traitement normal administré à un malade. Je refusais de faire ce qu'ils me demandaient, bien que leurs demandes se fassent plus véhémentes. Je commençais à soupçonner à quoi correspondaient ces mots. Je n'avais jamais assisté à une cérémonie de possession – seuls les membres de la Société de l'esprit y étaient autorisés – mais je savais que cela consistait à répéter une incantation rituelle.

Je m'enfonçais dans ma mémoire, sentant la terreur qui m'avait submergée quand j'avais compris ce qu'ils tentaient de faire, mais quelque chose – Lugh, probablement – me retint et me garda en surface. Je regardais mais ne sentais rien. Je continuais à me souvenir : comme je m'étais entêtée à refuser de répéter leur incantation, ils avaient essayé les électrochocs. Je l'avais supporté aussi longtemps que possible, mais j'avais treize ans. J'étais déjà dure à cette époque, pourtant pas assez pour surmonter la torture. Sanglotant de douleur et à cause de la défaite, j'avais répété trois fois de suite les mots qu'ils m'avaient récités, comme le rituel le requérait. Et rien ne s'était passé.

Ils m'avaient obligée à réessayer. Encore et encore. Mais ça n'avait toujours pas fonctionné.

Ils m'avaient alors renvoyée dans ma chambre, où j'avais encore passé un moment dans un brouillard drogué. Mon esprit s'était éclairci de nouveau quand je me retrouvai dans la salle d'opération. Cooper et Neely étaient là, accompagnés d'un inconnu.

J'étais toujours soigneusement attachée. Quand le troisième homme m'attrapa le poignet de sa main nue, je ne pus rien faire pour me libérer de son emprise. Il resta juste là, près de moi, mon poignet dans sa main, me fusillant du regard.

C'est alors que je sentis. Une sensation de picotement à l'endroit où il me tenait. Un picotement qui se transforma en brûlure. Une brûlure qui se transforma en douleur. Je hurlai mais il ne me lâcha pas et la douleur ne fit qu'empirer. Pire que la douleur, cette sensation terrible, rampante, visqueuse qui l'accompagnait. Ce n'était pas une sensation physique, juste viscérale. Comme si quelque chose de sale – non, d'infect – s'infiltrait sous ma peau, pénétrait ma chair et se répandait dans mes veines.

Je criai à m'en casser la voix tandis que cette saloperie rampante, épaisse et sale envahissait mon système. Cette chose m'entourait, me collait à la peau comme des toiles d'araignée liquides, puis s'efforçait de trouver son chemin en moi. Elle se glissait dans ma bouche et m'étouffait. Elle se répandait dans mes oreilles, me rendant sourde à mes propres cris. Elle me pénétrait en d'autres endroits également, mais mon esprit battit brusquement en retraite quand ce souvenir tenta d'émerger.

Le démon utilisa tous les moyens imaginables pour briser mes défenses, pour trouver une faille dans mon armure. Peu importèrent les efforts mis en œuvre, il ne put trouver de faille et dut finalement abandonner.

Je haletais. Mon cœur cognait dans mon thorax comme s'il essayait de s'échapper de ma poitrine. Je fus prise d'une nausée mais je ne pouvais détourner assez la tête et j'avais peur que ces salopards me laissent m'étouffer. Je déglutissais convulsivement pour éviter de vomir.

Le démon qui avait essayé de me posséder secoua la tête avant de se tourner vers Cooper.

—Je n'y arrive pas, admit-il. Mais peut-être qu'un démon royal le pourrait. Nous devrions demander à Raphael d'essayer.

—Je ne pense pas que Raphael ait envie de posséder une fille de treize ans, répondit Cooper.

Le démon haussa les épaules.

—Il n'a pas besoin de rester en elle. Juste de voir s'il peut la posséder.

Mais Cooper secoua la tête.

—Elle n'a pas assez des qualités de son père pour que cela vaille la peine, si seul un démon royal peut la posséder. Je crains que cette piste soit un cul-de-sac.

Allongée sur la table, à peine consciente, tremblant et frissonnant, je luttais contre la nausée. Plus jamais je ne me sentirais propre.

Le démon se tourna vers moi avec un sourire désagréable.

— Quel dommage, dit-il.

Puis il me pinça le nez tandis que son autre main couvrait ma bouche.

— Non, dit calmement Cooper alors que la panique s'emparait de moi et que je me débattais avec le peu de force qu'il me restait.

— Et pourquoi ? demanda le démon. (De toute évidence, étouffer une enfant ne lui posait aucun problème.) On ne peut pas se permettre qu'elle colporte des rumeurs.

Des taches lumineuses apparaissaient déjà devant mes yeux.

— Elle ne le fera pas, dit le docteur Neely. Avec toutes ces drogues, il est peu probable qu'elle se souvienne de quoi que ce soit. Et même si elle se rappelle quelque chose, nous pouvons toujours lui dire qu'il s'agit de cauchemars. Ce n'est pas comme si elle était en mesure de prouver quoi que ce soit.

— Je ne prendrais pas de tels risques, dit le démon.

L'obscurité s'immisçait à la périphérie de ma vision.

— La tuer, c'est prendre un risque énorme, contra Cooper. J'ai promis à ses parents qu'on ne lui ferait pas de mal. Si elle meurt, ils pourraient faire un esclandre. Ils en savent assez pour nous créer des ennuis.

Le démon parut hésiter.

— Pourquoi ne demanderions-nous pas à Raphael ce qu'il compte faire d'elle ? suggéra Cooper. S'il veut qu'elle meure, on pourra toujours s'en occuper plus tard.

Avec un soupir qui semblait exprimer la déception, le démon libéra ma bouche et mon nez. J'aspirai plusieurs bouffées d'air avant de perdre connaissance.

Chapitre 21

Je revins à moi dans le salon de Lugh, le châle confortablement coincé sous le menton, tandis que le feu s'efforçait de disperser l'air froid. Frissonnant, je serrai le châle autour de moi en doutant d'être capable de retrouver un peu de chaleur.

En général, la colère me réchauffe bien, aussi j'essayai de rassembler une bonne dose d'indignation à l'intention de Lugh. Je ne savais pas exactement ce qu'il m'avait fait pour briser les murs de ma mémoire mais cela avait été un sale tour. Je me tournai pour l'affronter, prête à lui balancer quelques paroles bien senties, mais aucune ne me vint. Ma peau fourmillait toujours du souvenir du démon essayant de pénétrer en moi. Pas étonnant que la possession par un démon ait été mon pire cauchemar après ce petit épisode ! Et quelle ironie de découvrir que je devais apparemment la vie à Raphael. Si on m'avait posé la question plus tôt, j'aurais été prête à parier qu'il n'aurait pas hésité à tuer quelqu'un de potentiellement aussi dangereux que moi, même si je n'étais qu'une enfant. Et si mes parents avaient créé des ennuis, il aurait été capable de les éliminer eux aussi.

Lugh m'attira dans ses bras. J'étais trop mal et trop bouleversée pour résister. Son corps était un mur solide et protecteur de chaleur et il sentait délicieusement bon. Les yeux fermés, j'enfouis ma tête dans le creux de son épaule. Ses cheveux chatouillèrent ma joue quand il frotta son menton sur le haut de mon crâne.

—Espèce de salaud, marmonnai-je dans son épaule, et ses bras se resserrèrent autour de moi.

—Je suis désolé. Mais tes défenses étaient affaiblies. Je devais savoir ce qui t'était arrivé avant que tu les consolides de nouveau.

—Tu n'aurais pas dû me faire me souvenir de ça.

Mes paroles auraient certainement été plus convaincantes si je n'avais été blottie dans les bras de Lugh, mais j'avais trop besoin de réconfort pour m'écarter.

Il caressa mes cheveux, ma nuque, mon dos.

—J'ai fait ce que je devais faire. Et quoi que tu en penses, garder ce souvenir verrouillé et ne pas s'en soucier n'était pas le meilleur moyen de guérir.

Je secouai la tête.

—Alors tu as fait ça pour me guérir ? C'est ce que tu es en train de me dire ?

Son soupir empli de regret me fit me sentir puérile.

—Tu sais pourquoi je l'ai fait. (Prenant ma joue au creux de sa paume, il me repoussa légèrement afin de me regarder dans les yeux.) Ça va aller, m'assura-t-il en m'adressant un sourire tendre qui me réchauffa comme le feu ne pouvait le faire. Tu es plus forte que tu le crois.

Je fermai les yeux. C'était si facile de tomber sous son charme, de me laisser me détendre et de m'ouvrir en sa présence. Une partie de moi désirait se laisser aller complètement, s'en remettre entièrement à ses soins : cesser d'être toujours en état d'alerte et sur mes gardes. Pourtant, bien que l'idée me tenta, elle me fichait également une trouille de tous les diables. Mon expérience m'avait appris qu'on se fiait aux autres à ses risques et périls et j'étais déterminée à ne pas me mettre en danger.

Je commençai à m'écarter de lui, essayant de démêler mon corps du sien tout en recherchant la colère familière qui me faisait toujours efficacement office de bouclier. Mais il me serra plus fort contre lui, au point que je ne puisse plus bouger. J'ouvris les yeux d'un coup.

— Qu'est-ce que tu fais ? demandai-je dans un petit cri.

Ses lèvres sensuelles se courbèrent, mais il resta muet. Tenant l'arrière de ma tête, il pencha son visage vers le mien. Je compris qu'il avait l'intention de m'embrasser.

J'essayai de me dégager, plus vigoureusement cette fois. Mais son emprise était d'acier. S'il ne voulait pas que je bouge, je ne bougerais pas. À cette pensée, un frisson de peur me parcourut la colonne vertébrale. S'il y a bien une chose que je déteste, c'est me sentir impuissante.

Il était suspendu devant moi, ses lèvres à quelques centimètres des miennes, son parfum épicé unique submergeant mes sens, quand il passa une jambe par-dessus les miennes pour me maintenir encore plus fermement, accentuant le sentiment que j'étais piégée. Mon cœur battait maladroitement dans ma poitrine et mon souffle était court et rapide. J'avais la chair de poule. Je crois même que je tremblais.

Quand il parcourut cette dernière distance entre nous, quand ses lèvres touchèrent les miennes, je sentis un feu embraser mon bas-ventre. J'émis un bruit incohérent, moitié protestation, moitié plaisir, tandis qu'il déposait de légers baisers sur ma bouche. Je voulus lui demander de s'écarter de moi mais, quand j'ouvris la bouche, rien ne vint. Je tentai encore une fois d'échapper à son étreinte en me tortillant, mais en vain. Bien que cela paraisse complètement déplacé dans ce contexte, je fus violemment parcourue par une décharge d'excitation. Profitant de ce qui lui parut être une invitation, il glissa sa langue dans ma bouche.

Je continuais à lutter tandis qu'il goûtait l'intérieur de ma bouche à coups de langue tendres et délicats. Un gémissement empli de désir m'emplit la gorge. Si je voulais vraiment qu'il arrête, tout ce que j'avais à faire, c'était de fermer ma bouche. Bon sang, une dure à cuire comme moi ne devrait avoir aucun scrupule à lui mordre la langue pour lui faire passer le message. Après tout, ce n'était pas comme s'il avait vraiment un corps.

Mais je n'en fis rien.

Quand la langue de Lugh caressa la mienne, j'eus la sensation que tout mon corps allait fondre de plaisir. Il avait tellement bon goût que je craignais de ne jamais pouvoir m'en passer, de ne jamais me lasser de savourer ce bouquet de saveurs. Ses lèvres étaient douces et humides, son corps un cocon rassurant de chaleur qui m'entourait. Je m'abandonnai à son baiser, ma langue se mêlant à la sienne, mes dents mordillant ses lèvres.

Mon cerveau partit en vacances. J'oubliai le désordre qu'il avait amené dans ma vie. J'oubliai le traumatisme de l'enfance qu'il venait juste de me forcer à draguer des fonds de ma mémoire. J'oubliai qu'il avait pris le contrôle de mon corps pendant mon sommeil et m'avait trompée pour servir ses propres desseins. Je ne pensais qu'à la manière dont mon corps brûlait pour lui. Je me noyais dans le plaisir de son baiser, abandonnant une partie de moi-même dans le voyage.

Je ne sais combien de temps passa avant qu'il brise le baiser. Je pense que cela dura longtemps. Même si je ne pouvais ignorer son impressionnante érection avec sa jambe passée par-dessus les miennes, il n'essaya pas d'aller plus loin, encore moins de toucher au but... bien que je sois assez partie pour lui laisser faire n'importe quoi de moi.

Quand il me libéra, je miaulai de protestation. J'étais chaude et trempée, pleine d'un désir douloureux, et j'en voulais plus.

Il me sourit tendrement.

— Ça suffit pour maintenant, murmura-t-il. Tu me détesterais si j'en profitais.

J'étais prête à lui assurer le contraire. J'étais prête à dire n'importe quoi pour garder ses lèvres sur les miennes. Mais quand il me laissa de l'espace et la liberté de bouger, les cellules de mon cerveau se remirent à fonctionner et j'eus un mouvement de recul.

— Espèce de salopard! lançai-je avec plus de conviction que la fois précédente.

Il m'adressa un regard lourd de sens pour me rappeler combien j'avais apprécié ce baiser, que je le veuille ou non.

— Demain matin, dit-il, j'aimerais que tu t'arranges pour parler avec Raphael. Je ne sais ce qu'il dissimule mais il est temps qu'il le révèle au grand jour.

Je le laissai changer de sujet parce qu'en vérité, je ne souhaitais pas parler de la facilité – ni même y penser – avec laquelle je m'abandonnais à lui.

— D'après ce que j'en sais, tu pourrais être en train de l'appeler en ce moment, marmonnai-je d'un air revêche.

— Ça me semble difficile puisque je ne connais pas le numéro de téléphone de son nouvel hôte. Pourtant, Andrew doit l'avoir sur son portable.

— Oh.

— Si tu me laissais la possibilité de parler à Raphael… (Il me jeta un coup d'œil avant de hausser les épaules.) Je sais que tu n'es toujours pas à l'aise avec l'idée de me laisser prendre le contrôle, mais…

— Pas à l'aise est bien loin de décrire ce que je ressens !

Je me rappelai la description d'Adam jeté au fond d'une oubliette quand son démon ne voulait pas entendre parler de lui. Lugh était un type bien – pour un démon – mais je savais que s'il avait une bonne raison, il n'hésiterait pas à me faire vivre la même chose. Une raison supplémentaire pour ne jamais le laisser prendre le contrôle.

Lugh fit comme s'il n'avait pas entendu.

— Mais il est plus probable qu'il me parle à moi plutôt qu'à toi.

Je me rappelai de quelle manière Andy avait décrit la relation entre les deux frères et je doutais que Lugh ait raison sur ce point. Il était fort probable que Raphael refuse de parler à l'un de nous deux.

— Je ne te laisse pas prendre le contrôle, dis-je. Tu le sais déjà, alors ne perds pas ton temps à essayer de me convaincre.

Lugh secoua la tête, déçu.

— Ne crois-tu pas que cela se passerait mieux si tu me laissais prendre les commandes parfois ? Tant que tu es mon hôte, tu es en danger. Si les partisans de Dougal t'attaquent, n'aimerais-tu pas être capable de me laisser émerger pour que je te protège ?

Je croisai les bras sur la poitrine.

—Bien essayé, mais je ne marche pas. Nous avons déjà établi que j'étais en mesure de te laisser émerger en cas de grande urgence. (Par exemple, si une foule de fanatiques s'apprête à me brûler vive sur un bûcher.) Ce qui ne veut pas dire que je dois te laisser prendre le dessus le temps d'une foutue conversation.

—Tu te rappelles combien il m'a été difficile de prendre le contrôle ? demanda-t-il. Tu te rappelles que tu as manqué de peu d'être brûlée ? Si Raphael ne nous avait pas défiés, cela ne se serait peut-être pas produit. La prochaine fois que tu seras en danger, tu n'auras peut-être pas autant de temps.

Oh ! mais quelle idée charmante !

Il marquait un point, je le savais. Il pouvait me protéger comme jamais je n'aurais pu le faire moi-même. Mais le prix était juste trop cher à payer.

—Tu ne me fais toujours pas confiance, dit Lugh, l'air blessé.

Mon instinct m'intima de le rassurer, de panser la blessure dans sa voix. Même s'il n'avait pu lire tout ce que je ressentais, j'aurais étouffé cette pulsion. Il méritait que je sois honnête avec lui. Il l'avait gagné, du moins.

J'affrontai son regard et relevai le menton.

—Non, je ne te fais pas confiance. Pas à ce point. Je ne te ferai jamais confiance à ce point. Je suis désolée.

Quelque chose s'éveilla dans ces yeux ambre sombre, mais je n'aurais su dire quoi. De la douleur, de la colère, de l'exaspération, de la fourberie ? Un mélange de tout ou peut-être rien de tout ça.

—Cela m'attriste, dit-il enfin.

Je cherchais toujours une réponse adéquate quand la pièce s'obscurcit et qu'un sommeil sans rêves s'empara de moi.

Chapitre 22

Le matin suivant, je me réveillai épuisée, même si j'avais dormi jusqu'aux environs de 11 heures. Lugh m'avait laissée tranquille après notre petite discussion et j'avais pu dormir mon content. Je payais toutefois la charge émotionnelle des heures passées. Tout en moi était lourd, depuis mes paupières jusqu'à mon cœur. Je me demandais combien de temps je pourrais encore supporter tout cela.

Je passai le reste de la matinée à souffler sur mon café. Après avoir bu plus de tasses que je voulais en compter, je me sentis fatiguée et agitée à la fois. Ce n'était pas un progrès.

Si j'attendais de me sentir bien pour appeler Raphael, je doutais être en mesure de le faire avant ma mort. J'engloutis un sandwich au beurre de cacahouète et à la gelée en espérant qu'il absorberait la caféine de mon organisme, puis j'appelai Andy.

Il fut froid et distant, encore en colère, mais il consulta son téléphone portable et me transmit le numéro depuis lequel Raphael avait appelé. Naturellement, je lui demandai s'il avait eu des nouvelles de son ancien démon depuis. Il me répondit que non mais je n'étais pas sûre de le croire. Peu importait, parce qu'il avait apparemment hâte de raccrocher et je ne tenais pas à lui faire subir un round de vingt questions.

La nourriture ne sembla pas atténuer mon agitation et je regrettai de ne pas avoir fait preuve de plus de retenue quand j'avais avalé tasse après tasse de café. Je composai le numéro qu'Andy m'avait donné. Bien sûr, je ne reconnus pas la voix qui répondit.

— Raphael ? demandai-je.

— Ah, Morgane, dit-il en me confirmant son identité. Quel plaisir de t'entendre. Ou bien suis-je en train de parler à Lugh, ce qui dans ce cas serait encore mieux ?

— C'est Morgane et j'ai quelques questions à te poser.

— Pourquoi ne suis-je pas surpris ?

— Comment *der Jäger* a-t-il fait pour posséder le docteur Neely ? Et qui est ton nouvel hôte ?

Raphael hésita. Je supposai qu'il réfléchissait à ce qu'il était en droit de me dire… ce qui correspondrait uniquement à ce qu'il pensait que je pouvais deviner par moi-même.

— J'ai fait l'erreur d'avouer à mes supposés coconspirateurs que j'allais te rencontrer en tant que docteur Neely, dit-il enfin. Les Pouvoirs à venir ont décrété que c'était l'occasion idéale pour que *der Jäger* brise tes défenses. Aussi j'ai dû me transférer dans un nouvel hôte afin que *der Jäger* s'empare de Neely.

Je frissonnai.

— Le docteur Neely était un être humain. Tu parles de lui comme s'il s'agissait d'un gadget inventé pour ton usage personnel. Et pour quelle fichue raison as-tu laissé *der Jäger* posséder Neely ? Est-ce que tu n'es pas au-dessus de ces foutus Pouvoirs à venir ?

— Si j'avais refusé, j'aurais dû expliquer pourquoi. Personne ne m'aurait cru si j'avais déclaré défendre les droits du pauvre docteur Neely. J'ai fait du mieux que j'ai pu étant donné les circonstances, à savoir appeler Andrew pour l'avertir dès que j'en ai eu l'occasion.

— Ouais, c'était vraiment gentil de ta part. C'était royal, même.

Je regrettai le choix de mes termes – parce que, bien sûr, il était de la famille royale.

Il soupira.

— On se demande pourquoi je m'enquiquine à vous aider, Lugh et toi, quand tout ce que je récolte pour les efforts fournis n'est que mépris et insultes. Je fais ce que je peux mais ce n'est jamais assez, c'est ça ?

— Chaque fois que je suis désolée pour toi, je me rappelle tous les actes odieux que tu as commis et ma pitié disparaît.

— Garce, dit-il en semblant plus résigné qu'en colère. Si j'avais un tant soit peu de raison, je renoncerais à toi et je te livrerais pour de bon à Dougal. Cela me rendrait certainement la vie plus facile.

— Pourquoi ne le fais-tu pas, alors ? demandai-je, sincèrement curieuse.

Il éclata de rire.

— C'est la question à un million de dollars, hein ? Si je trouve la réponse, je te le ferai savoir, mais là, je ne suis pas d'humeur à me creuser la tête. J'ai pensé que tu devais savoir que *der Jäger* n'est pas près de revenir t'ennuyer. Il avait reçu comme ordre de tuer Lugh et de passer inaperçu, et il a échoué sur les deux tableaux. Dougal l'a fait emprisonner et je crois que cette fois, il va jeter la clé.

Un sujet d'inquiétude en moins, même si je suis sûr que Dougal va concocter un nouveau plan. Il est on ne peut plus créatif.

Ce qui aurait dû être en effet une bonne nouvelle provoquait également une salve d'interrogations.

—Comment diable sais-tu ça? Il n'existe aucune communication directe entre le Royaume des démons et la Plaine des mortels.

Du moins, pas que je sache.

—C'est vrai, mais il existe beaucoup de moyens indirects de communication et quand tu es le frère du régent, tu as accès aux meilleures rumeurs. Tu reconnaîtras peut-être enfin que c'est une bonne chose d'avoir un homme infiltré, même si ce que je fais pour protéger ma couverture ne recueille pas ton approbation inconditionnelle.

Je décidai de réagir avec sagesse et ne relevai pas son commentaire.

—Il faut pourtant qu'on parle.

—Parlons alors.

Je secouai la tête, bien qu'il ne puisse me voir.

—Ce n'est pas une conversation qu'on peut avoir au téléphone. Est-ce que tu peux venir chez moi?

—Je peux, mais je ne le ferai pas.

—Pardon?

—Comment exactement suis-je supposé expliquer que je passe te rendre une petite visite? Andrew n'habite plus chez toi et je ne suis plus le docteur Neely.

—Tu peux dire que tu viens pour me forcer à avouer quel est le nouvel hôte de Lugh. Ou qui l'a hébergé après moi.

Raphael gloussa.

— Alors je dois passer chez toi te torturer ? Ça me plairait assez.

— Ce ne serait pas la première fois, dis-je avant d'y avoir réfléchi.

J'espérai qu'il supposerait que j'évoquais l'incident au cours duquel j'avais failli être brûlée sur le bûcher. Pourtant, le silence assourdissant à l'autre bout de la ligne me confirma que je n'avais pas eu cette chance. J'écoutais les battements de mon cœur en essayant de trouver comment justifier mes propos, mais rien ne me vint à l'esprit. Je soupirai.

— On va discuter au téléphone, après tout, dis-je.

— Je constate que tu as fait quelques recherches.

Je n'aurais su dire au ton de sa voix ce qu'il en pensait. S'inquiétait-il de ce que je pouvais avoir appris ?

— Lugh m'a aidée à accéder à des souvenirs refoulés. Ton nom a été évoqué.

— Parfois j'aimerais sincèrement ne pas avoir de frères.

— Je suis certaine que c'est un sentiment qu'ils partagent avec toi.

— Je ne t'ai jamais torturée, Morgane. Il est probable que je ne peux pas concourir pour le prix de l'humaniste de l'année, mais je ne m'abaisserais pas à torturer une enfant. Je n'avais pas envisagé qu'une gamine de treize ans droguée puisse résister. Je n'ai découvert les méthodes de Cooper et de Neely qu'ensuite.

— Il vaut mieux ne pas savoir, c'est ça ?

— Pour ce que valent mes excuses, je suis désolé. Comme tu le sais, je n'ai aucun scrupule quand il s'agit d'un mal nécessaire, mais ce qu'ils t'ont fait n'était pas nécessaire. Tu n'avais pas à invoquer un démon toi-même pour les besoins de cette expérience.

Cela valait encore moins que rien.

— Regrettes-tu d'avoir essayé de faire posséder une enfant de force ? Ou bien chez vous, cela n'a rien à voir avec la torture ?

Il ne répondit pas et je m'en fichais. J'avais des questions plus importantes à lui poser.

— Pourquoi est-ce que tu as fait ça ? Qui était mon père ? Pourquoi était-ce si important que je sois possédée ?

— Cela n'a rien à voir avec le problème actuel. Je ne réponds pas à tes questions, que ce soit au téléphone ou de visu, alors tu devrais oublier tout ça et continuer ta vie.

— Oh non, tu ne vas pas t'en tirer aussi facilement.

— Bien sûr que si ! dit-il avant de me raccrocher au nez.

Je crois que personne ne m'a jamais autant raccroché au nez que Raphael. J'essayai de le rappeler sans être vraiment surprise qu'il ne réponde pas. Je pouvais toujours demander à Adam de localiser le numéro afin de trouver qui était l'hôte actuel de Raphael. À quoi cela servirait-il ? Je savais qu'il ne répondrait jamais à mes questions. Je doutais même que les méthodes les plus cruelles du démon Adam soient en mesure de le convaincre de parler.

Parmi ceux que je savais directement impliqués dans ce qui m'était arrivé dans cet hôpital, mes parents étaient portés disparus, le docteur Neely était mort, l'hôte du démon était un homme mystérieux et le resterait sans doute et Raphael refusait de parler. Ce qui laissait Bradley Cooper.

Avec un frisson, je dus reconnaître que mes méthodes gentilles et douces avaient échoué à nous livrer l'information dont nous avions besoin. Il était temps d'appeler la cavalerie, peu importait que mon âme se cabre à cette idée.

Je passai un long moment à ruminer. Je cherchais une alternative au fait d'interroger Cooper avec Adam. Mais aucune idée brillante ne me vint à l'esprit. J'envisageai de sortir pour me rendre au domicile de Cooper et l'interroger seule. J'allai même jusqu'à appeler un taxi pour m'y conduire. Puis je rappelai pour annuler la course. Si je parlais à Cooper et qu'il refusait de me dire quoi que ce soit, il pouvait disparaître avant que j'aie une chance de lâcher Adam sur lui. Après tout, j'avais vu à quelle vitesse la Société de l'esprit pouvait faire disparaître quelqu'un.

Résolue à passer à l'action, j'aurais aimé filer sur-le-champ chez Cooper pour en finir. Malheureusement, le démon Adam habitait en ce moment le corps de Dominic. Si j'étais honnête avec moi-même, je devais admettre qu'il y avait de terribles chances que Cooper ne survive pas à cet interrogatoire. Cependant, si Adam le laissait vivre, il ne valait mieux pas que Cooper sache que Dominic était possédé, même temporairement. Adam serait aussitôt considéré comme un démon illégal et ce ne serait vraiment… pas bon.

Je devais donc attendre mon heure et laisser à Adam la possibilité de guérir le corps de Dominic. Pour éviter de trop réfléchir, j'occupai mon après-midi à quelques-uns des tracas inhérents à la remise sur les rails de mon existence après l'incendie de ma maison et de tous mes biens matériels. Cela n'arrangea pas mon humeur mais au moins mon esprit ne pensa pas à la mort et à la torture.

J'avais ôté les bandes de mes doigts puisque Raphael m'avait dit que *der Jäger* se trouvait de nouveau en prison, mais la paranoïa me poussa à les remettre avant de sortir. Je croyais que Raphael me disait la vérité. Même Andy, qui le détestait le plus, avait déclaré que Raphael, malgré tous ses défauts, était loyal envers Lugh. Cependant je me sentirais vraiment stupide si *der Jäger* avait raconté à ses petits camarades tous les détails de mon interrogatoire avorté.

Un peu moins de vingt-quatre heures étaient passées depuis que Dominic avait été blessé quand Adam ouvrit la porte de la maison pour me laisser entrer. Au début, je n'étais pas certaine de quel Adam il s'agissait. Il me conduisit au salon où Dominic était allongé sur une chaise longue. Je n'avais jamais pensé être particulièrement observatrice en matière de langage corporel, pourtant il ne me fallut pas plus de quinze secondes pour constater que le démon Adam se trouvait toujours dans le corps de Dom. Quelque chose dans la manière de s'asseoir ou dans l'expression du visage…

— Comment va Dominic ? demandai-je.

Ce fut Adam qui répondit par la bouche de Dominic.

— Beaucoup mieux. Nous étions en train de discuter du moment où je devrais retourner dans le corps d'Adam.

Je dus réprimer un frisson. C'était vraiment trop bizarre d'entendre les paroles d'Adam sortir de la bouche de Dominic.

— Et qu'avez-vous décidé ?

Dominic m'adressa un des sourires d'Adam.

— Je crois que Dom est prêt à se débarrasser de moi. Il me dit que je suis un peu trop bon pour lui. (Il fronça les sourcils.) Je crois que c'est un compliment mais je n'en suis pas certain.

— Tu n'es pas le seul à le penser, marmonna son hôte en souriant malgré tout.

Dominic se reprit et rencontra le regard d'Adam.

— Tu es prêt à me reprendre ?

Adam fronça les sourcils et jeta un œil autour de lui comme s'il cherchait quelque chose. Puis il haussa les épaules.

— Je ne vois aucune raison de continuer à traîner dans le coin.

Il se tourna vers moi et me sourit, ne paraissant pas le moins perturbé par la perspective d'être une nouvelle fois le passager de son propre corps.

— C'était sympa de discuter avec toi, me dit-il en me tendant la main.

Ne sachant pas quoi faire, je lui serrai la main.

— Oh ouais, moi aussi j'ai trouvé ça sympa.

À dire vrai, malgré les différends qui m'opposaient à Adam, j'avais en quelque sorte envie qu'il réintègre son… corps original. Tout était vraiment trop étrange dans l'état.

Dominic se hissa de la chaise longue et vint se placer près d'Adam.

— Prêt ? demanda-t-il en tendant la main pour une raison tout à fait différente.

Adam me lâcha, hocha brièvement la tête puis serra la main de Dominic.

Je retins ma respiration pendant qu'ils se tenaient là, main dans la main, sans parler. J'étais inquiète, Adam avait peut-être tort, Dominic ne supporterait peut-être pas qu'un démon le quitte une seconde fois.

Jusqu'à ce que Dom crispe sa main libre en poing et en assène un coup à l'épaule d'Adam.

— Oh ! se plaignit Adam en lâchant la main de Dom pour se frotter l'épaule. Pourquoi tu as fait ça ?

— Parce que tu es un emmerdeur, dit Dom.

Il n'avait pas l'air si en colère que ça. Et c'était bien lui qui parlait et pas Adam le démon.

— Comment ça, je suis un emmerdeur ? Je crois que je me suis sacrément bien occupé de toi.

Dominic me regarda en faisant la grimace.

— Je finirai par lui pardonner mais j'ai dû subir vingt-quatre heures de remontrances comme quoi je n'aurais jamais dû me précipiter au rez-de-chaussée comme un abruti. Je le frapperais davantage si je ne savais à quel point il aime ça.

Je souris, un minuscule recoin de ma vie était redevenu normal.

— Tu aimerais entendre ma version des remontrances maintenant ?

Il grogna avec emphase avant de se boucher les oreilles et de se mettre à chantonner « La la la, je n'écoute pas ».

— Et c'est moi qui suis un emmerdeur, grommela Adam.

J'éloignai une des mains de Dominic de ses oreilles.

— Bienvenue parmi nous.

— Merci. Bon, puisqu'Adam était occupé à me faire la morale, je suppose qu'il n'a pas préparé à dîner. Allons dans la cuisine que je remédie à cet oubli.

Je ne pensais pas que ce que j'étais venue demander soit un bon sujet de discussion pour le repas. Je ne pensais pas non plus que j'allais vouloir manger ensuite, aussi tentante soit la cuisine de Dominic. Malheureusement, avec son éducation italienne, il serait mortellement vexé si je ne restais pas pour dîner.

— Ça t'ennuie si j'ai une petite discussion avec Adam avant qu'on te rejoigne ? demandai-je.

Ils échangèrent un regard que je ne sus interpréter.

— Bien sûr que non, répondit Dominic. Je profiterais d'un peu de temps libre pour bonne conduite.

Adam prit le visage de Dom entre les mains et je craignis que la situation vire au combat de lutte. Ou à la session de baise. Mais Dominic battit en retraite dans la cuisine en nous laissant seuls.

Adam me désigna le canapé où je m'installai à contrecœur. Mon moi civilisé était horrifié à l'avance de ce que je m'apprêtais à dire. Et à faire. Je m'humectai les lèvres en me demandant de quelle manière j'allais exprimer ce que je voulais sans le formuler explicitement.

— J'espère que tu ne joues pas au poker, me dit Adam.

J'ai toujours eu l'habitude d'afficher mes émotions aux yeux de tous, ce n'était pas près de changer.

— Il faut qu'on interroge Bradley Cooper, lâchai-je tout en sachant que nous comprenions tous les deux ce que « interroger » impliquait, dans ce contexte.

Adam acquiesça.

— Ça ne t'étonnera pas si je te rappelle que je t'avais prévenue ?

— Ouais, je sais, tu es un putain de génie.

J'expliquai à Adam ce que Lugh m'avait aidée à me rappeler mais chaque mot prononcé requérait un effort. Je lui racontai aussi que Raphael avait refusé de me révéler quoi que ce soit. Je conclus par un « Peut-être n'est-ce pas important… ».

— Tu n'y crois pas plus que moi, dit Adam. Si ce n'était pas important, Raphael se ficherait que Lugh soit au courant. Moi, je crois que c'est important au point qu'il pense que Lugh pourrait le punir, malgré toute l'aide qu'il nous apporte.

Cela me fit froncer les sourcils.

— Le punir de quelle manière ?

— Nous avons notre propre système de lois, répondit-il vaguement. En supposant qu'on puisse faire accéder Lugh au trône, ce dernier va se trouver en position d'exercer un certain nombre de ces lois.

— Qu'est-ce que c'est supposé vouloir dire ?

Il eut un sourire en coin.

— Cela veut dire « demande à Lugh ». Je n'ai pas à décider quels secrets d'État je peux te faire partager.

Je secouai la tête d'un air dégoûté.

— De la façon dont vous vous comportez, ce que vous avez pris au petit déj' relève du foutu secret d'État !

— Demande à Lugh, répéta-t-il, pas du tout perturbé par ma réflexion.

Je ravalai un certain nombre de réponses et me forçai à changer de sujet pour revenir au sujet que je voulais éviter.

— Alors je suppose que c'est assez important pour que nous devions parler à Cooper.

— Ouais, répondit Adam, presque avec douceur. Ce ne sera peut-être pas aussi terrible que tu le croies.

Tu le connais. Tu sais que c'est une fouine. Quand tu le confronteras à tes souvenirs, il peut très bien craquer et tout te raconter.

C'était joli comme fantasme.

— L'intimidation est également une technique d'interrogatoire très efficace, insista Adam. Une technique dans laquelle j'excelle, si je peux me permettre.

Je ne sais pourquoi il essayait d'apaiser ma conscience. Je lui adressai un sourire triste et lui tapotai l'épaule.

— J'apprécie tes efforts mais le mal est déjà fait. Même si nous n'avons pas besoin de poser un doigt sur lui, même si tout ce que j'ai à faire, c'est lui révéler ce que je sais déjà et qu'il déballe tout, je sais jusqu'où je suis capable d'aller et ce n'est pas un sentiment agréable.

— Quand cette idée commence à te miner, rappelle-toi juste ce qu'il t'a fait subir quand tu avais treize ans. Et demande-toi si tu es la seule enfant à qui il a fait du mal.

Je grimaçai. N'était-ce pas terriblement égocentrique de ma part de penser que j'avais été la seule ? Ou bien était-ce simplement de la naïveté ?

— Personne ne mérite qu'on le torture.

Ce à quoi Adam ne répondit pas.

Chapitre 23

Cooper vivait dans une charmante demeure victorienne en banlieue. Quand Adam et moi nous garâmes dans son allée, j'eus un pincement de mélancolie pour ma maison que l'incendie avait réduite en cendres.

Bien sûr, Cooper étant une saloperie haut placée au sein de la Société de l'esprit, sa maison était d'une autre dimension que l'avait été la mienne. Divorcé deux fois, sans enfants, je ne pouvais imaginer ce qu'il faisait d'autant d'espace. Peut-être organisait-il des réunions de la Société chez lui.

Sa voiture était stationnée dans le garage et il y avait des lumières dans la maison, nous supposâmes donc qu'il était chez lui. Adam se tourna vers moi quand il arrêta la voiture.

— Tu es prête, mon chou ?

Je grimaçai.

— Non, je ne suis pas prête. Je ne serai jamais prête.

Il me tapota la cuisse d'une façon que j'aurais contestée si je n'avais été aussi terrifiée.

— Alors tu es on ne peut plus prête.

Je grommelai quelque chose qu'il prit pour une approbation et nous sortîmes de la voiture. Ma peau était moite de sueur et ma bouche était sèche. Les pensées se percutaient et bataillaient dans mon cerveau. Je regrettai de ne pas trouver de prétexte pour gagner du temps. Adam se tenait près de moi comme pour m'empêcher de fuir. Je me mordis l'intérieur de la bouche pour essayer de saliver.

Quand j'ai dit que Cooper ressemblait à une fouine, ce n'était pas seulement à cause de sa personnalité. Il est grand et maigre, avec de petits yeux en bouton qui le sont encore plus derrière ses lunettes rondes. Il a des dents en avant qui auraient dû être corrigées quand il était enfant. Je l'avais toujours connu avec les cheveux gris et clairsemés et personne ne lui avait jamais dit que le fait de les ramener en travers du crâne ne camouflait pas vraiment sa calvitie naissante. Il n'était donc pas surprenant qu'en dépit de son respect pour les démons, il n'ait jamais eu l'honneur d'être un hôte. Bon sang, qui voudrait passer son existence à ressembler à ça ?

Il cligna des yeux quand il me vit sur le pas de la porte, son nez se trémoussant d'une manière fouinesque. Ses yeux s'écarquillèrent quand son regard se posa sur Adam, juste derrière moi.

— On peut entrer ? demandai-je quand il devint évident qu'il était capable de rester planté là pendant des heures.

Il fronça les sourcils, ce qui fit glisser ses lunettes sur son nez.

— Je suis très occupé. Si vous appelez mon bureau demain matin, je suis certain qu'on pourra vous trouver un rendez-vous.

Je bloquai la porte avec mon pied, juste au cas où il aurait l'idée de nous la claquer au nez.

— Ça ne peut vraiment pas attendre demain, dis-je.

Je crus déceler un tressaillement de malaise dans son regard mais peut-être était-ce seulement parce que je l'espérais. Ses yeux passèrent de moi à Adam et il en conclut qu'il n'aurait aucune chance de se débarrasser de nous. Avec un long soupir douloureux, il ouvrit la porte et nous fit signe d'entrer.

Sa maison était jolie de l'extérieur mais l'intérieur clamait « propriétaire célibataire sans femme de ménage ». Le désordre était partout, des piles de livres et de documents, des tas de publicités, des canettes vides de Coca Light – bien qu'on puisse se demander pourquoi un homme aussi maigre que Cooper buvait une telle boisson.

Bizarrement, le canapé et les fauteuils dans le salon ne faisaient pas office de tables d'appoint. Cooper ne fut pas obligé de déplacer quoi que ce soit pour qu'Adam et moi puissions nous asseoir. J'expirai profondément, espérant contre tout espoir que cet entretien serait plus facile que ce à quoi je m'attendais. Et j'essayai de ne pas penser à ce qui arriverait si Cooper refusait de parler.

— Je me souviens de ce que vous m'avez fait au Cercle de guérison, dis-je, chaque mot semblant exploser comme une mine.

Le visage déjà pâle de Cooper se vida de toute sa couleur et ses yeux s'écarquillèrent. Ses muscles crispés hurlaient de tension et il avait l'air d'être sur le point de prendre ses jambes à son cou.

— Je ne sais pas de quoi vous parlez, dit-il.

Adam et moi éclatâmes de rire. Le dos de Cooper se raidit et son visage adopta une expression qui était censée signifier qu'il était vexé. Il s'apprêtait sans doute à nous lancer une réplique cinglante, mais je lui coupai la chique.

—Si vous pouviez vous voir dans une glace, vous comprendriez pourquoi cela nous fait rire. Pourquoi ne nous feriez-vous pas gagner du temps en arrêtant vos conneries ? Le docteur Neely et vous-même m'avez torturée jusqu'à ce que j'accepte d'invoquer un démon mais celui-ci n'est pas parvenu à me posséder. Alors vous avez tenté une seconde fois avec un autre démon qui, lui, se trouvait déjà dans la Plaine des mortels, mais il a également échoué. Quand il a essayé de me tuer, vous lui avez déclaré que quelqu'un du nom de Raphael ne serait pas d'accord.

Adam et moi nous étions concertés à l'avance sur le fait qu'il n'était absolument pas dans mon intérêt d'admettre que je connaissais Raphael. Je crois que je réussis à empêcher ma lèvre de se retrousser de dégoût quand je prononçai son nom.

Cooper, toujours assis, balbutiait et bégayait, pas vraiment à l'aise dans ses baskets.

—J'ai un certain nombre de questions à vous poser, Brad, poursuivis-je, et je le vis tressaillir à l'utilisation de son prénom.

Enfant, j'aurais eu de sacrés ennuis si j'avais osé m'adresser à un homme de son rang en utilisant son prénom et j'avais gardé cette habitude jusqu'à l'âge adulte. Mais après ce qu'il m'avait fait, il pouvait toujours espérer que je lui témoigne le moindre respect.

—Ma première question est la suivante : qui était mon père ?

Je pus presque le voir considérer diverses réponses avant de les écarter l'une après l'autre.

—Je crois que vous devriez partir, maintenant, dit-il finalement.

Mais il manquait de conviction. Je me reculai dans le canapé et croisai les bras, sans rien dire. À côté de moi, Adam restait également silencieux mais, du coin de l'œil, je devinais son regard malveillant.

Cooper n'avait pas de raison de craindre ma présence mais je vis de quelle manière ses yeux ne cessaient de fuser en direction d'Adam, avant de se détourner rapidement. Il était toujours pâle comme un mort, et un vernis de sueur nappait sa lèvre supérieure. Cooper serrait les mains sur ses genoux, les jointures de ses doigts virant au blanc.

—Je ne peux pas répondre à cette question, dit-il en fixant ses mains. Je suis vraiment désolé mais je n'ai pas l'autorité…

—Monsieur Cooper, intervint Adam. Mlle Kingsley se souvient d'assez de choses pour avoir envie de vous jeter dans une marmite d'eau bouillante. Je souhaiterais entendre votre version des faits avant d'avoir recours à des méthodes drastiques.

Cooper leva le menton d'un air supposé être de défi. Cela aurait mieux fonctionné si la peur n'avait pas irradié par tous les pores de sa peau.

—Je serai ravi de répondre à vos questions. Dès que mon avocat sera présent.

Adam éclata de rire. Ce son me fit dresser les poils de la nuque. Je ne peux imaginer ce que cela provoqua chez Cooper. Je posai ma main sur le bras d'Adam.

— Calmons-nous et discutons comme des individus civilisés, dis-je.

Il n'y avait qu'avec Adam que j'avais la possibilité de jouer le rôle du bon flic. Adam, en avant sur son siège, fixant toujours Cooper sans ciller, restait muet. C'était certainement pire que n'importe quelle menace qu'il aurait pu prononcer.

— Ce n'est plus un secret, dis-je. Cela ne sert à rien d'essayer de cacher la vérité.

Cooper ôta ses lunettes et entreprit d'en essuyer les verres avec le pan de sa chemise.

— Vous ne savez pas de quoi vous parlez.

— Non, répondis-je avec patience. Je ne sais pas. C'est pourquoi je vous demande de me donner des explications.

Il continua à essuyer ses lunettes.

— Je ne peux pas répondre à vos questions.

— Bien sûr que vous le pouvez. C'est juste que vous ne le voulez pas. Malheureusement pour vous, vous n'avez pas le choix.

Il ne dit rien et se contenta de secouer la tête en essuyant ses lunettes comme si sa vie en dépendait.

— Allons-nous devoir avoir recours aux mêmes méthodes que vous avez utilisées avec moi quand j'ai refusé de faire ce que vous m'ordonniez ?

Ses mains tressautèrent et les lunettes tombèrent par terre. Quand il se baissa pour les ramasser, je vis qu'il tremblait. Si je n'avais eu à l'esprit l'image de Cooper ordonnant à Neely de m'assener une nouvelle décharge d'électrochocs, j'aurais pu avoir pitié de lui.

— Est-ce que vous me menacez ? demanda-t-il, la voix aussi tremblante que ses mains.

— Si vous ne vous souvenez pas m'avoir fait quelque chose de mal, alors pourquoi seriez-vous inquiet ?

Il reposa les lunettes sur son nez.

— Je n'ai pas dit que je ne me souvenais pas. J'ai dit que je ne pouvais pas en parler.

— Vous pouvez et vous allez le faire, intervint Adam, d'une voix étonnamment douce.

Aux oreilles de Cooper, cette voix douce devait être aussi terrifiante qu'un grondement. Cooper secoua la tête et ses pupilles se rétrécirent.

— Je ne peux pas ! répéta-t-il. Raphael me tuerait. Ou pire. (Il implora Adam du regard.) Vous savez qui est Raphael !

— Ouais, et je m'en bats les flancs.

Cooper sursauta à cette soudaine familiarité.

Reprenant le rôle du bon flic, je tapotai le bras d'Adam.

— Baisse d'un ton, tu veux. (J'adressai à Cooper mon plus beau soupir compatissant tout en me fichant qu'il soit de toute évidence faux.) J'ai demandé à Adam de me laisser parler mais je suis certaine que vous avez compris qu'il s'emporte assez vite.

À côté de moi, Adam fit craquer les jointures de ses doigts et Cooper sursauta. J'adressai un regard mauvais à Adam. Il suffisait de terrifier un peu plus Cooper pour qu'il tombe raide mort. Je souriais toujours.

— Nous ne comptons pas aller voir Raphael pour lui rapporter tout ce que vous nous direz. Il ne doit pas savoir que nous détenons ces informations. Tout ce qu'il doit savoir, c'est que ce souvenir m'est revenu d'un coup et que quelqu'un a laissé échapper votre secret pendant que j'étais censée être inconsciente.

La pomme d'Adam de Cooper fit un aller-retour.

— Vous ne connaissez pas Raphael.

En fait, je le connaissais probablement beaucoup mieux que Cooper mais c'était hors sujet.

— Et vous ne nous connaissez pas, Adam et moi. Nous vous demandons gentiment pour l'instant mais cela pourrait changer.

Cette fois, il ne se sentit pas obligé de nous demander si c'était une menace. Il se prit le visage à deux mains, oubliant qu'il portait des lunettes et les faisant tomber par inadvertance, sans les ramasser ensuite. Ses épaules tressautèrent et j'éprouvai une pitié sincère en comprenant qu'il pleurait. Je n'avais jamais aimé Raphael et, depuis ma discussion avec Andy, je savais que c'était un sale type. Mais je n'avais pas réalisé à quel point.

— Vous allez nous parler ? demanda Adam, qui adoptait de nouveau sa voix calme et douce.

Je priai pour que Cooper se mette à table et je retins mon souffle en attendant sa réponse. Quand il secoua la tête, l'air s'échappa de mes poumons et je ressentis un sentiment proche du désespoir. Peu importait ce que ce salopard m'avait fait – je ne savais comment j'allais pouvoir supporter de voir Adam l'interroger.

Je me tournai vers Adam pour le supplier de me laisser encore du temps mais, ses yeux rivés aux miens, il leva la main pour que je garde le silence.

— Il y a une autre manière de procéder, dit-il énigmatiquement avant de se lever du canapé pour se diriger vers Cooper.

Cooper ne leva pas la tête, ne montra aucun signe qu'il avait remarqué Adam. Ce dernier s'accroupit devant lui puis lui toucha la main.

C'était presque un geste désinvolte, un frôlement rapide de peau contre peau. Mais le corps de Cooper frissonna et, quand Adam se leva pour revenir s'asseoir près de moi, je compris ce qu'il venait de faire.

Cooper ne bougeait pas et Adam ne parlait pas. Je dus me racler la gorge avant de parvenir à retrouver ma voix.

— Est-ce que Cooper restera un légume quand tout ça sera fini ? demandai-je.

Adam soupira. Il me promit qu'il ferait de son mieux pour ne provoquer aucun dommage mais il ne pouvait me garantir le résultat.

Puis je posai la question importante.

— Et est-ce que Cooper va survivre à cet interrogatoire ?

Adam acquiesça.

— Comme il ne pourra pas prouver que nous lui avons fait quoi que ce soit, il ne sera pas vraiment une menace pour nous.

Je regardai Cooper, qui n'avait toujours pas bougé.

— Combien de temps cela va-t-il prendre ?

— Cela ne devrait pas être long. Adam peut accéder à la mémoire de Cooper presque instantanément. Il aura juste besoin de rester assez longtemps pour s'assurer qu'il sait tout ce qui est important.

De tous les scénarios possibles que j'avais envisagés, celui-ci ne m'était pas venu à l'esprit, alors qu'à présent il semblait tout à fait évident. Quel meilleur moyen d'obtenir la vérité de Cooper que d'aller fouiller dans son esprit ? Même si nous avions obtenu des réponses en utilisant les techniques d'interrogatoire plus discutables d'Adam, nous n'aurions pas été certains qu'il s'agissait de la vérité.

Un frisson me parcourut le dos tandis que je digérais tout ce qu'impliquait cette situation.

— Pourquoi n'a-t-il pas procédé ainsi quand il a interrogé Val ?

Il avait véritablement fait souffrir ma meilleure amie, qui m'avait également trahie, mais il aurait pu éviter tout cela en la possédant.

Cooper leva la tête. C'était le démon Adam qui regardait par ses yeux.

— Non, dit-il en fixant son hôte avec intensité.

Ce dernier lui retourna son regard et me répondit malgré tout.

— Parce qu'Adam savait depuis le début qu'il allait la tuer. Elle représentait un danger pour vous deux, même s'il n'avait pas posé la main sur elle.

Cooper eut une expression dégoûtée.

— Merci beaucoup. Maintenant je vais devoir entendre ce que Morgane pense de moi pendant tout le trajet retour.

— Elle l'aurait deviné toute seule de toute façon. Tu es prêt à revenir ?

Au lieu de répondre, Cooper se contenta de tendre la main. Alors que je m'efforçais encore de tout digérer, Adam serra la main de Cooper. Un moment plus tard, Cooper s'effondra sur lui-même par terre et Adam revenait une nouvelle fois à lui.

Chapitre 24

Cooper était conscient et sensible quand nous le quittâmes. Traumatisé, en colère, effrayé, mais à part ça, il allait bien. Adam devait s'attendre que je l'agresse dès que nous monterions dans la voiture, mais cela ne se passa pas comme ça. Nous roulâmes peut-être un quart d'heure en silence avant qu'il me jette un regard en coin.

— Tu as prévu de me dire ce que tu penses de moi ? me demanda-t-il.

Je laissai échapper un long soupir, espérant en vain que cela soulagerait mon corps de sa tension.

— D'ordinaire, je l'aurais fait. Mais tu sais ce qu'on dit des gens qui devraient balayer devant leur porte.

Autrefois, j'aurais pensé que le fait qu'Adam ait prémédité le meurtre de Valerie était bien pire que s'il avait agi sous le coup de l'impulsion. Mais n'étais-je pas allée chez Cooper en me préparant à l'éventualité qu'Adam le tue si nécessaire ? Qu'étais-je devenue ? Je frissonnai. Je n'étais pas certaine de tenir à le savoir.

— Au moins, nous avons ce que nous voulions savoir de Cooper sans avoir besoin de lui faire du mal, commenta Adam.

C'était une maigre consolation mais il faudrait que ça fasse l'affaire.

— Tu as ce que tu voulais savoir. Tu as l'intention de partager tes informations avec les petites gens ?

Il grogna, sembla-t-il, d'amusement – bien sûr, cela pouvait tout aussi bien être de la rigolade. Il resta silencieux si longtemps que je crus qu'il n'allait pas répondre. Peut-être avait-il décidé qu'il ne parlerait pas sans l'accord de Lugh. Mais c'était de mes origines qu'il s'agissait. J'avais le droit de savoir.

Apparemment, Adam était d'accord sur ce point.

— Dougal a essayé de créer un hôte meilleur.

— Créer ? demandai-je, étonnée.

Adam acquiesça.

— Nous avons compris l'intérêt des gènes et de l'hérédité dès l'instant où nous sommes arrivés sur la Plaine des mortels. Cela a toujours été contre nos lois de les manipuler mais apparemment Dougal s'en fiche complètement. Il a commencé il y a des siècles en enlevant des femmes enceintes et en faisant posséder l'enfant qu'elles portaient par un démon. Afin de manipuler les gènes des fœtus, il se servait des mêmes compétences auxquelles nous faisons appel pour guérir nos hôtes.

La douleur me poignarda la tête. Lugh me faisait savoir ce qu'il pensait des expériences sur cobaye entreprises par Dougal. Je ne pense pas qu'il l'ait fait intentionnellement et la douleur cessa presque aussitôt.

— Qu'est-ce qu'il espérait accomplir exactement ? Et qu'est-ce que Raphael vient faire là-dedans ?

— Dougal n'a pas mis les pieds dans la Plaine des mortels depuis le début de son projet. Il le dirige par le biais de Raphael. Quant à ce qu'ils ont essayé d'accomplir… Ils ont essayé de créer un hôte plus puissant. Plus fort, plus rapide, moins vulnérable, vivant plus longtemps et plus simple à contrôler.

—Plus simple à contrôler! criai-je. Vous contrôlez complètement nos corps quand vous nous possédez! Qu'est-ce qui pourrait être plus facile?

Dans la lumière intermittente des lampadaires, je perçus l'expression sinistre d'Adam.

—Ce serait plus simple si l'hôte n'était pas assez intelligent pour s'opposer.

Mon visage avait dû virer au vert.

—Pour des démons comme Raphael, continua Adam, côtoyer une personnalité dans le corps d'un hôte est un inconvénient. Pour des démons comme moi, l'interaction mise en place avec l'hôte fait partie de l'attrait de vivre dans la Plaine des mortels. Si Adam n'était qu'une simple coquille vide que je doive remplir, je ne crois pas que j'aurais choisi de revenir dans la Plaine des mortels après mon premier passage. J'apprécie les plaisirs de la chair, c'est une certitude. Mais ce ne serait pas la même chose sans Adam.

—Alors si je comprends bien, Dougal et Raphael espèrent créer une race de légumes superhumains?

—En gros, oui.

—Et mon père était un de leurs rats de laboratoire?

Adam acquiesça.

—Apparemment, le Cercle de guérison est bien plus que ce qu'on croit. D'importants laboratoires et des cellules de détention occupent les sous-sols de l'hôpital. Ils y élèvent différentes… espèces, en essayant d'isoler les caractéristiques les plus appropriées. L'espèce de ton père a été développée essentiellement en raison de ses capacités de guérison plus étendues et, ils espéraient, de sa longévité. Quand cette « fournée » – pour reprendre les mots de Cooper – a atteint sa maturité, ils ont invoqué des démons pour les posséder. Tu peux deviner ce qui s'est passé ?

Je réfléchis un moment avant d'acquiescer.

— Ils ont découvert que cette fournée résistait à la possession.

— Pas seulement qu'elle résistait, mais qu'elle y était hermétique. Raphael a essayé en personne d'en posséder un spécimen, juste pour voir si cela était possible. Ils pensaient tout de même que cette espèce était sur la bonne voie et que s'ils pouvaient l'enrichir de nouvelles caractéristiques, ils se rapprocheraient de leur idéal. Puis ils ont découvert que ces spécimens étaient extrêmement difficiles à élever. Ils ont essayé d'ajouter d'autres caractéristiques et même de faire des croisements avec des êtres humains normaux, sans parvenir à obtenir de résultat viable. Alors Raphael a décidé qu'ils avaient fait fausse route avec cette race et il a donné l'ordre d'en détruire tous les spécimens.

La douleur me poignarda de nouveau la tête si fort que j'en eus le souffle coupé. Elle ne disparut pas aussi vite que la fois précédente.

— Ça va ? demanda Adam.

Je me pinçai l'arête du nez bien que cela ne m'apportât aucun soulagement.

— Calme-toi, Lugh ! dis-je. Je t'en prie ! (La douleur s'estompa et je soupirai de soulagement.) Continue, dis-je à Adam.

— Tu connais en gros le reste. Ton père a échappé à l'épuration. Quand Raphael a découvert que ta mère était enceinte, il a voulu profiter de ce qu'il considérait être une chance. De toute évidence, les choses ne se sont pas vraiment passées comme il le voulait.

Je faisais de mon mieux pour digérer tout ce qu'Adam m'avait révélé mais ce n'était pas vraiment simple. Je veux dire, bordel ! je pouvais ruminer tout ça pendant une semaine sans parvenir à le digérer.

— Et la Société de l'esprit est mêlée à tout ça, dis-je car il n'y avait pas d'autres moyens que Cooper en ait su autant.

— Difficile à croire, n'est-ce pas ?

Appuyant ma tête contre le dossier, je fermai les yeux.

— Pas vraiment. Ce sont des fanatiques. Si leurs fichus Pouvoirs supérieurs leur demandent de l'aide pour créer des légumes surhumains, ils le feront. Tu sais ce qui est arrivé à mon père biologique ?

Adam secoua la tête.

— Cooper n'en a aucune idée. Ton père n'a jamais été retrouvé. Et la raison pour laquelle Cooper était à ce point terrifié par Raphael, c'est qu'il a vu ce que Raphael a fait au directeur du labo après l'évasion de ton père. Disons juste qu'à côté de lui, je passe pour une chochotte.

— Épargne-moi les détails, dis-je en me réjouissant qu'il m'écoute, pour une fois.

Le reste du trajet se déroula dans le silence. J'aimerais pouvoir dire que je réfléchissais profondément à la nature du fanatisme et au caractère sacré de la vie humaine, mais franchement je ne faisais que ruminer. J'étais dans un de ces moments « pourquoi moi ? ». J'y avais bien droit. Bien sûr, si je n'y prenais garde, ce moment « pourquoi moi ? » se transformerait en une semaine « pourquoi moi ? », voire en un mois « pourquoi moi ? ».

Après s'être garé devant mon immeuble, Adam se tourna maladroitement vers moi.

— Euh, est-ce que tu veux que je monte avec toi ? Est-ce que tu as besoin de parler ?

C'était bien la dernière chose à laquelle je m'attendais, un geste gentil de la part d'Adam. Bizarrement, sa gentillesse inhabituelle me fit monter une boule dans la gorge. Je me forçai à sourire alors que j'aurais d'ordinaire trouvé une réplique sarcastique.

— Merci, mais je crois que j'ai besoin de rester seule pour le moment.

Il acquiesça, compréhensif, et je descendis de la voiture. Je dus lutter contre l'envie de le regarder s'éloigner.

Je pensais avoir eu ma dose de conflits et de traumatismes pour la journée. Mais je me trompais.

J'avais été tellement distraite par l'idée d'interroger Cooper – et par le fait d'imaginer de quelle manière cet interrogatoire se déroulerait – que j'en étais arrivée à oublier miraculeusement Brian. Dans l'ascenseur qui montait vers mon étage, je me rappelai que j'étais supposée avoir une petite discussion avec lui. Je grognai intérieurement. Il allait m'en vouloir d'avoir attendu mon appel aussi longtemps. Sans compter qu'il devait déjà assez m'en vouloir pour l'avoir rendu complice d'un meurtre. Si j'avais eu une chance d'éviter cette discussion, vous pouvez parier que je l'aurais saisie. Ceci étant, je passai toute la montée en ascenseur à me mordiller la lèvre, en essayant d'anticiper les questions qu'il allait me poser. Comment allais-je y répondre ? Oserais-je être complètement honnête ? Impossible à dire, particulièrement quand j'étais incapable de savoir ce que j'attendais de lui.

Perdue dans mes pensées, j'entrai dans mon appartement. Je jetai mes clés sur un guéridon et me tournai vers la penderie pour ranger le Taser que j'avais trimballé dans mon sac toute la journée.

C'est alors que je remarquai que les lumières étaient allumées. J'étais certaine de les avoir éteintes avant de partir. Prenant cette fois mon Taser avec une intention tout à fait différente, je me tournai vers le salon.

Cela en disait long sur l'état de distraction dans lequel je me trouvais car je n'avais pas remarqué que Brian était assis sur mon canapé à l'instant où j'avais franchi la porte. Quand je le vis, je poussai un petit cri et portai la main à ma poitrine pour sentir les battements sauvages de mon cœur.

— Seigneur, tu m'as fait peur, dis-je en inspirant profondément pour essayer de me calmer et en lâchant tardivement le Taser.

Brian, enfoncé dans le canapé, me considéra de son regard impénétrable d'avocat.

— Comment es-tu entré ? demandai-je, toujours incroyablement troublée.

Il secoua la tête, son regard d'ordinaire chaud était froid.

— J'attendais ton coup de fil. Je me suis lassé d'attendre alors je suis venu. Andrew était là à déménager ses affaires et il m'a gentiment laissé entrer pour que je t'attende.

Andy méritait un bon coup de pied au cul. Mais remonter les bretelles de mon grand frère n'était pas dans mes priorités du moment. Laissant échapper un soupir que j'espérais silencieux, je laissai tomber mon sac sur la table de la salle à manger et m'assis à l'autre bout du canapé.

— Je suis désolée, lui dis-je en le pensant sincèrement. Ma vie est un véritable chaos en ce moment et je ne peux gérer qu'un ou deux problèmes à la fois. J'avais prévu de t'appeler en rentrant.

— Hum hum.

Sa voix dégoulinait de scepticisme.

— Je t'assure! insistai-je.

Inutile de mentionner que je n'avais pas trouvé ce plan avant que les portes de l'ascenseur s'ouvrent. Il n'avait pas pour autant l'air moins dubitatif et je ne pouvais lui en vouloir. Passant la main dans mes cheveux, je regrettai que Raphael n'ait pas choisi un autre hybride humain/superhôte pour héberger son frère le roi. Ma vie n'avait certes pas été un long fleuve tranquille avant, mais j'étais prête à échanger les problèmes que j'avais aujourd'hui avec ceux que j'avais à l'époque.

— Qu'est-ce que tu attends de moi? dis-je presque dans un murmure. Je suis possédée par le roi des démons et il y a pas mal de gens qui ont envie d'avoir ma peau. Ma vie amoureuse ne peut pas être ma priorité.

Il ricana.

— Comme ç'a toujours été le cas, marmonna-t-il. Pourtant cela ne concerne pas ta vie amoureuse. Tu me dois pas mal de réponses.

Brian était trop introspectif pour se tromper à ce point sur lui-même mais s'il voulait se concentrer sur autre chose que notre relation embrouillée, alors ça m'allait.

— Très bien, dis-je. Pose-moi tes questions.

Ce qu'il fit. Et je lui répondis aussi honnêtement que je l'osais.

L'interrogatoire dura presque une demi-heure. Brian était en mode avocat, ce qui voulait dire qu'il révélait le moins possible ses émotions. Quant à moi, j'étais bien trop épuisée pour éprouver quoi que ce soit.

Quand il fut à court de questions, nous restâmes silencieux, perdus dans nos pensées. La faille qui s'était ouverte entre nous m'infligeait une douleur physique et je réalisai que les raisons pour lesquelles je l'avais repoussé n'étaient pas aussi altruistes que je l'avais cru. L'avais-je repoussé pour son bien ? Ou bien était-ce parce que c'était plus simple pour moi de le repousser selon mes règles que de le voir me quitter ? En l'observant ressasser tout ce que je venais de lui dire, je n'en étais pas certaine et, au fond de moi, j'avais mal.

— Est-ce que tu m'aimes encore ? demanda-t-il sans prévenir et je faillis presque sursauter tant son silence avait été long.

La douleur quitta mon centre pour se loger dans ma gorge. Je regardai mes mains serrées sur mes cuisses, incapable de supporter son regard. Si je voulais continuer à le protéger – et protéger mon propre cœur –, je devais lui répondre « non ». Il ne me croirait probablement pas : après tout, il ne m'avait pas cru jusque-là, et je ne voyais aucune raison pour que cela change. Mais les mots pouvaient consolider la forteresse que j'avais édifiée autour de mon cœur.

Je m'efforçai de le renier. En vain.

— Je n'ai jamais cessé de t'aimer, dis-je doucement, les yeux toujours rivés à mes mains jointes. J'ai voulu mais je n'y suis pas parvenue. (Mes yeux me brûlaient comme si j'étais sur le point de pleurer, mais je clignai rapidement des paupières pour faire disparaître cette brûlure.) L'amour ne vainc pas tout. Il y a simplement trop d'obstacles. (Il commença à protester mais je levai la main pour lui intimer de se taire.) J'ai vécu des moments vraiment malheureux dans ma vie, mais cela n'avait rien à voir avec ce que j'ai ressenti quand Raphael t'a kidnappé. (Je me forçai à le regarder sans masquer mon angoisse.) Tu ne comprends pas que je ne peux envisager de revivre une telle situation ?

À ma grande consternation, il se rapprocha de moi. Si j'avais pu m'éloigner sans basculer par-dessus l'accoudoir du canapé, je l'aurais fait. Quand j'essayai de détourner la tête pour éviter son regard, il posa la main sur mon visage pour m'immobiliser. Tout mon corps fut secoué de plaisir à ce simple contact.

— Cesse de te mentir à toi-même, Morgane, me gronda-t-il gentiment. Je sais que cela a été terrible pour toi – ça n'a pas été une partie de plaisir pour moi non plus – mais tu me repoussais déjà bien avant que ceci arrive. J'ai réussi à t'aimer malgré tout, même quand tu es une emmerdeuse. De quoi as-tu si peur ?

La réponse facile, la réponse que je m'étais faite dès l'instant où j'avais compris que mon cœur était en danger, était que j'avais une mauvaise influence sur lui, qu'être avec moi le faisait mal tourner et le changeait, détruisait l'homme que j'avais aimé. Mais je savais à présent que ce n'était pas vrai. La vérité, c'était que je craignais qu'un jour il devienne plus sage et prenne conscience du spécimen pitoyable d'humanité que j'étais. Pour commencer, je n'avais pas grande estime de moi-même. Si j'ouvrais mon cœur à Brian et qu'il me le balançait à la figure, je n'étais pas certaine d'être capable de le supporter.

Impossible que je lui fasse un tel aveu. Ma lâcheté émotionnelle habituelle me fit changer de sujet.

— Est-ce que tu vas appeler les flics pour nous dénoncer ?

Il éclata d'un rire sans joie.

— Je dois être fou pour continuer à me taper la tête contre ce mur, marmonna-t-il ; je grimaçai. Je me demande si tu en vaux vraiment la peine.

J'étais encore sonnée par la douleur de ces propos quand il m'attrapa, me tira contre lui et m'embrassa. Je résistai peut-être dix secondes à ce baiser. Quand je m'y abandonnai, je le fis de tout mon cœur, mes bras autour de son cou, m'accrochant à lui.

Après toutes ces semaines sans ses baisers, j'en avais presque oublié combien ils étaient bons. Maintenant je m'en rappelai avec violence et mes sens étaient sous le choc. Quand sa langue plongea dans ma bouche, je laissai échapper un gémissement désinhibé de plaisir. Sa main se posa sur mon visage et la chaleur de ce contact fit fondre un peu de la glace qui s'était formée autour de mon cœur.

Je voulais qu'il n'arrête jamais. Ses lèvres étaient sur les miennes et mon esprit se fit la belle. Au lieu de penser tout le temps, je me contentai de ressentir.

Malheureusement, Brian avait encore des choses à me dire et il brisa ce long baiser bien avant que je m'y sois préparée. J'émis une protestation incohérente et tentai de capturer une nouvelle fois ses lèvres, mais il posa les mains sur mes épaules pour m'écarter. Il respirait fort et ses yeux étaient obscurcis par le désir, pourtant il trouva la volonté d'arrêter.

— Je t'aime, Morgane, dit-il en plongeant intensément son regard dans le mien. Je crois que tu vaux le coup qu'on se batte pour toi. Mais il va falloir que tu y mettes aussi du tien. Je ne peux indéfiniment tenir notre relation en l'état.

Mon cœur se serra, je savais qu'il avait raison. Je tendis la main pour lui caresser la joue.

— Crois-moi si tu le veux, j'essaie. Mais nous savons tous les deux combien je suis bousillée. J'étais en vrac bien avant que je me retrouve au centre d'une guerre civile de démons. Je ne sais pas si je suis capable d'entretenir quoi que ce soit qui ressemble à une relation normale.

Il secoua la tête.

— C'est une excuse bidon. Beaucoup de gens ont des familles pourries et parviennent pourtant à avoir des relations solides.

Je n'étais pas certaine d'être d'accord. Il me semblait que ces prétendues relations solides n'étaient probablement que des illusions. Comme il était peu probable que je rallie Brian à mon opinion, je la gardai pour moi.

— Je vais faire de mon mieux, dis-je. Je sais que c'est déplacé en bien des domaines, mais…

Une fois encore, il m'interrompit par un baiser. S'il devait continuer à me couper la parole, il avait définitivement trouvé ma méthode préférée. Cela ne résolvait aucun des problèmes entre nous mais je me sentais tellement bien ! Consciente que j'allais me compliquer la vie davantage, je m'abandonnai néanmoins à ce baiser, à son goût, à son odeur, à son contact. Le feu coulait dans mes veines et mon cœur tambourinait dans ma poitrine tandis que je lui montais sur les genoux.

Mes mains, se déplaçant selon leur volonté propre, défirent d'un coup les boutons de sa chemise. Mes doigts bandés rendaient mes gestes maladroits et je perdis patience. L'embrassant toujours comme si ma vie en dépendait, je grattai les bandages avec mes ongles jusqu'à en trouver l'extrémité puis j'arrachai d'un coup le pansement avant de le jeter.

Les doigts dorénavant libres, je m'empressai de défaire les derniers boutons de la chemise de Brian pour caresser la peau de son torse. Le peu de pilosité dont il était doté était douce et soyeuse sous ma caresse. Quand je dénichai ses mamelons et les pinçai, il sursauta en gémissant sous moi. Il releva ma chemise et mon soutien-gorge pour dénuder mes seins, ne prenant pas la peine de déboutonner ni de dégrafer quoi que ce soit. Je pinçai de nouveau ses mamelons et il s'avança d'un coup en se saisissant des miens entre ses lèvres adroites.

Je gémis à mon tour, mon dos se cambrant malgré moi. Sa langue râpait mes boutons durcis et il les suçait juste assez pour que cela soit presque douloureux. Puis il passa les mains sous mes fesses pour me coller contre lui avant de se lever. L'entourant de mes jambes, je m'accrochai à sa nuque tandis qu'il m'emmenait dans la chambre.

Il me posa debout près du lit, puis s'attaqua aux boutons de mon jean. Je profitai de ce moment de distraction pour passer ma chemise par-dessus tête et me débarrasser de mon soutien-gorge. Je repoussai ses mains avant qu'il en ait fini avec mes boutons, mais son cri de protestation mourut dès que je fis glisser sa chemise sur ses épaules. Je tendis la main vers sa ceinture pendant qu'il défaisait les derniers boutons de mon jean.

Le fragment de mon esprit qui était encore doté d'un soupçon d'intelligence remarqua que Brian portait à la ceinture un téléphone portable et un autre accessoire de même taille. Je lui en parlerais – car il me semblait qu'il s'agissait d'un minipistolet hypodermique – mais plus tard. Nous avions pour le moment d'autres choses plus importantes à faire.

Brian balança ses chaussures tandis que je lui baissais son pantalon et son slip sur les chevilles. J'avais dans l'idée de me mettre à genoux pour le prendre dans ma bouche mais il était apparemment pressé d'en arriver à l'essentiel. Il me poussa sur le lit et se mit à tirer sur mon jean et ma culotte avant de jurer quand tout se bloqua au niveau de mes chaussures de sport. Il jura encore en me les ôtant et réussit finalement à libérer mes jambes du fatras de vêtements.

Brian était d'ordinaire un amant lent et doux, appréciant autant les préliminaires et la montée de l'excitation que l'orgasme. Ce soir-là, il était trop pressé, il avait trop envie. Mais moi aussi, je me trouvais dans le même état. Il se laissa tomber sur moi, écartant mes jambes de son genou. Nous n'étions même pas allongés totalement sur le lit. Mes jambes pendaient sur le bord quand il me pénétra d'un coup puissant, presque furieux. Je l'entourai de mes jambes et essayai de tirer son visage à moi pour l'embrasser, mais il me cloua les poignets de part et d'autre de ma tête.

Je m'apprêtai à protester devant cette soudaine démonstration de domination. Je voulais le toucher, je voulais sentir ses muscles trembler et son cœur battre sauvagement pendant qu'il me prenait. Pourtant, dès qu'il commença à bouger en moi, mon mécontentement se transforma en un grognement prolongé de plaisir.

Il poussait en moi avec une telle force que je sentais le lit bouger sous nos corps. La sueur perlait sur son visage et il respirait bruyamment. Ses mains serraient mes poignets brutalement, me maintenant en place afin qu'il puisse me pilonner aussi fort qu'il le désirait. Mes doigts se crispèrent en poings, mes ongles s'enfonçant dans mes paumes, tandis que j'essayais de contrôler la vague de sensations qui menaçaient de me submerger.

Je ne voulais pas aimer ça. Brian était si brutal avec moi que j'allais être contusionnée et irritée ensuite. Probablement que j'aurais déjà dû ressentir de la douleur, mais les endorphines et l'adrénaline ou simplement le désespoir pur m'empêchaient d'avoir mal. La pression sur mes poignets et la sensation d'être clouée auraient dû me mettre en colère. Il n'y avait aucun partage dans cet ébat. Et pourtant mon corps chantait de plaisir, mon dos se cambrait, mes talons s'enfonçant dans son cul, ma bouche ouverte sur un cri silencieux.

Puis l'orgasme me frappa et le cri ne fut plus silencieux. Le son qui m'échappa était rauque, et urgent, et si fort qu'on dut m'entendre dans l'immeuble voisin. Mon cri déclencha aussitôt l'orgasme de Brian et il me pilonna encore plus fort.

Quand ce fut fini, il s'effondra sur moi, ses mains relâchant leur prise mortelle sur mes poignets dès l'instant que son front toucha le mien. Nous haletions pour reprendre notre souffle, tous deux baignés de sueur.

Je n'avais presque plus de forces, pourtant je l'entourai de mes bras et le tirai à moi, mes mains caressant la peau glissante de son dos.

Plus la sueur sur mon corps devenait fraîche, plus je prenais conscience d'une sensation de brûlure entre mes jambes et d'une douleur vive aux poignets. Apparemment, l'adrénaline était retombée. Malgré cette sensation désagréable, je ne parvenais pas à regretter ce que nous venions de faire. Brian n'avait pas été l'amant doux et sensible que j'avais attendu mais c'était toujours l'homme que j'aimais.

Haletant toujours, il se glissa hors de moi puis passa ses bras sous mon corps pour me hisser sur le lit. Il m'y rejoignit pour m'enlacer. Nos jambes s'emmêlèrent et, la tête coincée sous son menton, l'oreille posée sur son torse, j'écoutais les battements de son cœur.

Nous ne parlions pas, préférant rester allongés dans les bras l'un de l'autre en reprenant notre souffle. Je fermai les yeux et inspirai son odeur familière et musquée, le parfum qui m'avait tellement manqué depuis le jour où j'avais repoussé Brian. Et je sus que j'étais perdue.

Peu importait le danger qu'il risquait en étant avec moi et peu importait que je lui remette entre les mains le pouvoir de briser mon cœur en mille morceaux, il m'était impossible de continuer à le repousser. J'avais trop besoin de lui, j'avais besoin d'être avec l'homme qui m'aimait comme j'étais, même si je n'étais pas certaine que notre amour résiste au temps.

Je levai la tête pour lui faire une déclaration romantique et appropriée mais, avant que j'ouvre la bouche, le téléphone sonna. Nous grimaçâmes de concert.

— Ils pourront laisser un message, dit-il en caressant ma joue encore couverte de sueur.

Je fus sérieusement tentée d'ignorer ce fichu téléphone. J'avais encore tellement de choses à dire et je devais lui dire maintenant sinon je risquais de me dégonfler. Mais comme Lugh me l'avait fait remarquer en maintes occasions, il y avait beaucoup plus en jeu que ma propre vie et mon bonheur. Je m'assis avec un gémissement malheureux, la brûlure entre mes jambes m'arrachant une grimace.

— Avec tous les drames que je provoque, il faut que je sache au moins qui c'est.

Je sentis ses yeux sur moi quand je tendis la main vers le téléphone pour consulter l'identification d'appel. C'était l'accueil de l'immeuble, ce qui annonçait habituellement un visiteur ou un colis. Il était trop tard pour que cela soit un colis.

Je faillis lâcher le combiné quand M. Watkins, le réceptionniste, m'annonça que mon père souhaitait monter. Mon cerveau tressauta comme un pantin tandis que je m'efforçais de deviner (1) quelles étaient les chances que ce soit vraiment mon père et (2) ce qu'il me voulait s'il s'agissait bien de lui.

M. Watkins attendit patiemment pendant ces spéculations qui me prirent cinq bonnes minutes.

— Mademoiselle Kingsley ? demanda-t-il enfin quand mon hésitation lui parut trop longue.

Si mon père était réellement sorti de sa cachette pour venir me parler, alors je supposais que je n'avais pas d'autre option que de le voir. Peut-être que la Société de l'esprit l'avait envoyé sur l'ordre de Dougal pour m'extirper des informations. Peut-être Cooper l'avait-il appelé pour l'avertir que j'étais au courant de ce qui s'était passé et mon père était venu s'excuser. Eh ! pas mal comme rêve !

— Faites-le monter.

Brian me lança un regard réprobateur quand je glissai hors du lit et je lui adressai un sourire d'excuse en enfilant mon jean.

— C'est mon père. Il faut que je lui parle.

J'avais tellement de choses à dire à mon père. Pourtant la perspective de lui faire passer un mauvais quart d'heure pour ce qu'il avait laissé la Société me faire était beaucoup plus tentante que je voulais l'admettre.

— Je vais essayer d'écourter.

Je passai ma chemise sans m'encombrer du soutien-gorge.

— Attends-moi, dis-je à Brian en me penchant pour lui donner un baiser rapide.

Mais il se leva pour rassembler ses affaires.

— Je vais attendre, m'assura-t-il avant que je puisse protester. Je ne vais juste pas t'attendre à poil au lit alors que ton père se trouve dans la pièce d'à côté.

J'éclatai de rire avant d'apercevoir le pistolet hypodermique attaché à sa ceinture.

— Quand as-tu acheté ça ? demandai-je en désignant l'objet d'un mouvement du menton.

— Ce matin. Je me sentais un peu nerveux après tout ce qui s'est passé.

Je fronçai les sourcils. Je n'aimais pas l'idée que Brian porte une arme. Bien sûr, je voulais qu'il puisse se défendre au cas où un démon l'attaquerait, mais c'était un pas supplémentaire sur une route que je ne souhaitais pas le voir emprunter. Je jetai un œil aux hématomes qui se formaient sur mes poignets et réalisai qu'il était peut-être déjà plus avancé sur ce chemin que je voulais l'admettre.

Ma sonnette retentit. Même si j'avais envie de rester dans la chambre avec Brian, pour lui parler et pour arranger les choses entre nous, ce n'était pas le moment. Le laissant finir de s'habiller, je me glissai dans le salon quand la sonnette retentit pour la seconde fois. J'hésitai avant d'ouvrir la porte. Mon père avait comploté avec la Société et les frères de Lugh afin que je sois possédée par un démon contre mon gré. Il m'avait droguée afin de pouvoir m'emmener à l'hôpital, puis apparemment m'avait laissée à la merci de Cooper et de Neely sans une arrière-pensée. Savait-il ce que ces salopards avaient prévu de faire de moi ? Avait-il fermé les yeux sur le fait qu'ils allaient me torturer ?

Mon esprit se rebella à cette pensée. Peu importait qu'il ne soit pas mon père biologique, peu importait que nous ne nous soyons jamais entendus, il m'avait quand même élevée depuis ma naissance. Mon esprit ne pouvait intégrer l'idée qu'il puisse être mauvais. Oui, il avait essayé de me livrer aux démons mais, dans sa vision du monde, être possédée était une bonne chose.

On sonna une troisième fois. En dépit de ma conviction profonde que mon père ne me ferait pas de mal, je repêchai mon Taser dans mon sac avant de répondre. J'ouvris la porte après avoir jeté un œil par le judas pour m'assurer que c'était bien mon père qui était là. Comme unique concession à notre relation familiale, je gardai le Taser au côté sans le viser, bien que l'engin soit armé et prêt à tirer.

Son visage, alors qu'il se tenait là à me considérer, était d'une neutralité étudiée, même s'il nota la présence du

Taser. Je dus résister à l'envie de lui envoyer mon poing dans la figure.

—C'est sympa de passer, papa, dis-je. Donne-moi une bonne raison de ne pas te claquer la porte au nez.

Son expression ne changea pas.

—Tu ne m'aurais pas ouvert la porte si tu ne voulais pas me parler.

—J'ai autant envie de te parler que de me faire opérer des amygdales sans anesthésie.

—Alors qu'est-ce que tu attends pour claquer la porte ?

Je faillis le faire. Je parvins presque à me convaincre que j'avais eu mon quota de confrontations pour la journée. Mais si je claquais la porte, il se pouvait que je n'entende plus jamais parler de lui. Et, bon sang, j'avais une tripotée de questions à lui poser !

Avec un grognement de frustration – je déteste qu'on me démasque en plein bluff –, j'ouvris la porte en grand et reculai. L'expression de mon père changea enfin et une étincelle de triomphe brilla dans ses yeux. Il passa le seuil et ferma la porte derrière lui avant de la verrouiller.

Je n'avais pas l'intention de lui proposer de s'installer. J'adoptai ma posture la plus agressive, les jambes écartées à largeur d'épaules, la tête relevée et le doigt sur la détente du Taser. J'avais sûrement l'air d'une fille qui se prend pour un garde du corps, mais je m'en fichais.

—Alors où donc maman et toi avez-vous disparu ? demandai-je.

Il me dévisagea calmement.

—Si nous avions voulu que tu le saches, nous t'aurions laissé notre adresse.

Je fus surprise par cette réponse. C'était moi la petite maligne de la famille et mon père se contentait habituellement d'énoncer les faits. Il avait dû subir pas mal de pression ces derniers temps, bien que je doive admettre qu'il n'avait pas l'air particulièrement tendu. En fait, si je ne l'avais pas mieux connu, j'aurais pu croire qu'il s'amusait beaucoup.

— Je suppose que Cooper a appelé et t'a dit que je me souvenais de ce que vous m'aviez fait.

Pendant une demi-seconde, il sembla avoir l'air surpris, mais cette esquisse d'expression disparut avant que j'en sois certaine.

— Je ne t'ai jamais rien fait.

J'écartai sa réponse d'un geste de la main.

— Tu as laissé le docteur Neely et Cooper disposer de moi. Ils n'auraient pu le faire sans ta permission. Même toi, tu ne peux nier le rôle que tu as joué dans tout ça.

Il haussa les épaules.

— Si tu t'attends que je me torde les mains d'un air coupable, tu te fais des illusions. J'aurais pu insister pour que ta mère avorte. L'un dans l'autre, je pense que je t'ai traitée décemment.

Je retroussai la lèvre supérieure de dégoût.

— Si c'est le cas, il va falloir que tu vérifies la définition de « décemment » dans le dictionnaire. N'éprouves-tu pas une once de remords pour ce que tu as fait ?

Je n'avais jamais eu l'impression que mon père nourrissait un grand amour pour moi, mais j'avais toujours pensé qu'il était au moins investi d'un sentiment de responsabilité parentale. Étant donné son absence totale de remords, je suppose que ce n'était pas le cas.

Il rejeta ma plainte d'un geste de la main comme si celle-ci ne comptait pas pour lui.

— Ce n'est pas de ça dont je suis venu te parler.

J'étais pourtant terriblement tentée d'insister mais, après le numéro de disparition de mes parents, je supposai que si mon père sortait de son trou volontairement, il devait avoir une raison importante. Je ravalai alors mes questions et mes émotions et le laissai me repousser.

— Alors de quoi es-tu venu me parler ?

Son regard dur et métallique me figea jusqu'à la moelle.

— Je suis venu te parler de l'hôte dans lequel tu as transféré Lugh. Je crois que tu as dit qu'il s'appelait Peter Bishop ?

Le regard fut suivi d'un sourire triomphant.

Je secouai la tête pour nettoyer les toiles d'araignée qui encombraient mon esprit tandis qu'un certain nombre de réflexions écœurantes fleurissaient dans mon esprit. *Der Jäger* était le seul à connaître le nom de l'hôte fictif dans lequel Lugh aurait été transféré. Il avait très bien pu en informer ses comparses mais il ne me semblait pas être du style à jouer en équipe. Raphael m'avait dit que *der Jäger* était emprisonné dans le Royaume des démons et j'avais cru Raphael, persuadée qu'il ne ferait jamais quoi que ce soit qui puisse mettre Lugh en danger.

L'homme qui m'avait élevée comme sa fille m'observait maintenant avec une lueur prédatrice dans les yeux. Une lueur que je ne pus reconnaître que comme étant celle du mal. Raphael avait menti.

Je déglutis.

— *Der Jäger*, je présume ?

Chapitre 25

Le sourire du *Jäger* s'élargit quand il se rapprocha de moi. Je reculai d'un pas en levant le Taser. J'ai de bons réflexes mais je ne suis pas aussi rapide qu'un démon. Avant que j'aie une chance de tirer, *der Jäger* fit voler le Taser d'un revers de la main, l'envoyant à l'autre bout de la pièce. Je fis marche arrière mais il ne me suivit pas immédiatement.

—Nous nous retrouvons, dit-il en se courbant d'un air moqueur. J'étais déçu que nous n'ayons pas pu finir notre petite… discussion.

—Oui, moi aussi, dis-je en me dirigeant vers le Taser qui reposait par terre près du canapé.

Der Jäger avait détruit les esprits de ses hôtes précédents. Mon estomac se crispa quand je compris que, selon toute probabilité, mon père était officiellement un légume.

Est-ce que papa avait volontairement accepté d'être possédé par *der Jäger* tout en sachant ce que ce démon prévoyait de me faire ? Je secouai la tête. J'avais nourri pas mal de mauvaises pensées à l'égard de mon père et je ne lui pardonnerais jamais de m'avoir livrée à Cooper et Neely, mais je refusais de croire qu'il s'était donné de lui-même à un démon psychopathe. C'était un fanatique mais il avait quand même un fond de décence.

Ma gorge se serra quand le chagrin essaya de m'arracher des larmes. Je luttai, je n'avais aucune envie de donner la moindre miette de satisfaction au *Jäger*.

— Dis-moi, dit *der Jäger* en souriant toujours, est-ce que c'est un vrai nom que tu m'as donné ou tu l'as juste inventé ?

Je fis un nouveau pas vers le Taser. *Der Jäger* me laissa faire comme s'il n'avait pas remarqué ce que je préparais. Mon intuition me hurlait qu'il s'amusait avec moi. Je ne voyais pas d'autres options porteuses d'espoir.

— Je t'ai dit la vérité, dis-je. Mais comme je ne sais pas où se trouve Peter Bishop, il n'y a rien d'autre que je puisse t'apprendre. Même si je le voulais.

Ce salopard arrogant ne m'empêcha pourtant pas de progresser vers le Taser. L'espoir me transperça. Peut-être était-il à ce point arrogant que je pourrais le lui faire payer.

— Comment va ton doigt ? demanda-t-il ; je me figeai.

Merde ! J'avais enlevé les bandes avant d'aller au lit avec Brian et il ne m'était pas venu à l'esprit de les remettre pour voir mon père. *Der Jäger* pouvait constater de ses propres yeux que mon doigt n'était pas blessé. Quelles étaient les chances qu'il ne devine pas ce que cela impliquait ? Son sourire me fit comprendre qu'elles étaient nulles.

Der Jäger pencha la tête, les sourcils froncés.

— Comme c'est étrange, dit-il. De toute évidence, tu héberges encore Lugh et pourtant je ne le sens pas du tout sur toi. Pourquoi donc ?

Je bondis vers le Taser, espérant que la perplexité du *Jäger* le distrairait momentanément.

Son corps percuta le mien avec la force d'un camion Mack et nous tombâmes tous les deux par terre. Le poids du *Jäger* me coupa le souffle, me volant un cri de douleur, et nous atterrîmes au sol avec fracas. Comme j'étais face contre terre, je relevai la tête d'un coup sec et mon crâne percuta violemment son nez. J'entendis le cartilage craquer et sentis le flot chaud et collant du sang sur ma nuque.

Der Jäger ne semblait pas se préoccuper de la douleur mais il fut néanmoins surpris et je fus en mesure de me débarrasser de lui. Je tendais la main vers le Taser, mes doigts le frôlant presque, quand *der Jäger* m'attrapa par la cheville et me tira en arrière. Le mouvement envoya balader le Taser qui glissa par terre, de nouveau hors de portée.

La porte de la chambre s'ouvrit et mon cœur cessa presque de battre quand je vis Brian se précipiter vers nous.

— Non ! hurlai-je, la terreur soudaine m'empêchant de formuler une protestation plus cohérente.

Pourquoi les hommes ressentent-ils toujours le besoin de venir à votre secours quand ils savent qu'ils sont en position de faiblesse ? Si nous survivions tous les deux, je me fis la promesse intérieure d'avoir une longue et sincère discussion avec Brian concernant son complexe déplacé de héros.

Mon propre cri de détresse fut également une erreur. Malgré le sang qui se répandait de son nez cassé et déformé et qui recouvrait son visage, je pus voir le sourire vicieux du *Jäger*. Il lâcha ma cheville pour se diriger vers une autre cible. Je me jetai sur lui et l'entourai de mes bras bien que je sache ne pas avoir la force de le maîtriser.

— Brian, va-t'en ! criai-je. Sors de là !

Mais ce maudit empoisonnement aux testostérones n'allait pas le laisser m'abandonner pour combattre seule le *Jäger*. Au lieu de fuir, Brian se rua dans la bataille. Il suffirait d'un contact peau contre peau pour que *der Jäger* prenne possession de l'homme que j'aimais. Et le détruise.

Pas question que je laisse ça se produire ! *Der Jäger* avait déjà emporté mon père. Je refusais de perdre également Brian.

En désespoir de cause, je tentai d'ouvrir les portes de mon esprit à Lugh. Après tout, *der Jäger* savait déjà que je l'hébergeais, il n'y avait donc plus aucune raison de le cacher. La douleur me poignarda la tête mais, bien que je m'efforce de laisser Lugh prendre le contrôle, mon corps et mon esprit restaient obstinément liés.

Se défaisant facilement de mon étreinte, *der Jäger* bondit pour contrer la charge de Brian. J'étranglai un cri de désespoir.

Der Jäger fit un pas de côté, tel le matador qui esquive un taureau enragé. Écarquillant les yeux de surprise, Brian essaya de freiner. Il passa sa main droite sous sa chemise pour y prendre le pistolet hypodermique. Il aurait dû le dégainer aussitôt mais je suppose que ce geste n'est pas instinctif chez un avocat d'affaires, surtout quand il vient tout juste d'acheter ce fichu truc.

Avant que sa main trouve le pistolet, *der Jäger* attrapa Brian et le tira contre son torse en lui clouant les bras sur les côtés. Comme la chemise de Brian était à manches longues, il n'y eut tout d'abord aucun contact de la peau. Pas avant que *der Jäger* pose sa main sur la gorge de Brian et commence à serrer.

Les yeux exorbités, Brian luttait pour aspirer l'air dans ses poumons. Cependant, il respirait et, puisque mon père ne s'était pas effondré par terre, *der Jäger* n'avait pas encore pris Brian. Bien sûr, pourquoi le ferait-il alors que mes réactions venaient de révéler quel excellent otage celui-ci ferait ?

Je n'osais plus bouger ni respirer, je restais figée par terre, une main tendue vers Brian en maudissant le destin qui m'avait placée une nouvelle fois dans cette situation cauchemardesque. Le Taser reposait près des pieds de la table de la salle à manger et je n'avais aucune chance de mettre la main dessus. Ma tête cognait mais, comme Lugh n'était pas en mesure de m'aider maintenant, je résistai à sa pression. Il savait à quel point Brian comptait pour moi et il ferait de son mieux pour le protéger. Cependant, je savais que, dans le grand ordre de l'univers, Lugh considérerait qu'on pouvait se passer de Brian. J'étais incapable de raisonner ainsi, aussi valait-il mieux que je garde le contrôle, même si je ne savais pas ce que j'allais pouvoir faire pour nous sortir de là.

— Dois-je prendre un nouvel hôte ? demanda *der Jäger*, ses yeux dilatés par l'excitation pendant que Brian se débattait en vain.

Je déglutis en tremblant de tout mon corps.

— Je t'en prie, non, dis-je d'une voix frémissante. Je ferai tout ce que tu veux. Je te dirai tout ce que tu veux savoir. Laisse-le partir.

Comme si je croyais qu'il y ait une chance que cela arrive !

Le regard du *Jäger* s'embrasa dans un sourire jubilatoire.

— Je savais que tu pouvais devenir raisonnable. Tiens-toi bien et il se pourrait que je laisse ton petit ami partir.

— Laisse-le partir maintenant !

Il éclata de rire.

— Pourquoi le ferais-je ?

Je regrettai de ne pas trouver de réponse intelligente mais mon cerveau était uniquement concentré sur la menace qui planait sur l'homme que j'aimais. Le sentiment amoureux minait la moindre once de logique dans mon esprit et je piétinais comme une imbécile. Lugh força une nouvelle fois et je lui montrai intérieurement les dents pour qu'il laisse tomber. Pas question que je le laisse prendre le dessus, c'était mon dernier mot.

Cette douleur fulgurante sembla m'aider à concentrer quelques-unes de mes cellules cérébrales et je trouvai la force de répondre à la question du *Jäger*.

— Parce que si tu ne le laisses pas partir maintenant, je sais que tu n'auras jamais l'intention de le laisser partir et je n'aurai alors aucune raison de te répondre.

Der Jäger s'esclaffa.

— Et si je le laisse filer, tu n'as aucune motivation pour me répondre. Je suppose que, dans un sens ou dans l'autre, si cela t'est égal, je ferais mieux de le posséder tout de suite.

Je bondis sur mes pieds.

— Non ! criai-je en tendant la main d'un air implorant.

— Tu vas répondre à mes questions ?

Je n'avais pas le choix. J'acquiesçai.

— Bien. Maintenant pourquoi n'irions-nous pas discuter dans un endroit plus intime ?

Pour le moment, on ne pouvait pas trouver plus intime que mon appartement, bien que *der Jäger* ne le sache pas. Je n'espérais pas vraiment que quelqu'un ait entendu mes cris et ait appelé la police. Mes voisins de droite étaient partis en vacances et celui de gauche refusait d'admettre qu'il avait besoin d'un sonotone. J'étais toute seule.

— Je ferai tout ce que tu veux, dis-je en écartant les bras. Ne fais pas de mal à Brian. Il n'a rien à voir avec tout ça.

Je pense que les instincts machistes de Brian furent blessés par ma tentative de protection, mais *der Jäger* appuyait suffisamment sur la trachée de Brian pour que celui-ci puisse à peine respirer, encore moins protester.

— Ton inquiétude est touchante, dit *der Jäger*. Nous allons descendre au parking pour prendre ta voiture. Tu vas conduire et je m'installerai à l'arrière avec ton petit ami. Tu ne tenteras pas le moindre geste héroïque et tu ne parleras à personne. Est-ce que tout est parfaitement clair ?

J'acquiesçai avant de me diriger vers la table et mon sac à main. Le Taser me faisait signe depuis le sol, si terriblement tentant et proche et pourtant toujours trop loin.

— Reste où tu es ! aboya *der Jäger*.

— Il faut que je prenne mes clés de voiture, lui dis-je avec innocence.

Der Jäger se renfrogna.

— Avance très, très lentement et garde tes mains bien en vue. Prends les clés et laisse le reste.

Je m'exécutai, me déplaçant presque au ralenti. Je dus me rappeler de respirer de temps à autre. Mes doigts fourmillaient de prendre le Taser mais si je m'y aventurais, Brian était mort. Lugh cognait dans ma tête. Il savait que Brian était déjà mort, quoi qu'il arrive. Mais, bon sang, je n'allais pas laisser tomber avant que tout espoir soit perdu.

Tout espoir est perdu, me murmura une voix qui ressemblait de manière troublante à celle de Lugh. Je m'en débarrassai en secouant la tête.

Je défis soigneusement la fermeture Éclair sur le devant de mon sac avant d'ouvrir la poche en grand afin que *der Jäger* voie qu'elle ne contenait pas d'arme. Le cœur battant dans ma gorge, je sortis les clés et laissai retomber le sac sur la table.

La main serrant toujours le cou de Brian, *der Jäger* essuya le sang de son nez qui guérissait déjà lentement.

— Passe devant, m'ordonna-t-il.

Je m'exécutai.

Chapitre 26

Comme il était tard, nous ne rencontrâmes personne entre mon appartement et la voiture. *Der Jäger* avait relâché sa prise d'étranglement sur la gorge de Brian pour le maintenir par la nuque en le secouant dans tous les sens comme un flic avec un délinquant juvénile.

— Ne t'avise pas de tenter quoi que ce soit ! grondai-je à l'attention de Brian quand nous fûmes tous les trois dans l'ascenseur. Tu n'es pas aussi rapide qu'un démon.

Der Jäger sembla trouver ma réflexion très amusante et Brian me lança un regard rebelle. Mon cœur cessa presque de battre à l'idée qu'il décide malgré tout de jouer au héros. J'espérais que l'empoisonnement à la testostérone n'avait pas complètement grillé son intelligence. Il gagnait du temps mais si *der Jäger* le lâchait ne serait-ce qu'un instant, Brian tenterait quelque chose et se ferait tuer.

De toute façon, der Jäger le tuera, murmura la voix de Lugh dans ma tête. Un frisson dévala ma colonne vertébrale. Étais-je en train d'imaginer ce que Lugh pouvait me dire ou bien me parlait-il vraiment ? Je ne voulais pas le savoir.

Je sortis la voiture du parking sans incident, le gardien ne prenant même pas la peine de regarder ni mon visage ni mon passe avant de déclencher l'ouverture de la porte. Rien à dire, mon immeuble est vraiment bien protégé.

Il ne me fallut pas longtemps pour deviner où *der Jäger* m'emmenait. Pas facile de trouver un endroit tranquille au beau milieu d'une ville de la taille de Philadelphie mais, en voyant le musée d'Art devant nous, je me souvins que Fairmount Park, qui se trouvait dans le voisinage, couvrait des milliers d'arpents. Notre petit groupe pourrait y disparaître facilement.

Les lumières des péniches le long de la rivière Schuylkill me parurent d'un pittoresque incongru et joyeux quand nous les longeâmes avant de plonger dans les profondeurs du parc.

Au milieu du XIXe siècle, le développement rapide de la ville a mis en péril la réserve d'eau de Philadelphie. Le système de Fairmount Park est né de la transformation de la grande parcelle de Lemon Hill en parc public. Les années passant, de plus en plus de terrains, particulièrement ceux situés au bord de la Schuylkill, furent absorbés par le parc jusqu'à ce que ce dernier devienne l'un des plus grands espaces verts urbains du pays. Techniquement parlant, tous les parcs de la ville – et d'autres en dehors – font partie du système de Fairmount Park, mais quand les Philadelphiens parlent de Fairmount Park, ils pensent aux anciens terrains du bord de la rivière.

À l'image de la ville, le parc s'étale dans tous les sens. Certaines parties superbement paysagées comportent des pistes cyclables, équestres et des aires de pique-nique tandis que d'autres sont aussi proches de la forêt naturelle que ce qu'on peut trouver dans une ville de cette importance. L'endroit, qui aurait grouillé de monde par une journée ensoleillée, était, à cette heure de la nuit, sinistrement désert.

Finalement nous nous garâmes sur un parking clos. Je dus enfoncer les chaînes qui bouclaient l'allée sans que *der Jäger* paraisse se soucier des dommages infligés à ma voiture. J'aurais pu espérer qu'un flic passe dans le coin, voie la chaîne cassée et ma voiture mal garée et qu'il appelle du renfort, mais *der Jäger* avait choisi cet endroit avec soin. Quand j'arrêtai la voiture dans le coin le plus reculé du parking et que j'éteignis les phares, je compris que les chances que quelqu'un nous voie depuis la route étaient minces, voire inexistantes.

Lugh cogna encore une fois dans ma tête pendant que je suivais les ordres du *Jäger* et ouvrais la portière pour le laisser descendre avec Brian de la voiture. Si j'avais été moins déterminée à le bloquer, je me serais probablement effondrée sous cet assaut. Je me fichais de la douleur que Lugh pouvait me faire endurer – je sauverais Brian même s'il m'en coûtait la vie.

Tu ne peux pas ! protesta Lugh, et je fus plus certaine cette fois que c'était bien lui et non pas mon imagination qui me parlait.

Va te faire foutre, fut la réponse piquante que je lui adressai.

Apparemment, le parking n'était pas encore assez tranquille au goût du *Jäger* car il traîna Brian encore plus loin dans le parc jusqu'à ce que la faible lumière de la lune pénètre à peine la dense canopée des arbres. On avait véritablement l'impression de se trouver dans une forêt reculée plutôt que dans le centre de Philadelphie.

Finalement, *der Jäger*, satisfait de l'endroit, poussa

Brian contre un arbre, la main enserrant de nouveau sa gorge. Dans la lueur épaisse de la nuit, je les distinguais à peine. La chemise sombre et le jean de Brian se fondaient au tronc de l'arbre au point de donner l'impression d'une tête sans corps flottant dans l'air.

— Bon, dit *der Jäger*, je crois qu'il est temps qu'on discute, non ?

— Il me tuera de toute façon, commença Brian dont la voix s'étrangla quand *der Jäger* resserra sa poigne sur sa gorge.

— Une chose est sûre, dit *der Jäger*. Si tu ne me parles pas, je le tuerai. Tu sais que je ne bluffe pas.

J'acquiesçai, sans être certaine qu'il me voyait dans l'obscurité.

— Donc, continua *der Jäger* sur le ton de la conversation, tu héberges encore Lugh. Comme c'est intéressant. Il semblerait que Raphael n'ait pas été complètement honnête avec nous.

J'y regardai à deux fois dans ma tête, mais j'espérai que cela ne se vit pas sur mon visage. J'avais supposé que Raphael nous avait trahis auprès du *Jäger*. Autrement, pourquoi m'aurait-il dit que *der Jäger* se trouvait en prison si ce n'était pour me donner une fausse sensation de sécurité et lui permettre de m'approcher ?

C'était facile d'imaginer le pire avec Raphael, particulièrement après tout ce que j'avais appris de son implication dans ma vie. Mais notre camp avait un avantage sur la partie adverse : les méchants ne semblaient pas toujours jouer franc-jeu entre eux. Je n'avais aucune idée de qui mentait à propos de quoi et eux non plus, probablement. Il valait mieux que cela reste ainsi.

Je réussis à émettre ce que j'espérai être un ricanement.

— Depuis quand Raphael est-il complètement honnête avec qui que ce soit ?

Der Jäger haussa les épaules.

— Je suppose que tu as raison.

Mes yeux s'adaptant à l'obscurité, je vis le flamboiement soudain de ses narines quand il inspira avant de prendre une mine renfrognée.

— Je ne parviens toujours pas à sentir l'odeur de Lugh sur toi. Je n'ai jamais rien connu de pareil.

Au moins un d'entre nous allait mourir avant que tout cela finisse, alors il n'y avait pas de mal si je discutais un peu… pour gagner du temps. Je ne savais si le temps jouerait pour moi mais repousser l'horreur à venir semblait un plan aussi bon qu'un autre.

— Il ne peut pas vraiment me contrôler, expliquai-je. Nous avons affaire à une sorte d'inversion des rôles. Le démon devient le passager et c'est l'hôte qui tient le volant. Je suppose que c'est pour cette raison que tu ne peux pas le sentir.

Der Jäger prit un air intrigué de circonstance.

— Je me demande pourquoi son cher frère aurait négligé de nous mentionner ce détail.

Je haussai les épaules.

— Si je comprenais un tant soit peu Raphael, je ferais de mon mieux pour tout t'expliquer.

Les yeux du *Jäger* semblèrent scintiller dans le noir.

— Ne t'en fais pas. Je vais me faire un plaisir de le convaincre de tout m'expliquer lui-même. Contrairement à moi, il semble ne pas apprécier la douleur. Quelle faiblesse honteuse pour un membre de la famille royale.

Je dus réprimer un frisson. Aucun doute que Raphael méritait ce que *der Jäger* lui ferait – même s'il ne nous avait pas trahis – mais qu'allait-il advenir de son pauvre hôte ?

— Ta situation me met en quelque sorte face à un dilemme, poursuivit *der Jäger*. Il est probable que tu dises la vérité et que tu héberges vraiment Lugh. De toute évidence tu as hébergé un démon depuis la dernière fois où je t'ai vue. Pourtant, je n'ai aucune preuve que tu sois possédée. Peut-être es-tu plus maligne que je l'ai cru. Si je devais te tuer pour découvrir ensuite que tu n'héberges plus Lugh, j'aurais perdu une chance de savoir à qui tu l'as transféré.

— Ouais, la situation n'est pas simple. Je n'aimerais pas être à ta place.

L'étincelle dans son œil me fit comprendre qu'il n'appréciait pas vraiment mes sarcasmes, pourtant il ne s'énerva pas. Clouant toujours d'une main Brian contre l'arbre, il plongea l'autre dans sa poche arrière et en sortit une paire de menottes qu'il lança à mes pieds.

— Mets-les.

Je frémis en fixant les menottes. Vous pouvez me traiter d'accro du contrôle mais je déteste avoir les mains attachées. Bien sûr, même les mains libres, j'étais résolument impuissante face à mon ennemi tant qu'il avait Brian comme otage.

Apparemment *der Jäger* se lassa de me voir hésiter et il assena un coup de poing dans le ventre de Brian. Je laissai échapper un cri étranglé en voyant Brian essayer de se plier en deux, ce que la prise du *Jäger* autour de sa gorge ne lui permettait pas.

— Mets les menottes, répéta *der Jäger*.

Je me penchai pour ramasser les menottes en réfléchissant à toute allure. Mais aucune idée ingénieuse ne me vint.

— *Je peux briser les menottes si tu me laisses te contrôler*, dit Lugh.

Mon Dieu, j'espérais qu'il était uniquement capable de me parler de cette manière parce que j'étais stressée. Il était déjà assez envahissant dans mes rêves. Je n'avais vraiment pas besoin qu'il me rappelle constamment qu'il était en moi toute la journée, tous les jours.

Bien sûr, si *der Jäger* savait s'y prendre, cela ne me poserait pas longtemps problème.

Je ne daignai pas répondre à Lugh et refermai une menotte autour de mon poignet droit, mais *der Jäger* m'arrêta.

— Dans ton dos, s'il te plaît.

Je lui montrai les dents, ce qui parut l'amuser. Brian, dont le visage se réduisait toujours à un rictus de douleur, entourait son ventre de ses bras à l'endroit où *der Jäger* l'avait frappé. Le vent bruissait dans les arbres au-dessus de nous et les mouvements des branches ouvraient la voie à un pâle rayon de lune qui nous éclaira tous les deux.

Je dus réprimer un halètement quand je vis que Brian ne s'agrippait pas seulement le ventre de douleur : sa main s'était de nouveau glissée sous sa chemise. Le temps de cette courte éclaboussure de lune, j'aperçus le minipistolet dans son holster de ceinture. Pas plus grosse qu'un paquet de cigarettes, cette arme possédait néanmoins le pouvoir d'assommer un démon.

Je m'obligeai à ne pas regarder. Je ne savais fichtrement pas ce que Brian comptait faire alors que le démon avait toujours sa peau collée à la sienne, mais l'attention que j'étais en train de lui porter ne l'aiderait certainement pas. Le vent mourut et les branches masquèrent de nouveau la lune.

— Je suis en train de m'impatienter, dit *der Jäger* en me souriant. Peut-être faut-il que je te montre combien je peux faire mal à ton amoureux sans avoir à le prendre comme hôte.

Un gémissement de protestation montait dans ma gorge quand subitement tout explosa.

Der Jäger traîna Brian loin de l'arbre et lui décocha un coup de poing brutal au visage. Brian arracha le pistolet de sa ceinture mais le poing du *Jäger* lui percuta le menton bien avant que Brian ait le temps de se servir de son arme.

Le sang jaillit de la bouche de Brian. Le coup assené le souleva du sol et l'envoya valdinguer en arrière. Le pistolet s'envola de sa main inerte pour atterrir sur les feuilles dix mètres plus loin.

Der Jäger, qui s'apprêtait à assener un nouveau coup, tourna la tête pour suivre la trajectoire de l'arme, prononçant quelque chose qui ressemblait beaucoup à un juron, bien que je ne reconnaisse pas la langue.

Je n'avais aucune chance d'atteindre le pistolet avant que *der Jäger* s'en prenne de nouveau à Brian. Je n'avais également aucune chance de protéger Brian à moins d'être armée, ni à moins de laisser Lugh prendre le dessus en une seconde, ce que j'avais déjà admis ne pas être capable de faire. Je me propulsai donc en avant vers le pistolet.

Et, Dieu merci, *der Jäger* en fit autant, abandonnant Brian sanguinolent là où il se trouvait.

Je plongeai sur le dernier mètre. Mes mains se mirent à fouiller dans les feuilles mortes et mes doigts frôlèrent un objet manufacturé parmi la litière mais la main du *Jäger* se referma autour de mon poignet. Lugh se jetait contre les barrières de mon esprit et je m'efforçai de le laisser prendre le dessus. Tant que *der Jäger* n'avait pas la main sur Brian, nous nous en sortirions mieux si Lugh prenait les rênes.

Tout en essayant de laisser le contrôle à Lugh, je fouillais toujours de la main à la recherche du pistolet. *Der Jäger* tenta de me mettre violemment sur pieds mais je lui décochai un coup de pied dans le genou. J'entendis quelque chose craquer et *der Jäger* s'effondra par terre. Pourtant, il ne lâcha pas mon poignet, qu'il écrasa davantage. Je remerciai la présence de la menotte qui, bien qu'elle s'enfonçât dans ma chair, me permettait de garder mes os en un seul morceau. La douleur m'arracha des larmes. Ma main libre tomba de nouveau sur le pistolet et, cette fois, je pus le saisir. Je l'armai au jugé et priai pour qu'il soit complètement chargé.

J'enfonçai l'arme dans l'estomac du *Jäger* et lui envoyai une saine décharge.

Il cria de douleur et de surprise avant de s'écrouler sur moi en un tas inerte. Je pris environ une demi-seconde pour aspirer quelques goulées affolées d'air avant de le soulever et de l'écarter de moi. Ses yeux scintillaient de haine alors qu'il reposait dans l'obscurité, mais l'électricité le neutraliserait pendant au moins dix ou quinze minutes. Qu'allais-je faire de lui maintenant ? Je m'efforçai d'écarter cette question.

Surveillant *der Jäger* du coin de l'œil, je me précipitai vers Brian, qui ne bougeait toujours pas. À genoux près de lui, je fus tellement soulagée de voir sa poitrine se soulever que j'en aurais pleuré.

Ses lèvres et son menton étaient couverts de sang et je priai pour qu'il n'ait rien de cassé.

— Brian ? dis-je en repoussant doucement ses cheveux de son visage. Tu m'entends ?

Ses cils battirent pendant un moment avant qu'il ouvre les yeux. Je déglutissais convulsivement pour éviter de brailler comme un bébé. Brian cligna des yeux et grogna. Je sus d'instinct qu'il allait essayer de se lever, aussi je posai une main ferme sur son torse.

— Prends ton temps, lui ordonnai-je.

— Le démon…

D'un mouvement de tête, je lui intimai de se taire.

— Il est hors service pour le moment, lui assurai-je en désignant *der Jäger* du menton.

Brian tourna la tête pour suivre mon regard avant de grimacer. Il devait se trimballer une sacrée migraine.

— Ça va ? demandai-je parce qu'il m'était impossible de ne pas demander.

Brian s'appuya sur ses coudes et je le laissai faire. Il cracha ensuite du sang.

— Ça pourrait être pire, marmonna-t-il. Bien pire.

Je l'aidai à s'asseoir.

— Tu as toujours tes dents ?

— Elles sont toutes là mais j'en ai une qui bouge et une autre qui m'a l'air cassée. J'appellerai mon dentiste demain.

— Je suis tellement désolée…

— Ce n'est pas ta faute.

J'ouvris la bouche pour exprimer ma culpabilité avec plus de véhémence mais il me fixa en silence.

— Nous avons des choses plus importantes à faire maintenant, dit-il et je suivis à contrecœur son regard vers *der Jäger*.

Le démon s'agitait à présent mais il ne semblait pas avoir retrouvé le contrôle total de ses membres pour pouvoir ne serait-ce que s'asseoir. Je vérifiai tout de même la charge du pistolet.

— Qu'est-ce que tu vas faire de lui ? me demanda doucement Brian.

La nausée bouillonnait dans mon ventre. Je savais au-delà du moindre doute ce qui devait être fait. *Der Jäger* en savait beaucoup trop et était bien trop dangereux pour qu'on lui permette de retourner au Royaume des démons. Il devait mourir.

Mais le tuer signifiait qu'il fallait tuer mon père et je ne savais pas si j'en étais capable.

Chapitre 27

Je sentis la pression du regard de Brian sur moi tandis que sa question restait en suspens. Lors de la brève prise de contrôle de Lugh, le jour où j'avais failli être sacrifiée sur le bûcher, il m'avait utilisée pour aider Raphael à brûler vif un autre hôte de démon. Le démon et son hôte l'avaient bien mérité tous les deux et pourtant tout en moi s'était rebellé à cette idée. Si Lugh n'était pas en moi pour m'empêcher de rêver ce qu'il ne voulait pas que je rêve, j'en aurais certainement eu des cauchemars. Mais aussi pénible la situation avait-elle été, elle était bien pire à présent que l'hôte en question était l'homme qui m'avait élevée depuis ma naissance.

J'eus un vertige et, pendant un instant, je crus que j'allais m'évanouir.

Je secouai la tête violemment pour m'éclaircir les idées. Oh non, pas question que je m'évanouisse. Ce serait une fuite facile – tomber dans les pommes et laisser Lugh se charger du sale business – et je n'étais pas du genre à choisir la facilité. Et si je devais cautionner le fait qu'on brûle un homme, mieux valait que je regarde les choses en face et que je l'admette.

— Tu peux exorciser le démon ? me demanda Brian.

Je pris conscience que j'avais oublié de lui mentionner cette vérité difficilement acquise que l'exorcisme ne fait que renvoyer les démons dans leur Royaume.

Je ravalai la boule qui se formait dans ma gorge et me relevai.

— C'est possible. Malheureusement, Lugh m'a appris que l'exorcisme ne tue pas les démons. Et *der Jäger* doit mourir.

Pendant tout ce temps, *der Jäger* m'avait fixée de son regard menaçant et hostile. Mais quand il entendit mes propos, ses yeux devinrent fous et une expression qui ressemblait beaucoup à la peur traversa son visage. Il ouvrit la bouche pour parler mais, comme je n'avais aucune intention de l'écouter, je lui assenai une nouvelle décharge. Son corps se convulsa sous la nouvelle vague d'électricité, ce qui le rendit incapable de contrôler suffisamment la bouche de mon père pour former des mots.

— Tu n'es pas sérieuse, dit calmement Brian.

Il était parvenu à se mettre debout et se tenait près de moi. Je ne répondis pas.

— Seigneur, Morgane ! C'est ton père !

— Pas possible ? rétorquai-je avec une voix censément en colère bien qu'elle fût probablement plus hystérique qu'autre chose.

— Il doit sûrement y avoir une autre solution, dit Brian, mais cela tenait plus de la question que de l'affirmation.

Mon cœur cognait à tout rompre et je vacillai, en proie au vertige. Comme ce serait simple si je me laissais tomber dans les pommes ! Je me laverais les mains de toute responsabilité. Je n'aurais pas à tuer mon père et je n'aurais pas à affronter le regard terrifié de Brian.

Je sentis Lugh taper une nouvelle fois aux portes de mon esprit mais je les verrouillai. Si j'avais pu en jeter les clés, je l'aurais fait.

— Si tu as une meilleure idée sur la manière de neutraliser ce démon sans le tuer, je t'écoute, m'entendis-je dire.

J'avais la sensation de vivre une expérience extracorporelle, mon âme s'efforçant de reculer devant l'horrible réalité de ce que je devais accomplir. Je me répétai sans cesse que mon père était mort depuis longtemps, qu'il était enterré dans l'oubliette profonde et noire de son propre esprit. Il valait mieux qu'il meure plutôt qu'il reste dans cet état jusqu'à la fin de ses jours.

Mais resterait-il dans cet état jusqu'à la fin de ses jours ? Après tout, Andy était revenu après avoir gardé Raphael dans sa tête pendant dix ans. Mon père n'avait pas hébergé *der Jäger* plus de vingt-quatre heures. Mon cœur gronda sourdement. Peu importait ce qu'il avait permis à Cooper et Neely de me faire. Peu importait qu'il ne m'ait jamais aimée. Peu importait qu'il soit froid et insensible et même qu'il puisse être carrément méchant. Peu importait même qu'il ne soit pas mon père biologique. C'était papa.

Les démons adhèrent à un code très strict de moralité où la fin justifie les moyens. Même le plus gentil et le plus tendre d'entre eux n'aurait pas hésité à prendre la « bonne décision » à ma place. Mais en regardant mon père allongé par terre avec un démon psychopathe dans les yeux, je sus que je n'en aurais pas le courage.

Je grimaçai de douleur quand Lugh se remit à cogner dans mon crâne. Je n'entendais pas sa voix pour le moment mais je savais ce qu'il pensait.

— Ça ne va pas ? me demanda Brian en posant la main sur mon bras et en me fixant d'un air véritablement inquiet.

Quelle devait être l'expression de mon visage pour qu'il fasse cette tête alors qu'il croyait toujours que j'étais sur le point de commettre un parricide !

— Tu as raison, haletai-je en essayant de me souvenir comment respirer malgré la douleur que je m'infligeais à garder les portes de mon esprit fermées. Je ne peux pas le tuer.

En réalité, je n'étais pas vraiment certaine que j'en aurais été capable si l'hôte n'avait pas été mon père. Merde, quel genre de personne a le courage de brûler vif un être humain ? Pas le genre de personne que je voulais être, de toute évidence. Et encore aurait-il fallu que je m'organise de manière à ne pas être arrêtée ensuite pour meurtre.

— Qu'est-ce qui ne va pas ? demanda Brian.

J'aurais été touchée par sa voix inquiète si je n'avais eu à ce point mal.

— Lugh essaie de prendre le contrôle. Je ne peux pas le laisser faire ou bien il prendra la décision sans nous consulter.

Je fus contente de sentir les mains de Brian sur mes épaules. Elles faisaient office d'ancres alors que la douleur menaçait de m'emporter.

— Qu'est-ce que tu vas faire ?

Un autre gémissement monta dans ma gorge. Combien de temps allais-je tenir avant de perdre connaissance ?

— Je l'exorciserais si Lugh me laissait tranquille mais je ne pense pas qu'il soit d'accord. Nous devons partir d'ici avant que Lugh remporte la bataille.

Je m'échappai de l'étreinte de Brian, incapable de parler davantage tant j'avais mal. Il m'observait avec un regard hanté.

—Mais même si tu l'exorcisais, il pourrait revenir dans un autre hôte, c'est ça ? Et il viendrait s'en prendre à toi.

Je pinçai l'arête de mon nez bien que cela ne me fût d'aucune aide.

—Peu importe, insistai-je, en sachant que c'était faux. Je ne peux pas tuer mon père.

J'étais désorientée dans ces bois sombres et n'avais aucune idée de la direction à prendre pour rejoindre le parking. Une chose était sûre, il fallait se tirer rapidement. Je ne pouvais plus supporter la douleur.

Prenant une direction au hasard, je me mis à courir. Je ne voyais rien du tout et ma tête était tellement douloureuse que je pouvais à peine garder les yeux ouverts. Je percutai un arbre de plein fouet, titubant en arrière de quelques pas avant de plonger une nouvelle fois en avant.

Au loin, j'entendis Brian me crier de m'arrêter. Si je m'arrêtais, je m'effondrerais par terre sans pouvoir me relever.

—Je t'en prie, Lugh, suppliai-je avec le peu de souffle qu'il me restait dans les poumons. Je t'en prie, ne fais pas ça.

Mais il ne cessa pas et je continuai à courir.

Jusqu'à ce que quelque chose percute mes jambes et que je m'étale de tout mon long.

Je donnai des coups à l'aveuglette et Brian jura quand mon pied ricocha sur le côté de sa jambe.

— Arrête ! cria-t-il. Tu vas finir par te faire mal !

— Non ! braillai-je tandis que l'obscurité rampait à la périphérie de ma vision. Je ne pourrai plus le retenir longtemps.

J'essayai de me lever mais Brian me maintint au sol en s'asseyant presque sur moi.

— Calme-toi ! dit-il sans paraître particulièrement calme lui-même.

— Laisse-moi.

— Pas tant que tu ne te seras pas calmée.

Il y avait toujours une pointe de panique dans sa voix mais j'y perçus également une volonté implacable. Je m'efforçai de ralentir ma respiration, de suivre son conseil, mais la douleur m'en empêchait. Je voulais lui décrire avec précision ce qui m'arrivait d'une manière tranquille et logique mais mon cerveau refusait de coopérer. Au lieu de lui parler, je luttai désespérément jusqu'à ce que l'effort soit trop important et que mes défenses s'effondrent.

La dernière fois que Lugh avait pris le contrôle de mon corps alors que j'étais consciente, j'avais fait l'expérience troublante de me déplacer dans mon propre corps sans être capable de bouger un muscle. Cette fois-ci fut différente.

Un moment, j'étais allongée sur le sol de la forêt avec Brian assis sur mes fesses pour que je ne bouge pas. La seconde suivante, j'étais ailleurs, au milieu d'une obscurité impénétrable.

— Lugh ! criai-je. Ne t'avise pas de faire ça !

Naturellement, je n'eus aucune réponse. Comme je ne discernais même pas ma main devant mon visage, je décidai d'avancer les deux bras tendus devant moi.

Il me fallut deux pas pour atteindre ce qui semblait être un mur de pierre. J'essayai de me dire que c'était une bonne chose, que j'avais trouvé un moyen de m'orienter dans le noir. J'étais bien loin de m'en persuader.

Déplaçant une main par-dessus l'autre, je suivis le mur en progressant de trois pas supplémentaires avant de rencontrer un coin. Je le dépassai pour continuer à longer le mur mais mon cœur battait maintenant aussi vite que celui d'un lapin effrayé. Je savais où je me trouvais, ce que Lugh m'avait fait.

Ma cellule semblait faire deux mètres sur deux et était complètement nue. Les quatre parois étaient en pierre froide et humide, le sol en terre mouillée. Quand je me tordis le cou pour regarder vers le haut, je distinguai une ouverture circulaire à une hauteur approximative de deux étages. La lumière pâle et bleue de la lune, qui filtrait au travers des barreaux bloquant l'ouverture, était engloutie par l'obscurité à mi-hauteur de la cellule.

Je croisai les bras sur la poitrine en tremblant.

— Espèce de salaud, dis-je d'une voix effrayée.

Lugh ne me laisserait pas ici indéfiniment. Il était sans aucun doute en colère contre moi de ne pas l'avoir laissé volontairement prendre le contrôle mais il lui était plus facile qu'à moi de se défaire de son ressentiment. Pourtant, même si je savais que mon emprisonnement serait de courte durée, la peur suintait dans mon ventre et mes nerfs vibraient comme si j'avais bu au moins quinze tasses de café.

Incapable de tenir en place, je me mis à cogner du plat de la main contre un mur.

— Lugh ! Laisse-moi sortir d'ici !

Même le son de ma main tapant contre le mur semblait être avalé par l'obscurité, et ma voix paraissait fine et métallique. S'il s'était agi d'un endroit réel plutôt qu'un cauchemar éveillé, le bruit aurait résonné.

Comme ma main commençait à me faire mal, je me mis à donner des coups de pied dans le mur, haussant le ton de ma voix qui devenait de plus en plus fine alors que la panique menaçait de me submerger.

— Lugh !

Mais il n'y eut aucune réponse et les murs restèrent fermes et solides. Je traversai la cellule pour me ruer sur une autre paroi, cognant du poing tout en sachant que je me meurtrissais la main. La panique prenait vie, aspirant tout l'air de la cellule, obligeant mes poumons à travailler deux fois plus.

J'essayai d'escalader le mur brut et escarpé. Peut-être que si j'avais été une varappeuse aguerrie, j'aurais pu atteindre le sommet. Probablement pas, non. Et même si j'y étais parvenue, l'ouverture était fermée de barreaux.

Je ne réussis qu'à me casser les ongles jusqu'au sang et à alimenter encore plus ma panique. Cherchant à tout prix à m'échapper, je tentai d'enfoncer le mur d'un coup d'épaule comme s'il s'agissait d'une porte. Bien sûr, le mur ne broncha pas et, dans mon élan, je me cognai aussi la tête.

Étourdie par le coup, je titubai. La tête me tournait, mes genoux cédèrent et je m'écroulai sur le sol de terre froide.

J'y restai allongée sur le dos, à fixer la faible lueur au-dessus de moi, espérant tomber dans les pommes et sachant que cela ne se produirait pas. Les larmes suintaient du coin de mes yeux et dévalaient mon visage jusque dans mes oreilles. Mon corps était couvert de sueur et pourtant je tremblais sans discontinuer et claquais bruyamment des dents dans le silence oppressant.

Combien de temps avant que je devienne complètement folle ? Certains hôtes semblaient se perdre quelques heures à peine après avoir été possédés, mais Lugh ne m'infligerait certainement pas un tel traitement, non, il ne me détruirait pas d'un coup dans un accès de colère.

Mon cœur paraissait bégayer dans ma poitrine. Et si Lugh avait fait un mauvais calcul ? Et s'il pensait que j'étais capable de supporter cette situation pendant une courte période mais qu'il se trompait ? Et s'il essayait de me libérer sans y parvenir ? Je pouvais passer le restant de mes jours dans cette cellule, seule dans le noir.

La terreur me poussa à me remettre sur pieds. Hurlant comme une démente, je me martyrisai contre le mur sans plus me soucier de la douleur ni de l'inutilité de mes tentatives. Et puisque cogner ne donnait rien, j'égratignai les pierres de mes ongles cassés et déchiquetés comme si je pouvais me frayer un chemin à coups de griffes au travers du mur.

Soudain mes membres se ramollirent et je m'écroulai de nouveau.

Chapitre 28

À terre, je me recroquevillai en position fœtale, cherchant à tout prix à fuir la réalité de ma situation. Si j'avais eu une couverture à tirer sur ma tête, je l'aurais fait.

Je compris que je ne me trouvais plus dans l'oubliette quand je perçus le craquement distinct du feu. Puis sentis l'odeur de fumée dans l'air.

Je me forçai à ouvrir les yeux et me retrouvai à fixer une voiture de police banalisée dont le gyrophare zébrait la scène de flashs rouges. Adam entra dans ma ligne de vision. Debout près de moi, il scrutait mon visage.

— Je vais t'aider à te relever quand tu te sentiras prête, dit-il, et j'aurais juré que son visage exprimait la compassion. Prends ton temps.

Fermant de nouveau les yeux, je pris une profonde inspiration mais l'odeur de fumée me le fit regretter. D'après mes sensations, mon vrai corps était indemne, en dépit de tous les dommages que je m'étais infligés dans l'oubliette. Je ne transpirais pas, je ne tremblais pas, bien que mon estomac semble mécontent, et j'avais l'impression que j'aurais pu rester allongée pendant une semaine et me satisfaire de ne pas bouger.

Expirant profondément, j'ouvris les yeux et tendis la main. Adam m'adressa un sourire en coin.

— Tu n'es pas du genre à prendre ton temps, n'est-ce pas ?

Je lui répondis par un ricanement faible. Il me prit la main et me hissa, me retenant quand je vacillai. Au loin, j'entendis le hurlement de sirènes.

Nous nous tenions au bord de la route. À quelques mètres de nous, la glissière de sécurité était tordue et cassée. Dans le fossé, un véhicule en feu était plié autour d'un vieux chêne. Ma voiture était garée un peu plus loin que l'ouverture dans la rampe, le pare-chocs traînant par terre au milieu d'un amas de verre brisé et de rayures de gomme brûlée. Brian, près de la voiture, regardait le feu en contrebas.

Mon estomac menaça de se rebeller mais je déglutis.

— Je suppose que c'est mon père qui conduisait cette voiture ? dis-je en désignant le feu d'un mouvement du menton.

Adam acquiesça.

— Il a dû s'endormir au volant. Il se trouvait dans la mauvaise file et quand Brian a klaxonné, ton père a donné un coup de volant et a perdu le contrôle de sa voiture. (Il me scruta du coin de l'œil.) Tu dormais sur le siège passager quand c'est arrivé, si bien que tu n'as rien vu.

— Hum hum. (Les sirènes se rapprochaient.) Les pompiers vont arriver trop tard pour pouvoir le sauver ?

Adam posa la main sur mon épaule et la serra. J'avais tellement besoin de réconfort que je n'objectai pas.

J'observai Brian regarder les flammes plus bas. Il ne se tourna pas vers moi bien qu'il doive savoir que j'étais redevenue moi-même. Je n'étais pas en mesure d'interpréter son expression mais ce n'était définitivement pas de la joie.

Est-ce que Lugh l'avait dominé et forcé à participer au meurtre de mon père ? Ou bien Brian m'avait-il maintenue au sol dans l'unique intention de permettre à Lugh de gagner la bataille et de prendre le contrôle ? Si c'était le cas, je ne connaissais pas Brian aussi bien que je le pensais.

Les deux heures qui suivirent se déroulèrent dans la confusion. Je pouvais à peine aligner deux idées cohérentes. Aussi, quand j'entendis Brian décrire l'accident aux flics, je ne pus qu'acquiescer pour confirmer sa version. Quand un des flics commença à me questionner pour que je lui dise ce que je pensais qu'il s'était passé, je ne cessai de répéter que j'étais endormie et que je n'avais strictement rien vu jusqu'à ce que l'agent soit convaincu qu'il n'allait rien obtenir de moi.

Brian me rejoignit en attendant qu'on nous donne l'autorisation de nous tirer de là. Sans un regard, il me prit la main et la serra.

— Je suis désolé, dit-il d'une voix assez douce pour qu'elle ne porte pas trop loin.

Je ne lui demandai pas pourquoi. J'extirpai ma main de la sienne.

— Tu as tué mon père.

Il ne me regarda pas.

— Non, je ne l'ai pas fait.

— Mais tu y as participé.

Il laissa échapper un soupir vibrant avant d'affronter mon regard. Ses yeux étaient emplis d'horreur et de douleur mais sa voix était ferme et sûre.

— Tu serais morte si je ne l'avais pas fait. Je devais choisir entre toi et ton père. Je t'ai choisie.

Qui était cet homme qui se tenait près de moi ? Est-ce que c'était le même qui avait pété les plombs à propos de la mort du docteur Neely ? Où était le citoyen respectueux des lois, le modèle de vertu qui faisait toujours ce qu'il fallait ? Pour l'amour de Dieu, c'était lui, l'avocat qui détestait mentir !

Comme je n'arrivais pas intégrer le paradoxe qu'était devenu l'homme que j'avais connu, je mis de la distance entre nous et harcelai les flics pour qu'ils me laissent rentrer chez moi. Ce qu'ils me permirent finalement, après qu'Adam eut enlevé le pare-chocs de ma voiture afin que celui-ci ne traîne pas sur la route. Elle était en état de rouler et je promis de la conduire au garage le lendemain. Je ne proposai pas à Brian de le ramener chez lui.

Je ne fus sûrement pas la conductrice la plus prudente sur la route cette nuit-là. Heureusement, il était tard et les rues étaient presque désertes, parce que je conduisais en faisant appel à un dixième de ma concentration. Mon esprit était en surcharge de trahison, même si mes deux traîtres de ce soir avaient tous les deux pensé bien agir.

Je me débarrassai de cette idée dès qu'elle me traversa l'esprit. Tuer *der Jäger* avait été la meilleure solution et je pouvais excuser les méthodes de Brian même si j'étais incapable de lui pardonner. Mais Lugh n'aurait pas dû me jeter dans cette fichue oubliette, même s'il m'en voulait !

— *Il fallait que je t'empêche de briser mon contrôle*, me murmura-t-il dans la tête. *Je ne l'ai pas fait pour te faire du mal.*

Je faillis percuter une voiture en stationnement.

— Écrase ! lançai-je.

Pour une fois, il m'écouta vraiment.

J'avais eu l'intention de rentrer chez moi, de ramper dans mon lit et de dormir aussi longtemps qu'il m'était possible de rester inconsciente. D'habitude, plus je suis malheureuse, plus j'aspire à être seule. Mais cette fois, je ne pouvais supporter l'idée d'être seule avec mes pensées. Je savais qu'Andy ne m'avait pas pardonné d'avoir lâché Adam sur lui, mais je n'avais personne d'autre vers qui me tourner pour me réconforter.

Il était presque 3 heures du matin quand j'arrivai à son appartement. Pourtant je vis la lumière filtrer sous sa porte. Je frappai doucement en espérant ne réveiller aucun voisin.

Il répondit assez vite pour que je comprenne qu'il ne dormait pas, bien qu'il soit en pyjama et arbore une tête d'oreiller. Il me fit entrer sans un mot – ce qui était une bonne chose puisque je n'aurais su quoi lui dire.

Il disparut dans la cuisine puis revint avec deux verres contenant deux doigts d'un liquide ambré. Je fis la grimace car je détestai le goût de l'alcool pur mais je pris toutefois le verre qu'il me tendit. Après avoir vidé mon verre d'un trait, je toussai et crachouillai pendant les dix minutes suivantes.

Quand je repris enfin mon souffle, je fixai le verre dans mes mains et demandai :

— Est-ce qu'Adam t'a appelé ?

J'entendis son verre claquer sur la table basse, mais je ne pouvais arracher les yeux de la goutte de liquide qui restait au fond du mien.

— Ouais.

La voix d'Andy était rauque, soit à cause du sommeil, soit à cause du chagrin, ou bien c'était l'alcool.

Une larme roula sur ma joue et tomba dans mon verre. Andy retira doucement le verre de ma main avant de passer son bras autour de mes épaules. C'était précisément l'encouragement dont j'avais besoin pour baisser ma garde, pour laisser mon chagrin et ma douleur me ravager et me battre. Il me tint dans ses bras en me berçant comme un parfait grand frère, bien qu'il soit autant que moi frappé par le chagrin. Après tout, il n'avait jamais eu les problèmes que j'avais eus avec notre père, et il avait toujours été très proche de lui.

— Raconte-moi toute l'histoire, me dit-il quand l'orage fut sur le point se calmer.

Et c'est ce que je fis, bégayant entre hoquets et sanglots. Je lui racontai de quelle manière Raphael m'avait trahie auprès du *Jäger*, je lui racontai comment Brian m'avait trahie auprès de Lugh. Et je lui racontai comment Lugh m'avait fait connaître l'expérience de l'oubliette qu'Adam m'avait autrefois décrite.

Au souvenir de cette oubliette, la colère s'étira dans mon ventre, bataillant pour noyer le chagrin avant de trouver prise et de s'épanouir. Je m'y accrochai avec le désespoir d'une noyée. La colère est tellement plus facile, tellement plus confortable pour moi que le chagrin. Je voulais m'emplir de rage afin d'échapper à la douleur pendant quelques minutes.

— Je ne lui pardonnerai jamais de m'avoir fait ça, déclarai-je, et je remerciai Lugh de ne pas glisser de commentaire dans mon esprit.

Andy rencontra mon regard. Son expression était à la fois grave et sur la défensive.

— Il a fait ce qu'il pensait être bien.

L'outrage gonfla dans ma poitrine.

— Ne le défends pas ! Tu es supposé être de mon côté.

Un léger sourire retroussa ses lèvres.

— Je suis de ton côté. J'essaie juste de te faire comprendre…

— Non ! je me fiche des raisons pour lesquelles il a fait ça. Je me fiche de savoir s'il s'agit d'une sorte de « bonne chose » abstraite. Il m'a utilisée, comme n'importe quel démon utilise son hôte et en abuse. Il prétend qu'il est meilleur que les autres, qu'il se soucie des droits des humains et ce ne sont que des conneries ! (Ma voix montait et je me forçai à me calmer pour éviter de réveiller les voisins.) Je pensais qu'il était différent. J'avais tort.

Andy secoua la tête.

— Lugh est différent. Il est bon, et je pense que tu le sais même si tu es en colère contre lui.

Maintenant j'étais autant en colère contre Andy que je l'étais contre Lugh.

— La dernière fois que je t'ai parlé de Lugh, tu m'as conseillé de me méfier. Tu m'as dit qu'il était comme les autres. Qu'est-ce qui t'a fait changer d'avis ?

Il haussa les épaules.

— J'ai un peu plus de recul maintenant. (Il m'adressa un regard lourd de sens.) Si je te proposais de prendre Lugh en moi, est-ce que tu accepterais ?

Sa question aspira tout l'air de mes poumons et il me fallut un moment pour retrouver ma voix.

— C'est ce que tu me proposes ?

— Disons que oui. Est-ce que tu me le donnerais ?

Ma tête semblait avoir doublé de volume. Je n'arrivais pas à comprendre ce qui se passait. Est-ce qu'il me proposait de prendre Lugh ?

Andy sourit.

— Si tu le détestes autant que tu le dis, cela ne devrait pas te poser de problèmes ?

Il roula les yeux.

— Quelle emmerdeuse tu fais, Morgane. (Il me prit la main.) Oui, je te le propose vraiment. Est-ce que tu me le donnerais ?

Lugh devait avoir le contrôle pour se transférer dans un hôte différent. Il me suffirait de faire un petit somme afin que Lugh puisse émerger et sortir de ma vie.

— Il se peut qu'il ne me quitte pas même si j'essaie de le transférer, dis-je.

— Tu y crois vraiment ? Parce que moi, je n'y crois pas. Est-ce que tu me le donneras ?

Je déglutis. Andy avait toujours désiré être un héros. C'était pour cette raison qu'il avait décidé de devenir un hôte. Après son expérience avec Raphael, il avait paru ne plus trouver l'idée aussi attrayante. Sans doute le désir était-il trop profondément enraciné en lui pour disparaître complètement. S'il était déterminé à être un héros, il serait sûrement plus en sécurité avec un démon capable de protéger son fragile corps d'humain.

Et, bon sang, après avoir vécu avec Raphael pendant dix ans, vivre avec Lugh serait du gâteau. Ouais, j'en voulais à Lugh, mais je devais admettre qu'entre Raphael et lui, il était un moindre mal. Je pouvais permettre à Andy d'être le héros qu'il voulait et ma vie retrouverait un semblant de normalité. Une semaine plus tôt, quand

Andy était sorti de catatonie, n'avais-je pas rêvé d'une telle situation ?

J'étais sur le point d'accepter de me décharger de cet insupportable poids sur les épaules de quelqu'un d'autre.

Pourtant, Lugh me l'avait rappelé plus d'une fois, il y avait beaucoup plus en jeu que ma propre vie. Il se pouvait que Lugh trouve désagréable de ne pas être en mesure de prendre le contrôle comme il le pourrait avec n'importe quel autre hôte, mais il y avait des avantages dans notre collaboration. Tant que j'étais son hôte, personne ne serait en mesure de le trouver, parce que personne ne peut dire que je suis possédée. Ce ne serait pas le cas avec Andy. Je n'étais pas seulement l'hôte de Lugh, j'étais également son refuge.

Je secouai la tête. Depuis que Raphael avait décidé que couvrir ses arrières importait plus que sauver la vie de son frère, ce raisonnement n'était plus valable. D'après ce que j'en savais, tout le monde au Royaume des démons devait maintenant savoir précisément qui hébergeait Lugh.

Que serait ma vie si je le laissais tomber – en supposant que ma vie ne soit pas brutalement écourtée si les démons me brûlaient vive en croyant que j'étais toujours son hôte ? Je pourrais redevenir une simple exorciste. Je pourrais renvoyer des démons prédateurs dans le Royaume des démons, et ils reviendraient aussitôt sur la Plaine des mortels.

Est-ce que c'était vraiment censé être la totalité de ma contribution envers la race humaine ? Comment pouvais-je trouver une once de satisfaction dans mon futile effort en sachant que j'avais choisi le chemin de la lâcheté et poussé mon grand frère à ma place dans la ligne de tir ?

Je laissai échapper un profond soupir. Quelque chose s'installait en moi. Je me sentais presque calme, pour la première fois depuis une éternité.

— Non, dis-je doucement. Non, je ne te le donnerai pas. C'est ma croix à porter dorénavant, si je peux m'exprimer ainsi.

Andy acquiesça avec sagesse et lâcha ma main. Heureusement pour nous deux, il se retint de dire : « je te l'avais dit. »

Il était temps – bien temps, vraiment – de rentrer chez moi. Mais l'expression du visage d'Andy me fit hésiter.

— Qu'est-ce qu'il y a ? demandai-je sans vraiment vouloir savoir.

Il passa la main dans ses cheveux pour se gratter le crâne. Il avait l'air vraiment mal à l'aise.

— Il y a quelque chose qu'il faut que je te dise et tu ne vas pas apprécier. Je comptais attendre le moment approprié mais j'ai pensé que plus je retarderais ce moment, moins tu allais apprécier.

Je grognai. Non, vraiment, je ne tenais pas à savoir. Mais bien sûr, maintenant qu'il m'avait agité cette petite délicatesse sous le nez, je n'allais pas arrêter d'y penser tant que je ne connaîtrais pas toute l'histoire.

— Crache-le, dis-je.

Il se leva et s'éloigna de peur de représailles physiques. Il s'assura même de mettre un gros fauteuil bien solide entre nous. Je n'étais pas sûre de pouvoir entendre ce qu'il avait à dire par-dessus le hurlement des alarmes qui retentissaient dans ma tête. J'attendis qu'il balance sa bombe.

Finalement, il soupira et redressa les épaules comme s'il partait sur le front.

— Je ne t'ai pas trahie, dit-il.

Je fronçai les sourcils.

— Je n'ai jamais dit ça.

Il affronta tranquillement mon regard.

— Apparemment ma couverture est fichue, poursuivit-il. Ils m'ont menti à propos du *Jäger*. Je jure devant Dieu que je croyais qu'il était en prison.

Ma mâchoire se décrocha. Je regrettai vraiment de ne pouvoir trouver une autre façon d'expliquer les paroles qui sortaient de la bouche d'Andy.

— Raphael ? haletai-je.

Son regard se fixa au sol et il acquiesça nerveusement.

— Je savais que tu croirais que je t'avais trahie. Alors je suis retourné dans un hôte que tu serais incapable de détruire.

Les larmes brouillèrent de nouveau ma vision. J'aurais dû être furieuse mais j'étais trop abattue. Je restai assise, à secouer la tête en pleurant, incapable d'intégrer l'idée que j'avais perdu à la fois mon père et mon frère en quelques heures.

— Je te promets que ce sera différent cette fois-ci, dit Raphael. Je vais prendre soin d'Andrew. J'en suis capable, en dépit de ce que tu penses.

— Tu as essayé de développer une race de vaisseaux vides afin de ne pas être gêné par la personnalité des hôtes. Tu te contrefiches des humains. Tu ne t'en es jamais préoccupé et tu ne t'en préoccuperas jamais.

Il sembla croire qu'il ne risquait plus aucune violence physique de ma part car il s'écarta du fauteuil et vint s'asseoir près de moi.

— Je voulais des vaisseaux vides afin de parcourir la Plaine des mortels sans avoir à me soucier d'une psyché humaine. S'occuper d'un hôte demande beaucoup d'attention. Une attention incessante, et ce n'est pas pour cette raison que j'aime être ici.

— Adam semble penser que ça vaut le coup !

Raphael haussa les épaules.

— Je ne suis pas Adam. Comme Lugh me l'a si gentiment fait remarquer tout au long de ma vie, je suis un salopard égoïste. (Il ne paraissait pas particulièrement bouleversé par ce propos, même si je ne pus m'empêcher de déceler l'amertume de son expression.) Je voulais profiter des plaisirs de la vie sur la Plaine des mortels sans les responsabilités.

— Alors tu as dirigé un projet pour traiter les gens comme des bêtes à concours en bricolant leurs gènes et en détruisant les rebuts.

— Si ce projet avait fonctionné, les démons seraient en mesure de vivre dans la Plaine des mortels sans prendre des hôtes sensibles. Les hôtes comme Andrew n'auraient plus à abandonner leur personnalité pour nous.

Je ricanai.

— Tu t'attends que je croie que tes motivations étaient pures ? Non pas que cela ait une quelconque importance. Les bonnes intentions n'excusent pas tout.

Raphael ferma les yeux.

— Ce serait bien si seulement une fois Lugh et toi pouviez me faciliter les choses. Peut-être que je ne suis pas le type le plus sympa qui soit mais j'ai tout risqué – et maintenant j'ai tout perdu – pour vous protéger. Et sais-tu de quelle manière mon cher frère va me récompenser de mes efforts si jamais je parviens à le mettre sur le trône ? Il m'emprisonnera dès l'instant où je remettrai un pied dans le Royaume des démons. Mais peu importe à quel point vous me détestez, je suis loyal. Je ferai tout ce que vous me permettrez pour vous aider tous les deux, même si je sais que ce n'est pas dans mon intérêt. Et je protégerai Andrew du mieux que je le peux – non pas pour son bien, car tu te doutes que nous ne nous apprécions pas vraiment, mais pour le bien de Lugh.

— Je pourrais t'exorciser sur-le-champ, dis-je, bien que sans mon Taser à portée de main, je doutais de pouvoir le contrôler.

— Non, tu ne pourrais pas, répondit-il calmement. Lugh te l'a certainement dit la dernière fois qu'Andrew a été mon hôte ; en qualité de membre de la famille royale, je suis trop puissant pour être exorcisé. Lugh en serait capable mais il faudrait d'abord que tu le laisses prendre le contrôle.

J'étais trop épuisée et traumatisée pour trouver le genre de réplique moralement satisfaisante.

— Les mots ne peuvent décrire à quel point je te hais, dis-je, d'une voix plate et lugubre.

Si je ne l'avais mieux connu, j'aurais cru déceler un éclair de colère traverser son visage avant qu'il dompte son expression.

— Rentre chez toi, Morgane. Repose-toi. Et essaie de pardonner à Lugh pour ce qu'il t'a fait. Je serais le premier à admettre qu'il commet des erreurs mais il fait toujours ce qu'il pense être bien, peu importe le prix qu'il paie. Ou que les autres paient, dans notre cas.

À court de réponse, je me contentai de lui décocher un regard cinglant avant de me casser.

Je déteste les démons. Tous.

Alors, pourquoi, pourriez-vous vous demander, avais-je décidé de garder Lugh quand j'avais eu une chance de m'en débarrasser ?

Cela me dépasse complètement.

Épilogue

Ma mère sortit de sa tanière à l'occasion de l'enterrement de mon père. Je savais qu'elle serait là, bien que je ne lui aie pas parlé depuis le jour où papa m'avait mise à la porte de la maison.

Raphael était présent, bien entendu, dans le rôle d'Andrew, mais je refusai de lui parler ou même de le regarder. Nous étions assis ensemble dans la salle d'attente des pompes funèbres destinée aux familles. Le silence était dense et oppressant. La tension était telle que même l'arrivée de ma mère la brisa un peu.

Je ressentis un choc quand je posai les yeux sur elle. Le visage de Mme Perfection était dénué de maquillage, et rien ne dissimulait les cernes sombres sous ses yeux. Ses cheveux étaient aplatis de part et d'autre de son crâne sans signe qu'ils aient rencontré un fer à boucler ou une bombe de laque. Dans sa robe noire simple, sa peau avait la pâleur du papier, à l'exception de la couleur marbrée de son visage. Quand elle me vit, ses yeux s'emplirent de larmes et elle parcourut rapidement la distance qui nous séparait pour me serrer fort dans ses bras.

Ne sachant pas quoi faire d'autre, je lui retournai maladroitement son étreinte. Mes yeux étaient secs, bien que cela ne veuille pas dire que je n'éprouvais pas intérieurement du chagrin. Pour la perte de mon père, pour la perte de mon frère, pour les ennuis qui s'étaient de nouveau présentés entre Brian et moi. Je n'avais pas trouvé la force de parler. Ce n'était pas que je ne comprenais pas ce qu'il avait fait ou pour quelle raison il l'avait fait. Je pouvais même admettre que son geste avait été noble, qu'il relevait de l'anathème dans la seule intention de me sauver de moi-même. Mais je n'étais pas certaine de pouvoir lui pardonner.

Maman s'écarta de moi pour sécher ses larmes dans un mouchoir déjà imbibé. Mon ventre se tordit de culpabilité quand je plongeai mon regard dans ses yeux frappés par la peine. Bien entendu, elle ne savait rien du rôle que j'avais joué dans la mort de son mari et, bien que j'aie toujours trouvé que mon père était froid, je n'avais jamais mis en doute l'amour que ma mère lui portait. Ma gorge se serra et aucun mot n'en sortit.

Raphael se leva pour attirer l'attention de ma mère avant de la serrer consciencieusement dans ses bras, ses yeux fixés sur moi pendant tout ce temps. Quand il la lâcha, maman s'excusa et m'entraîna avec elle à l'autre bout de la pièce. Raphael comprit le message et se rassit aussi loin que possible de nous.

Elle sembla déglutir avec difficulté puis releva le menton pour affronter mon regard.

— M. Cooper est venu nous voir le jour de l'accident, dit-elle calmement. (Les larmes réapparurent et elle cligna des paupières pour les chasser.) Il nous a dit ce qui t'était arrivé au Cercle de guérison. Je veux que tu saches que ni ton père ni moi ne savions ce qu'ils avaient prévu de te faire endurer. Nous ne leur aurions jamais donné notre autorisation si nous avions su qu'ils allaient te faire du mal.

Je ne pus réprimer un ricanement de dérision.

— Tu savais qu'ils allaient me donner aux démons. (Je baissai la voix puisque l'ingénieur de mon traumatisme d'enfance était assis dans la même pièce.) Vous m'avez droguée et vous m'avez amenée à l'hôpital afin qu'on viole mon esprit.

Son visage pâlit et son menton frémit.

— C'était pour le plus grand bien, murmura-t-elle, bien que je voie le doute flotter dans ses yeux.

Elle effleura mon visage et, pour une raison quelconque, je la laissai faire.

— Ton père et moi avons fait ce qu'il nous semblait être bien. Avec le recul, peut-être avons-nous eu tort mais je ne peux pas changer le passé. Qu'aurions-nous pu faire d'autre quand nous croyions de tout notre cœur que le sacrifice de notre fille était ce qu'il y avait de mieux à faire ? (Elle secoua la tête.) Comment aurions-nous pu nous regarder en face si nous avions agi en égoïstes et fait ce que nous préférions faire alors que nous croyions que nous avions tort ?

Je me rappelai le terrible moment où j'avais compris que pour me protéger, pour protéger Lugh, j'allais devoir tuer mon père. J'avais dû affronter le même genre de décision que mes parents avaient affrontée : faire ce que j'étais persuadée être bien, ou faire ce que je préférais. Je m'étais détournée du choix du bien. Si Brian ne m'avait pas saisie à bras-le-corps, *der Jäger* serait déjà de retour au Royaume des démons pour dire à Dougal et ses partisans où se trouvait exactement Lugh. Cela aurait très probablement mené à la mort de Lugh et à l'assujettissement de la race humaine aux démons. Comment pouvais-je être certaine d'avoir pris la bonne décision ?

C'était la plus glissante des pistes savonneuses et je ne me sentais pas capable de l'appréhender au beau milieu de ce maelström de chagrin. Je ne pouvais me résoudre à prononcer les mots du pardon mais je ne pouvais pas non plus la condamner sans réserve.

Le monde est rarement peint en noir et blanc, me murmura la voix de Lugh, ce qui me fit penser à relever mes défenses mentales. Jusque-là, il m'avait semblé pouvoir bloquer sa voix, mais combien de temps lui faudrait-il pour trouver un moyen de contourner cet obstacle ?

— Est-ce que tu sors officiellement de ta cachette ? demandai-je à ma mère.

Un moment, elle eut l'air surprise, mais elle se reprit rapidement.

— Oui. Nous… je vais emménager de nouveau dans la maison.

Les larmes réapparurent. Avant de m'interroger davantage, j'avais fait un pas en avant pour la prendre dans mes bras.

Je pouvais compter sur les doigts d'une main le nombre de fois où j'avais volontairement pris ma mère dans mes bras à l'âge adulte. Je ne savais d'où était venue cette impulsion mais j'espérais juste qu'elle venait de moi et pas de Lugh. Je frissonnai tout au fond de moi. Quand Raphael avait fait semblant de me proposer d'héberger Lugh, j'avais décidé de le garder. Maintenant, je me demandais si je n'avais pas eu un accès de folie passagère.

Chaque jour, il s'immisçait davantage dans ma vie et je ne savais pas où cela s'arrêterait.

Le responsable de l'enterrement entra dans la pièce pour nous informer calmement que le service allait commencer. Se détournant de moi, ma mère arracha une nouvelle poignée de mouchoirs en papier de la boîte posée près du canapé, puis elle redressa le menton comme un soldat se préparant au combat. Raphael se plaça près d'elle et passa le bras autour de ses épaules. Elle s'appuya contre lui, acceptant le réconfort de l'homme qu'elle croyait être son fils.

M'étranglant presque de colère, je les observai pénétrer ensemble dans la chapelle. Le destin du monde pouvait bien reposer sur mes épaules mais, pour le moment, trouver un moyen de déloger Raphael du corps d'Andrew était ma priorité. Et s'il s'avérait qu'il me mentait en abusant de mon frère comme cela avait déjà été le cas, je trouverais également un moyen de le lui faire payer.

Attrapant ma fureur à bras-le-corps, la nourrissant pour noyer les derniers échos du chagrin, je suivis les derniers membres de ma famille dans la chapelle.

Achevé d'imprimer en février 2011
Par CPI Brodard & Taupin - La Flèche (France)
N° d'impression : 62820
Dépôt légal : mars 2011
Imprimé en France
81120211-2